KB058857

그, 그만해요! 으, 으으, 달아요…….”
저— 유키 같은
먹보가 아니에요! (나츠키)
“자자, 이걸
원하잖아~.”

나오

선수필승——

거대 오크를 향해
파티의 총공격이
시작된다!

토야

"싸우자!"
유키
나츠키
하루카

나는 홀로, 라판이라는 마을로
이어지는 가도를 걷고 있었다.
하루카 일행에게 『도움이 될 만한 사람』이
될 수 있을지는 모르겠지만,
적어도 빚진 돈을 제대로 갚고
어떻게든 은혜를 갚을 수 있도록
열심히 하고 싶은데

~토미 입지편~

「이세계 전이, 지리 포함. 3」

이세계 전이, 지뢰 포함. 3
이세계 전이, 지뢰 포함.
이즈키 미즈호 지음
Illustration 네코묘 네코
손종근 옮김

CONTENTS

ISEKAITENI
JIRAITUKI3

프롤로그

"자, 그래서 돈을 마련할 필요가 생겼습니다!"

우리는 라판 마을에서 거점이 될 집을 가지자고 결정, 디오라 씨에게 중개를 의뢰했지만 안타깝게도 희망에 들어맞는 건물은 존재하지 않았다.

하지만 이건 어쩔 수 없다.

아무리 디오라 씨라도 존재하지 않는 물건을 중개할 수는 없으니까.

그 대신에 토지 구입 교섭을 부탁해서 그곳에 집을 세우기로 했는데…… 집을 빌리기 위해서 어느 정도 돈을 모은 우리라도 토지를 구입하고 주택을 직접 주문해서 세울 여유는 없다.

그 결과가 지금 하루카의 대사.

어떻게든 돈을 모으지 않고서는 디오라 씨에게 부탁한 교섭도 허사가 되어버린다.

앞으로는 계속 여관에 살며 절약 생활, 돈을 모으게 되겠지.

"뭐, 돈을 마련한다고 그래도 우리가 할 수 있는 건 길드에서 일을 받는 것뿐이지만. 원래 세계랑 다르게 대출 같은 건 불가능하고."

"정확하게 말하면 『안전하게 할 수는 없다』겠네. 속을 위험성도 있고, 자칫하면 노예 행. 개인파산같이 형편 좋은 제도는 없으니까."

하루카의 말을 유키가 보충했다.
그러고 보니 유키도【이세계 상식】을 가지고 있었나.
"응? 어라? 이전에 노예는 금지되어 있다고 그러지 않았나?"
"유키가 말하는 건 실질적인 노예야. 이건 좀 더 지독하게 치르는 징역 비슷한 거. 일단 죽지는 않도록 배려하는 모양이지만…… 일본처럼 미적지근하지는 않아."
감시당하는 상태에서 계속 일하고, 빚은 물론이고 관리비로 몇 할인가 미리 떼여버리니까 평범하게 일해서 갚는 것보다도 훨씬 힘들다나.
일본으로 치면 징역으로 일하는 동안의 임금은 출소할 때에 지급되지만, 그 임금에서 식비 등은 물론이고 형무소의 유지비나 교도관의 월급 따위도 원천징수된다는 느낌 같다.
일 쪽도 평범한 사람이 하지 않을 법한 그런 쪽이 많고, 여성의 경우에는…….
"응, 빚, 안 돼, 절대로."
"절대 안 되지. 위험한 건 속았을 경우니까 나오만이 아니라 다들 보고, 연락, 상담. 잊지 마."
"그러네요. 진정하고 제삼자에게 상담. 단숨에 벌 수 있다는 건 전부 사기. 그 정도 마음가짐으로."
"특수사기도, 『자신은 속지 않는다』라고 생각하는 사람이 위험하다는 모양이니까."
"응. 이 세계 특유의 사기 같은 것도 있을 테니까 조심하자. 다 같이."

유키의 그 말에 우리는 함께 고개를 끄덕였다.
“조금 다른 이야기를 하겠는데, 디오라 씨는 말린 딘들을 좋아하나요?”
“그래. 『말린 것』만이 아니라 딘들 자체를 엄청 좋아하는 모양이야.”
우리가 판 딘들도 미묘하게 직권남용 같은 짓을 해서 손에 넣었으니까.
『문제없어요!』라고 강변하기는 했지만.
“비싼 데다가 철이 있는 음식이라 시장에도 그다지 돌지 않으니까 교섭에는 편리해.”
“말린 딘들이라는 거 맛있어?”
“그러고 보니 너희는 먹은 적이 없구나. 먹어볼래?”
“먹고 싶어!”
“괜찮나요?”
“괜찮아. 잠깐만 기다려……. 자, 여기.”
하루카한테 건네받은 말린 딘들을 두 사람은 조금 수상쩍게 관찰했다.
“이거 이대로 먹는 거야?”
“응, 그대로 덥석. 잘라서 먹어도 괜찮지만.”
말린 딘들과 일반적인 말린 과일의 차이는 역시나 크기.
보통 통째로 말리는 과일이라면 고작해야 살구나 감 정도까지고, 그 이상의 사이즈라면 자르는 것이 당연하다.
그걸 생각하면 크기도 두께도 있는 말린 과일은 조금 기이하게 비치겠지.

하지만 맛있다.

자, 먹어. 우리가 시선으로 그렇게 재촉하자 두 사람은 조심조심 끝부분을 깨물었지만, 금세 눈을 동그랗게 뜨고서 소리 높였다.

"마, 맛있어! 단맛이 강하고, 그러면서 산미도 있고……. 껍질까지도 맛있잖아?!"

"예! 이런 수준의 말린 과일은 처음 먹어요."

그렇겠지.

말리면 단맛은 강해지고 생으로 먹을 때는 벗기는 껍질 부분까지 먹을 수 있게 되니까 조금 이득을 보는 느낌도 있다.

아쉽게도 상쾌한 산미는 줄어드니까 나는 생으로 먹는 것도 좋지만.

"확실히 이거라면…… 그런데 가격은 얼마 정도인가요?"

"그러네, 시장가격이라면 천 레아 밑으로 내려가진 않겠지."

"금화 한 개 이상?! 비싸!"

"그러고 보니 재고를 전부 팔 수 있다면 땅값 정도는 낼 수 있겠네."

"그건 반대! 귀중한 단맛은 남겨둬야 해!"

"저희 성과가 아니니까 뭐라고 말하기는 그렇지만, 굳이 말하자면 저도……."

하루카의 말에 곧바로 반대한 것은 유키, 그리고 나츠키도 조심스럽게 고개를 가로저었다.

"나도 굳이 말하자면 그렇겠지만, 나오랑 토야는?"

"나는 반 정도라면 팔아도……."

""어…….""

"아니, 역시 남겨둬야겠네."

"어, 그러네. 맛있잖아!"

유키와 나츠키의 슬픈 표정을 보고 금세 의견을 뒤집는 나와 동조하는 토야.

땅값을 지불해도 어차피 집값을 못 내면 소용이 없다.

싸구려 식사로 고생하던 두 사람을 슬프게 만들면서까지 서둘러서 돈을 벌 의미는 없다.

"말린 과일은 원정 때 보존 식량으로 쓸 테니까 나도 남기는 쪽에 찬성. 다른 말린 과일도 사둘 생각이지만."

가격 대비 중량을 따졌을 때 다른 말린 과일은 몇 분의 일의 가격으로 살 수 있다.

맛있다면서 딘들만 먹는 것은 적잖이 낭비겠지.

잔뜩 있다고는 해도 모두가 매일 한두 개씩 먹으면 봄까지 남질 않는다.

"하지만 금화 400개라니, 단기간에 벌 수 있을까?"

"그러네, 큰돈으로 여겨지지만 너희 둘의 사슬갑옷 1.5배밖에 안 된다고 생각하면 마음이 좀 가볍지 않아?"

"……아니, 그렇게 말하니까 오히려 사슬갑옷을 입는 게 무서워졌는데."

"뭐, 일본 엔이라면 100만 엔 이상의 옷(?)이니까 말이지."

"그렇게 생각하니까 무척 비싸구나, 사슬갑옷."

토야의 사슬갑옷이라면 차도 그냥 살 수 있다.
“하지만 잘 생각하면 옛날의 무사 갑옷 같은 건 현재의 가치로 2000만~3000만 엔 정도는 되는 셈이라니까 그렇게 이상한 건 아니겠지?”
유키가 그러면서 고개를 갸웃거리자 이번에는 토야 쪽에서 눈이 뒤집어졌다.
“아니, 진짜로? 그렇게나 비싸?!”
“응. 옛날의 무사는 진짜 엄청났다던데? 집을 세울 수 있을 정도의 비용을 들여서 갑옷을 마련해야만 했으니까.”
“우와…… 역시 수작업인 만큼 인건비가 비싸겠지. 사슬갑옷도 귀찮아 보이고.”
입을 때마다 생각하는데, 철사를 치밀하게 짜서 만들어진 훌륭한 완성도를 보면 작업량을 상상하는 것만으로 현기증이 난다.
“수고가 드는 건 확실하지만, 아무래도 거기에 사용하는 백철이라는 게 비싸다더라고?”
“그런가?”
“응. 그건 녹슬지 않는 데다가 가볍잖아?”
“녹슬지 않는지는 아직 모르겠지만, 확실히 철을 사용한 것치고는 가벼운 느낌이네.”
“평범한 철이랑 백철, 같은 크기의 철괴를 들어보면 바로 알 만큼 가벼워. 얼핏 알루미늄이냐고 생각할 정도로. 철의 절반 정도 아닐까? 어디까지나 내 감각이지만. 그러면서 강도는 두세 배야.”
“그건 굉장하네. 비싼 것도 당연한가.”

“어—, 모르고 샀어? 이런 엄청 비싼 방어구를?”
유키는 그러면서 내가 근처에 놓아둔 사슬갑옷을 한 손으로 들어 올렸다.
그것이 가능한 만큼 얼마나 가벼운지 잘 알 수 있었다.
“그런 쪽으로는 간츠 씨——무기점 주인한테 맡겼으니까. 지식도 없는 초짜가 참견하는 것보다 안심되잖아?”
“확실히 그것도 하나의 방법이기는 하겠어. 신용할 수 있는 상대라면.”
“참고로 가격은 철의 열 배, 가공성도 압도적으로 나빠. 내 이미지로는 스테인리스겠네.”
“그건 엄청나네. 일본에서 만든다면 아마 100만 엔도 넘기겠어.”
스테인리스는 엄청 단단하지.
저렴한 니퍼로는 1밀리미터 정도의 철사조차 자르는 데 고생할 정도로.
그런 물건을 공작 기계도 안 쓰고 철사로 가공, 그걸 수작업으로 구부려서 사슬갑옷으로 짠다……. 대체 시간이 얼마나 걸리는 일일까.
“하지만 매일 멧돼지를 사냥했더니 두 달도 안 되어서 벌었거든, 금화 400개.”
“굉장해…… 아니, 굉장하지는 않나? 기준을 잘 모르겠네.”
입가를 우물우물하며 고개를 갸웃거리는 유키.
멧돼지를 사냥하는 수고나 위험성도 고려할 필요가 있고 통화의 가치도 무엇을 기준으로 하는지에 따라서 다르니까 환산하기는 어려웠다.

일단 보통은 1레아가 10엔, 금화 하나라면 만 엔 정도로 생각하고 있는데, 그것은 주식인 빵을 기준으로 환산했을 뿐이라서 과일이나 숙박비를 기준으로 하면 그다지 맞지 않기도 한다.

"대략 월 200만. 한 사람당 월수입 40만 엔. 우리 나이라면 충분하잖아?"

위험도에 걸맞은지는 불명이지만 고졸——아니, 중퇴로 월급 40만은 거의 없다.

물가도 제각각이라서 단순비교에 의미가 없다는 건 알지만, 어쩐지 기쁘다.

그런 내게 찬물을 끼얹은 것은 나츠키와 유키.

"보너스 포함으로 연 수입 480만 엔인가요. 세금이나 사대보험, 경비 등을 모두 스스로 부담한다고 생각하면 그다지 높지 않네요. 그것들을 생각하면 실질적으로는 그 절반, 240만 정도일까요."

"생명의 위험이 있는데 보험도 위험수당도 없고!"

갑자기 꿈이 시리졌다. 어쩐지 슬프다.

"아니아니, 잘만 되면 두 마리 이상 사냥할 수도 있고, 멧돼지가 아니어도 벌 수 있잖아?"

토야가 그렇게 반론했지만 하루카는 일부 동의하면서도 다른 부분을 지적했다.

"그러네, 약초 같은 걸로도 벌지만……. 문제는 언제까지 멧돼지를 잡을 수 있을까. 지금은 좋은 계절이니까 많이 잡을 수 있고 살집도 있다지만, 겨울이 되면 여위고 숫자도 줄어들겠지?"
"다이어트의 계절인걸."
"그렇다면 수입이 격감하겠네요."
터스크 보어한테서 얻을 수 있는 수입은 대부분 고기니까 다이어트를 지나치게 한다면 타격이 크다.
"사슴 같은 건? 일본처럼 너무 많아서 곤란하다면 거침없이 팍팍 사냥할 수 있잖아?"
일본에 서식하는 사슴의 숫자는 상당히 위험한 수준이라서, 이대로 계속 늘어난다면 큰일이 벌어진다나.
이곳이라면 고기 수요도 충분하니까 이쪽으로 사슴이 전이된다면 잡아줄 텐데.
"일본의 사슴은 늑대가 없다는 게 원인이니까. 이 세계의 경우, 몬스터도 있으니까 평범한 동물이 지나치게 늘어날 일은 없지 않을까?"
"반대로 몬스터가 늘어나서 범람하는 경우는 있지만!"
포식자로서의 몬스터가 있는 이상, 단순히 동물이 지나치게 늘어나는 일은 거의 없는 모양이다.
그 대신에 늘어나는 것이 몬스터라서, 이쪽은 먹잇감이 부족해지면 사람의 마을을 덮치는 '범람'을 일으키니까 더욱 성가시다.
"몬스터가 동물의 천적으로 존재하고 있나……. 그다지 기쁘지 않은데."
어차피 늘어난다면 고블린 따위보다도 멧돼지나 사슴 쪽이, 먹을 수 있는 만큼 그나마 낫다.

몬스터도 오크 같은 건 식용으로 활용된다고 그러지만 고블린은 완전히 쓰레기.

먹어서 죽지는 않아도 나는 사양하고 싶다.

"멧돼지 숫자가 줄어들면 고블린의 마석을 얻을 수밖에 없으려나? 심리적인 저항을 제외해도 그다지 효율이 좋지는 않겠지만."

머리를 쪼개고 250레아니까 말이지. 그걸 생각하면――.

"딘들은 엘프한테 붙는 보너스 아이템이었구나."

손을 뻗어서 열매를 따는 것만으로 고블린 하나다.

무척 효율이 좋다.

"그만큼 수지가 맞으면 엘프가 아니더라도 따러 갈 것 같은데."

"아니아니. 토야는 올라간 적이 없으니까 가볍게 말하지만, 내가 인간이었다면 아마도 무리였을걸?"

"그러네. 게다가 이따금 그걸 따라 하던 모험가의 추락 사고도 벌어지는 모양이니까."

아에라 씨 등등은 나 이상으로 가볍게 올라갔다지만, 높이가 50미터는 될 법한 거목인 것이다.

꼭대기에서 부는 바람은 무척 강하고 가지 위는 불안정.

그런 장소에 서서 열매를 수확한 뒤, 열매가 담긴 주머니를 들고서 강하.

솔직히 말해서 올라갈 때보다 내려갈 때가 위험하다.

지금은 다소 익숙해졌지만 처음 딸 무렵에는 구명줄 없이는 못 올라갔다.

게다가 딘들 나무까지의 여정도 결코 안전하다고 할 수는 없다.

모험가라면 모를까 일반인이라면 터스크 보어나 고블린 정도로도 위협일 테니까.

"으~음, 비싼 데에는 이유가 있구나, 역시."

"그야 그렇지. 그게 경제 원리."

"아까 하루카가 말했던 『약초』 쪽은? 이익이 어느 정도야?"

"다른 모험가는 별로 못 벌 거라 생각하지만, 우리는 【도움말】이랑 【감정】이 있으니까 그럭저럭 이익이 돼."

"그런 거야?"

"보통은 약초 종류를 확실하게 기억하고 구분법도 공부한 상태에서 수풀을 잔뜩 뒤져야 하겠지만, 스킬이 있으면 간단히 구분할 수 있거든."

처음으로 길드에 납품했을 때도 디오라 씨가 놀랐으니까 말이지.

"어떤 의미로 지뢰가 많은 스킬 중에서는 무척 편리하지. 치트까진 아니더라도 보너스 스킬이라 부를 수 있지 않을까?"

"【감정】 같은 걸 찍는 녀석은 많을 테니까 사신의 자비일지도?"

우리가 가진 스킬 중에서 【도움말】【감정】【간파】, 이 세 가지는 다른 스킬들과 조금 다르다.

훨씬 게임 느낌이라고 할까……. 무언가 의미가 있는 걸까, 아니면 토야가 말한 것처럼 사신의 서포트일까. 언젠가 알 수 있을 때가 올까?

"하지만 우리 중에서 【감정】을 가진 건 토야 군뿐이네요. 저는 【도움말】을 가지고 있지만……."

나츠키는 그러면서 유키에게 흘끗 시선을 향했다.

"그래요! 나만【감정】도【도움말】도 없어요! 토야, 나한테【감정】을 가르쳐줘! 그건 레벨이 있지?"

"아니, 레벨은 있지만 이건 어떻게 가르쳐주면 되지?"

레벨이 있는 스킬이니까 복사는 가능할 테지만, 어떤 의미로 가장 가르쳐줄 방법을 알 수 없는 스킬이라 할 수 있을지도 모른다.

"그건…… 시험해볼 수밖에 없겠지!"

"하지만 제대로 가르쳐주지 못하면 취득할 수도 없게 되잖아?"

"그렇기는 하지만, 괜찮아. 애당초 평범하게 취득할 수 있는 스킬이 아닌 모양이고!"

그건 확실히 그러네. AR 표시라든지, 거의 확실하게 우리 전용이다.

"그럼…… 시험해볼까? 책임은 못 진다?"

"응, 실패해도 불평하진 않을 테니까."

"그럼 할까. 감정 레벨은 2네."

"알겠어. ……응, 복사는 됐어."

"으—음, 그럼…… 저거면 되겠다."

토야는 말린 딘들을 가져와서 유키에게 내밀었다.

"이걸 보고『이게 뭔지 알고 싶다』라고 생각해. 그러면 윈도가 표시되고『말린 딘들, 딘들을 말려서 만든 물건』이라고 보여."

"…………안 보이는데?"

역시 그렇게 간단히 가르쳐줄 수는 없나.

"유키, 이제까지의 스킬도 복사한 다음에 사용할 수 있게 될 때까지 한 시간 이상 걸렸잖아? 한 번 정도로 잘 되진 않아."

"어, 그러니까 이걸 한 시간 이상 바라보면서 『이게 뭔지 알고 싶다』라고 계속 생각하라고?"
"그러네, 가르칠 필요가 있으니까 토야도 계속 같이 있어 줘야 될지도?"
"어, 진짜로?"
나란히 『말도 안 돼!』 같은 표정을 짓는 유키와 토야.
응, 열심히 해. 응원만큼은 해준다. 마음속으로.
"언제든지 가능한 일이니까 비는 시간에 조금씩 해보면 어떨까요? 성공하면 감지덕지, 정도로 마음 편하게."
"으으…… 그렇게 할 수밖에 없나. 약초를 채집하러 가기 전에 얻고 싶었는데."
"괜찮아, 유키. 일하러 가는 건 내일부터니까."
"……내일까지 익히라고?"
"자, 슬슬 점심을 먹으러 갈까. 아에라 씨 가게면 되겠지?"
유키의 말에는 대답하지 않고 일어서는 하루카.
"야—. 듣고 있어?"
그렇게 불만을 표명하는 유키를 제쳐두고 우리도 일어섰다.
"그러네. 혼자서 제대로 하고 있을지 조금 걱정이고."
"괜찮겠죠. 그녀도 프로니까요."
"어, 무시? 무시하는 거야?"
"나도 배고프니까 빨리 가자."
"어라, 토야도? 잠깐, 잠깐만! 나도 갈 테니까!"
당황해서 일어선 유키와 함께 우리는 아에라 씨 가게로 향했다.

제1화 위험한 버섯으로 벌자!

“어서 오세요……. 아, 여러분!”

아에라 씨 가게는 오늘도 성황이었다.

우리가 돕던 때와 마찬가지로 대부분의 자리가 채워진 가게 안이 시야에 들어왔다.

“안녕, 아에라 씨. 조금 걱정이었는데 기우였나 보네.”

“예! 덕분에 어떻게든 소화하고 있어요. 손님도 잔뜩 와주셔서…… 아, 바로 자리를 준비할 테니까 잠깐만 기다려주세요!”

아에라 씨는 다른 테이블에서 비어 있는 의자를 하나 가져오더니 4인용 테이블에 그것을 추가하고 우리를 불렀다.

“자자, 앉으세요! 어떤 걸로 하시겠어요?”

“나는 오늘의 메뉴. 다들 같은 걸로 괜찮아? ……그럼 오늘의 메뉴 5인분으로.”

“알겠습니다. 조금만 기다려주세요.”

모두의 음식을 하루카가 주문하자 아에라 씨는 싱긋 웃고 주방으로 들어갔다.

그녀의 뒷모습을 바라보고 나는 다시금 가게 안을 둘러봤다.

손님 숫자는 열여덟 명. 남성이 넷이고 그 외에는 여성.

‘졸음의 곰’ 같은 곳과 비교하면 공간에 비해 손님 숫자는 적지만, 이것은 느긋한 가게 안의 분위기를 무너뜨리지 않도록 설정했기 때문.

점심으로는 조금 비싼 가격이라는 것을 생각하면, 점심시간을 조금 지난 이 시간대에 만석이라는 것은 충분히 괜찮은 결과겠지.

"잘됐네요, 나오 군."

"그러네. 아에라 씨 혼자서 운영할 수 있을지 불안하기는 했는데, 일단은 성공인가."

나츠키와 그런 말을 나눌 여유도 없이 금세 아에라 씨가 쟁반을 손에 들고서 돌아왔다.

"기다리셨죠, 오늘의 메뉴예요. 오늘은 터스크 보어랑 빵 세트예요."

"호오. 이거, 아에라 씨가 구운 빵인가?"

좋은 냄새를 물씬 풍기는 빵을 보고 유키가 묻자 아에라 씨는 고개를 끄덕였다.

"예. 박리다매로는 무리지만 수량 한정이라면 가능하니까요."

"그렇구나. 그럼, 잘 먹겠습니다."

"예, 맛있게 드세요."

아에라 씨는 머리를 꾸벅 숙이더니 총총히 주방으로 돌아갔다.

테이블 순환율이 높지는 않다고 해도 점원은 아에라 씨 한 명.

역시나 잡담을 나눌 여유는 없는 모양이었다.

"우선은 빵인가. ……응! 이거, 맛있는데!"

손에 들어보니 부드러워서 손가락이 폭 들어가고, 입에 넣고 씹었더니 오독오독하고 향긋한 나무열매가 이에 닿았다.

식감은 아몬드 같지만 사이즈는 그 삼분의 일 정도. 맛은 캐슈너트에 가까웠다.

——이 열매, 좋은데.

가격에 따라서 다르겠지만 간식으로 좋겠다.

"정말. 주인장 빵도 맛있었지만 그 이상이야. 가격이 다르다고는 생각하지만."

"고기도 엄청 맛있어. 솔직히 매일 오고 싶은 수준이네."

"어째서 같은 요리사인데 이렇게까지 차이가 있는 거지?"

다른 아이들도 절찬. 나츠키는 사르스타트와 비교하는 것일 테지만, 그곳은 이미 비교가 될 법한 수준이 아니라고 생각한다.

"재료의 차이도 있겠지만…… 맛있는 식당이 늘어나는 건 기쁘네."

그런 대화를 나누며 식사를 하는 우리들 가운데 단 하나, 유키만큼은 침묵을 지키며 테이블 위에 둔 말린 딘들을 바라보고 있었다.

객관적으로 보면 무척 이상한 행위지만 유키의 표정은 진지.

물론 『빨리 다 먹고 디저트로 말린 딘들을 먹자!』 같은 생각을 하는 게 아니라【감정】스킬 훈련이었다.

"아직 안 돼?"

"응, 안 돼. 이거, 할 수 있을까?"

하루카의 물음에 유키는 크게 숨을 내쉬더니 미간을 마사지. 눈을 깜박깜박했다.

"토야의 레벨도 안 올라가지?"

"어. 별로 안 쓰니까 말이야. 도감 같은 걸로 공부하지 않고서는 의미가 없다는 이야기도 있지 않나?"

"어, 그래?! 그럼 내가 하는 것도 무의미하잖아?"

당황해서 우리 얼굴을 보는 유키에게 하루카가 손을 내저어 부정했다.

"그럴 가능성도 있다는 이야기를 했을 뿐이야. 설명서가 있는 것도 아니니까——그러고 보니 캐릭터를 만들 때, 어떻게 적혀 있었지? 나오, 기억나?"

"아니, 미안해. 기억 안 나."

어떤 의미로 정석인데도【감정】에 대해서는 완벽하게 잊고 있었다.

오히려【간파】를 레벨 2로 올리기 전에 레벨 1이라도【감정】을 찍어두었어야 할 것도 같지만, 파티 안에서 괜찮은 느낌으로 보완할 수 있으니까 이건 이것대로 괜찮을지도 모르겠다.

"저는 가볍게 기억하고 있어요. 그러니까『같은 물건을 감정해도 의미가 없다, 공부도 필요』같은 설명이었던 것 같아요."

"오, 역시 나츠키. 그런 설명이라면 감정하는 것만으로도 경험은 쌓이는 거겠지?"

"응. 아마도『다른 물건』을 감정하면서 공부도 하면 레벨이 올라간다는 이야기겠네."

하루카의 예측에 흠흠, 고개를 끄덕이는 토야.

"그렇구나. 그렇다면 앞으로는 빈번하게 감정을 사용할까. 딱히 소비도 없는 모양이고."

"그래그래, 그렇게 해. 레벨이 올라가면 사용하기 편해질지도 모르니까."

약초를 채집할 때에는 필요한 부분을 가르쳐준다든지, 그렇게 현 상태에서도 도움이 되는 것이다.

레벨이 더욱 올라간다면…… 꿈이 커지네.

그러고 보니 삽도 손에 넣었으니까 뿌리가 필요한 약초도 쉽게 캘 수 있게 되었구나.

그것들도 채집 대상에 포함하면 수입도 조금 늘어나겠지.

"하지만 그렇다면 내가 이렇게 말린 딘들을 바라보는 건 의미 없는 거잖아?"

"유키는 그 전 단계잖아. 아직 스킬을 못 얻었으니까."

"그런가."

"그리고 토야, 제대로 지도하라고."

"나한테 그러지 마! 어떻게 하라고."

"나도 모르겠지만, 노력하는 유키를 보고 있으면 되지 않을까? 감독, 이라는 느낌으로."

"미덥지 않네. 뭐, 일단 봐둘게."

그 말 그대로, 딘들을 바라보는 유키를 가만히 보는 토야.

효과가 있는지는 불명이지만 하루카는 만족스럽게 고개를 끄덕이고 테이블 위의 메뉴를 손에 들었다.

"그럼 우리는 식후 티타임이라도 즐기면서 돈을 벌 방법을 생각할까."

"괜찮겠네요. 머리를 쓰려면 당분이 필요하다고 생각해요."

그러면서 두 사람이 메뉴를 들여다보자 유키가 번쩍 고개를 들었다.

"어어?! 나도! 나도 있어!"
"그래——아니, 배울 때까지 못 먹게 하면 좀 더 필사적으로 하려나?"
그런 이야기를 하며 하루카가 턱에 손가락을 대고서 고개를 갸웃거리자 유키는 머리를 절레절레 흔들었다.
"안 돼! 안 되니까! 지금도 필사적이니까!"
"…………농담이야."
긴 침묵과 표정이 엄청 진심이라는 느낌이었다고?
물론 유키 쪽도 스킬 습득보다 단맛을 맛보려고 필사적인 것 같았지만.
"나오랑 토야는?"
"그러네. 주문도 안 하고 자리를 차지하는 것도 미안하니까 적당히 부탁할게."
점심시간이 지난 시간대라서 빈자리도 조금씩 생기기 시작했지만, 패밀리 레스토랑의 드링크바만으로 몇 시간이나 죽치고 있을 만큼 강철 심장이 아닌 내게 아무것도 주문하지 않는다는 선택지는 없었다.
"나도…… 아니, 오늘의 메뉴를 하나 더 주문하는 편이 낫나?"
"아무리 그래도 그건 이미 매진이야."
굳이 따지자면 여성이 대상인 이 가게, 토야한테는 양이 조금 부족했나 보다.
하지만 우리가 가게에 들어온 뒤로도 손님은 드나들었고, 수량 한정인 오늘의 메뉴가 이 시간까지 남아 있을 리는 없다.

"그리고 일단 우리는 돈을 모으고 있다는 거, 잊지 말라고?"
"그럼…… 양이 많은 걸로."
"응, 알았어. 그럼——아에라 씨! 주문 괜찮을까?"

점심 다음으로 달콤한 과자와 따듯한 차를 앞에 두고서 다시 시작.
"그래도 역시 멧돼지를 사냥하는 게 가장 효율이 좋겠지?"
"딘들이 끝난 이상, 그렇게 되겠네. ——달리 뭔가 괜찮은 게 없다면."
"그런 쪽으로, 【이세계 상식】으로는 뭔가 알 수 없나요?"
"무~리~. 모험가의 상세한 일 내용 따윈 상식이 아닌걸."
"그건 그러네."
정보화 사회인 현대에서조차 전문직의 세세한 업무 내용 같은 건 알 수 없다.
이 세계라면 더더욱 '상식' 같을 리는 없겠지.
"또 디오라 씨한테 의지하는 건……. 너무 의지하기만 하나?"
"중개도 부탁했으니까 이번에는 저희가 스스로 어떻게든 하고 싶네요."
""""으~응.""""
함께 고민에 고민을 거듭했지만 애당초 전제가 되는 지식이 부족했다.
그다지 좋은 발상이 나올 리도 없었다.
그런 우리에게, 손님이 줄어들어 조금 한가해진 아에라 씨가 말을 건넸다.

"여러분, 돈이 필요한가요?"

"응, 조금. 언제까지나 여관에서 살 수는 없으니까 이 마을에 집을 살까 싶어서."

"그거 좋네요! 신세를 지고 있으니까 저도 협력하고 싶지만, 돈은……."

"괜찮아. 아무리 그래도 돈 문제로 아에라 씨한테 의지하지는 않을 테니까."

"으으, 그건 그것대로 복잡하네요……."

실제로 얼마 전까지는 가게가 망하느냐 마느냐, 그런 갈림길에서 있었으니까.

리뉴얼해서 손님이 들어오게 되기는 했지만 투자 회수조차 아직 멀다는 건 나도 안다.

"아, 하지만 고기 매입에는 협력할 수 있어요! 내장도 사용하니까 모험가 길드보다 비싸게 살 수 있어요! ――가능하다면 냉동해서 가져다준다면 고맙겠지만요."

사들이겠다고는 해도 내장이 쉽게 상하는 것은 틀림없으니.

음식점으로서 그런 부분은 역시나 신경 쓰이나 보다.

"그러네, 그때는 부탁할게. 아에라 씨도 고기가 없으면 곤란할 테니까, 그렇지?"

"에헤헤, 그것도 있고요. 서로에게 나쁘지 않은 거래잖아요?"

장난스럽게 혀를 내미는 아에라 씨를 보고 우리도 쓴웃음을 지었다.

"그래. 하지만 고기 말고도 뭔가 벌 수 있는 게 있으면 좋겠어. 아에라 씨, 뭐 없을까?"

"으~음, 그러네요, 이 계절이라면…… 슬슬 숲에서는 매직 버섯이 나기 시작할 무렵이에요. 그다지 추천할 수는 없지만요."

매직 버섯! 이름부터 수상쩍어!

"추천할 수 없다는 건 위험한 버섯이라서? 위법하다든지?"

조심스럽게 하루카가 묻자 아에라 씨는 당황한 듯 고개를 가로저었다.

"어, 아뇨아뇨. 확실히 그대로 먹으면 환각을 보기도 하는 독버섯이지만, 진통제의 재료도 되니까 버섯 자체는 평범하게 거래돼요."

다행이다.

마약이라든지 위법한 약물이라든지, 그런 물건은 아니었나 보다.

"추천할 수 없다는 건, 채집이 위험하기 때문이에요. 이 버섯, 바이프 베어가 좋아한대요. 아시나요? 바이프 베어."

"응, 물론이지. 처음으로 만났을 때는 고생했으니까."

지금이라면 그때만큼 고생하지는 않을 거라 생각하지만 무척 강한 적임에는 틀림없다.

"매직 버섯을 찾다보면 만나는 일이 많거든요. 일설에는 바이프 베어가 버섯을 재배한다는 이야기도 있어요."

바이프 베어는 이따금 무의미하게 나무 표면에 상처를 내고, 쓰러뜨려 버리는 경우가 있다.

그리고 매직 버섯은 쓰러지고 1, 2년 정도 지난, 썩기 시작하기 전의 나무에 자라는 버섯.

그런 일들 때문에 그런 설이 있다고 한다.

으~음, 세상에는 버섯을 재배하는 개미도 존재하니까 완전히 말도 안 된다고 할 수는 없나.

그런 버섯을 노리는 우리는 결국에 농작물 도둑?

반대 입장이라면 『농가의 고생을 생각해라!』라고 할 참이지만, 우리는 이기적인 인간이니까 바이프 베어를 배려하진 않는다. 상대하다가 죽을지도 모르는 적이니까.

"……매직 버섯은 비싸게 팔려?"

"작은 건 그렇게 비싸지도 않지만 운 좋게 큰 걸 발견한다면 무척 비싸요. 이 계절의 자그마한 보너스라는 느낌이네요. ――찾아볼래요?"

"가능하다면? 아에라 씨는 반대야?"

"너무 위험한 일은 좀…… 모험가는 다쳐서 일을 쉬면 복귀할 수 없다고 들었으니까요."

어떤 의미로 위험한 일을 하는 것이 모험가의 역할이기에 아에라 씨도 명확하게 반대하기는 어려운지, 곤란하다는 듯이 눈썹을 늘어뜨리고서 말끝을 흐렸다.

아에라 씨가 하는 말도 현실이기는 했다.

골절 등으로 한두 달 쉬게 된다면, 치료비 따위도 포함해서 금화 수십 개는 날아간다.

모아둔 것이 없다면 장비를 팔아서 돈을 마련하게 되거나 빚을

지거나, 아무튼 무리할 필요성이 생긴다.

그래도 부상이 나은 뒤 다시 근면하게 간단한 일부터 시작하면 되겠지만, 그렇게 성실하다면 애당초 저축을 안 했을 리도 없고——대부분은 **실패**하게 된다나.

"아, 하지만 그때는 우리 가게에서 일하는 방법도……?"

"아니, 아무리 그래도 그건 사양하고 싶어."

아에라 씨가 불온한 소리를 툭하니 중얼거렸기에 나는 황급히 고개를 가로저었다.

돈을 모아서 장래에 느긋하게 카페 마스터 같은 식이라면 이야기는 또 다르겠지만 이쪽으로 온 지 아직 일 년도 안 되었다.

나이를 따져도 모험가를 은퇴하기에는 너무 빠르고, 그렇게 건져주는 듯한 형식은 너무나도 비참하다.

적어도 무언가 성과를 거두었다며 가슴을 펼 수 있는 모양새로 은퇴하고 싶다.

넌지시 그런 뜻을 전하는 나를 상대로 아에라 씨는——.

"알겠어요. 기다릴게요. 엘프의 인생은 인간보다도 조금 기니까요."

그러면서 웃는 것이었다.

"있잖아, 하루카. 아에라 씨는『가능하다면 냉동』이라고 그랬는데, 가능할까? 얼음을 만드는 마법도 무척 고생해서 배웠잖아?"

가게에서 돌아가는 길, 나는 신경 쓰이던 일을 하루카에게 물었다.

이제까지는 고기가 썩지 않도록 하루카가 만든 얼음을 같이 넣어뒀는데, 직접 고기를 냉동하게 된다면 상황이 조금 다르겠지.

혹시 가능하다면 이제까지 필요했던 얼음 교환이나 녹은 물을 버리는 수고가 사라지니까 무척 편해질 것 같은데.

"시험해보지는 않았지만 가능할 것 같기는 해. 얼음은 마법으로 물을 만들어서 그걸 얼리는 거잖아? 그렇다면 물을 만들지 않고 눈앞의 물건을 동결시키는 게 더 쉽지 않겠어?"

"그렇구나, 이치에는 맞아. 하지만 온도가 다르지 않나?"

물은 0도 이하가 되면 얼지만 냉동고 같은 경우에는 −20도 정도 레벨이다.

"얼음도 딱히 −1도 정도로 굳는 게 아니라고? 온도계가 없으니까 측정할 수는 없겠지만 상당히 떨어뜨리는 느낌이야. 게다가 처음과 비교하면 얼음이 녹는 속도가 느려진 것 같지 않아?"

"듣고 보니 그런 것 같기도 하네. 온도를 무척 낮추었나……."

바깥 기온이 이전보다도 내려간 영향도 있겠지만, 이전과 비교하면 얼음 교환 간격은 조금 길어진 느낌이었다.

시계가 없으니까 감각적인 이야기지만 아마도 하루카의 말이 맞을 것이다.

"하지만 하루카, 냉동해버리면 품질에는 문제가 없나요? 냉동 상태가 지속된다면 괜찮겠지만 녹았다가 얼기를 반복하면……."

그렇게 지적한 것은 나츠키.

요리를 하는 사람에게 고기의 해동과 냉동이 반복되면 안 된다는 것은 상식이라나.

"아—, 그런가. 녹아버리면 그렇겠네……. 철저하게 온도를 내리고, 녹기 전에 마법을 다시 건다? 어느 정도에서 녹기 시작할지 실험이 필요하겠네……."

예를 들면 고기를 −40도까지 냉각시켜서 얼리고, −20도까지 올라갈 때마다 다시 식힌다.

그러면 이론상으로는 언 상태를 유지하겠지만 주위와의 온도 차이가 클수록 열에너지의 이동은 커지는데.

무언가 좋은 단열 방법을 생각하지 않고서는 너무 잦은 빈도로 마법을 다시 걸게 될 텐데.

"으~음, 나오, 시공 마법 쪽은 어때? 매직 백, 만들 수 있겠어?"

"어—, 그러네. 『익스텐드 스페이스(공간 확장)』는 몰라도 『슬로 타임(시간 지연)』이나 『라이트 웨이트(경량화)』만이라면 어떻게든……. 그래, 시험해볼 수는 있겠는데?"

통상적인 매직 백은 용량을 크게 만드는 것이 기본이고 고급 모델이 되면 시간 정체나 경량화가 덧붙는다. 나는 그렇게 인식하고 있었다.

하지만 손에 넣은 시공 마법의 마도서를 자세히 읽어봤더니 정확하게는 조금 달랐다.

수요 관계로 『익스텐드 스페이스』를 부여한 매직 백이 기본이기는 하지만, 실제 부여 난이도는 『슬로 타임』이나 『라이트 웨이트』 쪽이 조금 간단하다나.

그렇다면 어째서 고급 모델에만 부여하느냐면 중복해서 부여하는 것이 어렵기 때문.

예를 들면『익스텐드 스페이스』의 부여 난이도를 3이라고 치면『슬로 타임』과『라이트 웨이트』가 2.

하지만『익스텐드 스페이스』와『슬로 타임』 양쪽을 부여한다면 7이나 8이 되고, 세 가지를 전부 부여한다면 더욱 어려워진다.

반대로 말하면『슬로 타임』이나『라이트 웨이트』만을 부여한 매직 백은 가장 간단한 것이다.

"그럼 시험해볼래? 나도 연금술 책을 읽어서 지식은 가지고 있으니까."

"그러네. 잘만 되면 더욱 벌 수 있을 테니까."

"그럼 도구를 사서 돌아가자. 필요 최소한으로."

"그래. 너무 샀다가는 놔둘 장소도 문제가 될 테니까."

연금술이라면 역시나 이런저런 도구나 소재가 필요하다.

그런 소재들을 모으는 것도 모험가의 역할 중 하나이지만 현재의 우리로서는 아직 불가능.

가게에서 사서 모을 수밖에 없는 것이다.

"나츠키의【약학】도 도구가 필요하지? 집을 얻으면 그쪽도 마련할까."

"그러네요. 저희는 모두【완강(頑强)】을 가지고 있지만, 그렇다고 병에 걸리지 않는 건 아니니까요."

"조금 신기한 느낌이지만 지금은 나츠키가 그쪽 방면으로는 가장 강하구나."
"후훗. 예, 조금 힘을 쏟았으니까요. 여차하면, 이번에는 제가 여러분을 간병하겠네요?"
하루카가 절절하게 말하자 나츠키가 싱긋 웃었다.
현재 스테이터스상으로 가장 병이나 독에 강한 것은 나츠키.
가끔씩 나츠키가 학교를 쉬었을 때에 문병을 갔던 하루카의 입장에서는 위화감을 느낄 만도 하지.
외모를 따지면 지금도 그렇게 보이지는 않지만.
"보였다!"
""""어?""""
우리의 대화에 끼어들듯이, 갑자기 유키가 소리 높였다.
"뭐야, 갑자기."
"보였어! 자, 이거, 봐!"
그러면서 유키가 기뻐하며 건넨 것은 말린 딘들.
그야 보이지——아, 혹시.
"【감정】인가?!"
"그래! 아직 【말린 딘들】 정도밖에 표시되진 않지만 확실하게 보여!"
"호—【감정】도 복사할 수 있나. 해냈네!"
그야말로 점심을 먹을 때부터 **묵묵하게** 노력한 보람이 있었다는 건가.
"진짜로? 난 정말로 감독만 했는데."
토야가 의외라는 듯이 말하자 유키도 깊이 고개를 끄덕였다.

"응, 확실히 제대로 된 조언은 없었지. 정말로 보고 있었을 뿐이야."

"아니, 어쩔 수 없잖아? 그 이상 어떻게 하라고?"

"뭐, 그렇기는 하지만. 그래도 의외로 『가르친다』의 조건은 느슨한 걸지도? 이렇게 했는데 됐으니까."

도중에 쉬는 시간도 있었을 테지만, 배울 때까지 몇 시간 정도. 가볍게 배우기에는 좀 긴 시간이다.

설령 【스킬 복사】를 가진 반 아이와 만나더라도 그만한 시간을 할애해주느냐는 고민이 필요할 것 같다.

"하지만 이걸로 내일부터 약초 채집에도 도움이 되겠어!"

"그러네. 하루카, 우리도 열심히 매직 백을 만들어볼까."

"그래, 열심히 해보자. 그리고 유키, 모처럼의 기회니까 【연금술】도 가르쳐줄게."

"어? 이제 막 【감정】을 배웠는데?"

간신히 스킬을 배우고 안도한 참에 그런 소리를 듣고 유키는 눈을 동그랗게 떴다.

"그러고 보니 유키는 시공 계열의 소질도 가지고 있었지? 좋아, 【시공 마법】도 가르쳐줄게."

"물과 불의 소질도 가지고 있으니까 그쪽도 가르쳐줘요. 【봉술】은 아직 도움이 될 레벨이 아니니까요."

"어? 어? 스파르타? 스파르타야?"

"자자, 내일까지 시간이 없어. 서둘러서 돌아가자고!"

훤히 드러나게 당황한 유키의 등을 밀며 우리는 숙소를 향해 종종걸음으로 돌아갔다.

◇ ◇ ◇

“자, 매직 백을 만들어보기로 했습니다만…… 가능할까? 하루카.”

토야와 나츠키는 둘이서 훈련을 나가고, 이 방에 있는 것은 나와 하루카, 그리고 유키.

이미 유키는 나한테서 【시공 마법】, 하루카한테서 【연금술】을 복사했지만 아직 쓸 수 있게 되지는 않았다.

“나도 시간을 봐서 연금술 책을 읽어뒀고 실험도 좀 했으니까 괜찮지 않을까? 오히려 매직 백 쪽은 나오가 더 어려울 것 같은데…… 괜찮겠어?”

“아니아니, 나도 이쪽에 온 뒤로 계속 연습했다고? 물론 괜찮다……고 생각하고 싶어.”

아니, 진짜로. 상당한 시간을 들여왔으니까.

불 마법 연습도 했지만 더욱 힘을 쏟은 것은 시공 마법.

마력 제어라는 점에서는 양쪽 다 공통점이 있지만 현격하게 어려운 것이 시공 마법이다.

그러다 보니 불 마법은 그다지 연습하지 않아도 숙달되고 있다는, 조금 슬픈 현실.

편한 것은 좋지만 그다지 반응이 느껴지지 않는 시공 마법과 비교하면…….

하지만 그것도 마도서를 손에 넣은 뒤로는 상당히 개선되었다.

레벨 3에서 쓸 수 있다는 『익스텐드 스페이스』도 실마리가 보이니까 조금만 더 하면 쓸 수 있게 되지는 않을까, 그렇게 기대하는 상황.

"그럼 우선 내 쪽 밑 준비를 할 테니까. 유키도 같이 하자."

"예, 선생님!"

그리 말하는 하루카와 손을 척 드는 유키.

기합은 넣고 있었다.

다만 실적으로 이어질지는 불명.

"우선은 이 페이지의 마법진, 이걸 매직 백으로 만들고 싶은 물건에 옮겨 그립니다. 일반적으로는 이 전용 잉크를 사용하지만 이번에는 여기 실을 써서 자수를 놓습니다."

"자수? 잉크로는 안 돼? 일반적이잖아?"

"으—음, 그러네. 우선 마법진을 그리는 데 전용 잉크를 사용하는 이유인데, 이건 그 선 위로 마력이 통하도록 하려는 거야. 그래서 잉크로 그린 선과 실 한 올로 연결한 선, 어느 쪽에 마력이 더 잘 통할 거라고 생각해?"

"그야 실이겠지? 평범하게 생각해서."

당연하다며 유키가 고개를 끄덕이자 하루카도 마찬가지로 끄덕끄덕.

"그래. 이건 책에 연구 결과로 실려 있었으니까 틀림없어. 그리고 마력이 더 잘 통하는 쪽이 효과도 올라가. 그렇다면 이렇게 하지 않을 이유는 없지."

"뭐, 그러네. 하지만 일반적이진 않은 거지?"

"맞아. 효과가 올라가도 생산성이 다른걸. 유키, 펜으로 선을 긋는 속도랑 자수를 놓는 속도, 몇 배나 차이 날까?"

"열 배 이상. ——그렇구나, 효과가 다소 올라가더라도 열 배로는 팔 수 없구나."

"만들면 금세 팔리니까 무리해서 수고를 들일 의미도 없고."

매직 백은 항상 물량이 부족하다고 들었다.

경쟁이 있다면 그 밖에 조금이라도 좋은 물건을 만들 이유가 있겠지만, 팔 수 있다면 생산 효율을 떨어뜨릴 의미가 없다. 굳이 만든다면 비용을 도외시하고 성능이 필요한 경우일 테지만, 그런 물건은 주문생산이니까『일반적』으로 만들 물건은 아니겠지.

"우리는 미숙하니까, 조금이라도 효과를 올리고 싶은 거야."

"흠흠, 알았어. 이걸 본떠서 자수를 놓으면 되는구나. 하지만 내가 한다고 의미가 있어? 아직 연금술도 유효한 상태가 아닌데."

"그에 대해서는 이전에 다른 아이들이랑 이야기했는데,『스킬이 있으니까 가능』한 게 아니라『가능하게 된 결과로 스킬이 표기』되는 거라고 생각하거든. 예를 들면 나츠키, 요리 스킬은 없지만 요리는 가능하잖아?"

"그도 그러네. 스킬이 아직 유효하지 않은 나라도 연금술적인 행위는 가능하다고."

【도움말】이나【스킬 복사】같이 특수한 스킬을 제외하면 대부분은 그렇지 않을까.

그보다도 스테이터스의 스킬 표기는 무척 적당한 느낌이란 말이지.

대략 이런 느낌이에요~, 같은 정도로.

실제로 어떤 구조로 되어 있는지는 알 수 없지만, 이 세계의 사람에게 '스킬'은 일반적으로 알려져 있지 않다.

가령 반 아이들한테만 영향이 미친다면, 그 사신이라면 『기준이 되면 좋겠네』 정도의 느낌으로 설명했을 것 같다.

"일단 오늘은 내가 잉크로 마법진을 그릴 테니까 유키는 그걸 자수로 놓을 수 있겠지?"

"흐~음…… 그렇다면 있지, 나츠키한테도 도움을 받을 수 있지 않을까? 나츠키는 【재봉】 스킬을 가지고 있지는 않지만 자수를 놓을 줄 안다고?"

"……그도 그러네?"

응, 하면서 내게 시선을 향하는 하루카.

예예, 알겠습니다.

그렇게 되어서 나츠키를 데리고 돌아왔습니다.

전력이 안 되는 토야는 혼자서 훈련 속행.

물론 나도 자수 쪽으로는 전력이 안 되지만.

"도울 수 있는 일이 있다고 그러던데요……."

『퓨리피케이트(정화)』로 땀을 깨끗이 씻고 침대에 앉은 나츠키에게, 하루카는 고개를 끄덕이며 봉재 도구를 내밀었다.

"응. 나츠키, 자수는 놓을 줄 알아?"

"예, 남들 정도로는."

그렇게 겸손을 떨지만 아마도 거짓말이다.

요조숙녀 그 자체인 나츠키가 남들 정도로 만족하리라고 생각되지는 않는다. (내 편견)

그보다도 『남들 정도』의 자수는 어떤 수준이지? 평범한 사람이 자수를 놓을 수 있나?

적어도 나는 못 한다. 간단한 바느질이 고작이다.

"내가 마법진을 그릴 테니까 그걸 나츠키가 자수로 본떴으면 해. 부탁할 수 있을까?"

"그건 상관없지만, 제가 해도 괜찮을까요? 연금술이잖아요?"

"응, 아마도. ……혹시 안 된다면 나츠키한테는 쓸데없는 작업을 시키는 셈이겠지만."

"그건 신경 쓸 것 없어요. 가능성이 있다면 하는 의미도 있으니까요."

서글서글하게 그런 이야기를 하고는 싱긋 미소 짓는 나츠키.

나라면, 이런 귀찮아 보이는 마법진 자수를 부탁받았다가 『역시 안 되네. 데헷♪』 같은 소리를 들으면 확실하게 빡칠 텐데.

——아니, 하루카라면 『데헷♪』 같은 소리는 안 하려나.

하지만 유키라면 할지도 모르겠다.

"고마워, 나츠키. 그럼 우선은 어디에 자수를 놓을지 정해야 해."

"응? 각각의 배낭에 자수를 놓으면 되잖아?"

"그게, 그렇게 단순하지도 않거든. 으음, 각각의 관계성을 공식으로 만들면 이런 느낌이 되는데……."

마법진의 크기=에너지

에너지=난이도(마법 제어력)×마력

에너지=효과 범위×효과 레벨

"흠……. 그러니까 큰 매직 백을 만들려면 에너지가 필요한데, 그러려면 높은 제어력과 마력이 필요하다는 거구나. 에너지가 크지 않다면 효과도 낮다고?"

"그렇지. 처음에 자신이 채울 수 있는 에너지를 고려하지 않고서는, 큰 마법진을 열심히 자수로 놓더라도 못 쓸 수도 있어."

"그럼 있지. 하루카가 배낭에 자수를 놓고 내가 중간 정도의 마대, 나츠키가 작은 마대로 시험해보는 건? 실패한 크기의 물건은 레벨이 올라갈 때까지 놔두면 되잖아?"

"……그러네. 그럼 완전히 허사가 되지는 않겠구나."

그래. 배낭에 부여하다가 실패할 것 같다면, 작은 마대를 매직 백으로 만들어서 배낭에 넣으면 되나. 조금 귀찮겠지만.

"아, 그런네 있지, 『슬로 타임』을 부여한 매직 백 안에 『라이트 웨이트』를 부여한 매직 백을 넣으면 어떻게 되지?"

"그건 안 돼. 간섭이 일어나서 양쪽 다 기능하지 않게 돼."

"그런가. 그렇게 간단하진 않네."

"그래. 특히 『익스텐드 스페이스』를 부여한 매직 백은 대참사가 벌어지니까 주의가 필요해."

"어째서――아, 그렇구나. 공간 확장이 사라지니까 가방이 찢어지거나 안에 든 물건이 엉망진창이 되나."

"고가의 매직 백도 망가질 테고, 위험하겠네요."

"우리라면 다시 만들면 되겠지만 평범하게 구입한 사람은 그냥 넘어갈 수가 없겠네."

"생고기 따위를 넣었다가는 **비참**하겠어. 피랑 살점이 **비산**하니까."

그러면서 "크크큭" 하고 웃는 유키.

설마 저걸 라임이라고 한 건가? 좀 애매한데?

"——자, 그럼 우선은 나츠키의 주머니에 마법진을 그릴까."

"그러네요. 부탁해요."

냉큼 주머니와 펜이랑 잉크를 꺼낸 하루카와 실 따위를 준비하는 나츠키.

"저기—, 조금은 반응해달라고? 부탁이니까."

"기껏 그냥 넘어가 줬는데. 5점. 평가할 가치가 없어."

"엄격하네?! 나, 나츠키~."

"수사법치고는 풍류가 부족하네요. 그리고 심상이 더러워요."

"너무해?! 나오~."

"어—, 응. ……살짝 괜찮았을지도?"

한심한 표정인 유키가 가여워서 그렇게 거들어봤지만 영 아니었던 모양이다.

"배려 고마워. 하지만 좀 더 티 안 나게 해줄래? 전혀 안 괜찮아 보이는데."

어쩔 수 없다. 어쨌든 웃을 수가 없었으니까.

나츠키가 말했다시피 심상이 더럽다. 우리는 정말 생고기를 옮길 예정이라고.

오히려 지금 유키의 표정이 살짝 웃긴다.

"유키, 그보다도 제대로 봐둬. 그릴 테니까."

"예! ——그 잉크는 사 온 거지? 성분 같은 건 알 수 있어?"

"응. 책에 적혀 있어. 만드는 방법도. 기본적으로는 부순 마석이랑 아교 같아."

"어머, 그런가요? 일본화 같네요."

"그러고 보니 일본화의 물감도 광물 분말이랑 아교로 만들지. 물론 이쪽 거엔 별도의 가공도 있지만. 보다시피 잉크병에 들어 있으니까."

단순히 아교랑 안료를 섞은 액체로는 보존성에 문제가 있다나.

그런 문제점을 해결하고 사용하기 편하게 만든 것이, 하루카가 사 온 이 잉크.

"보존을 생각하지 않는다면 무척 단순히 만들 수 있다고 해. 도구가 있다면 직접 만들었을 테지만……."

조금 아쉽다는 듯이 말하며 하루카는 도구도 없이 마법진을 옮겨 그렸다.

무척 복잡한 모양인데 비뚤어지지도 않고 훌륭한 완성도였다.

"잘 그리네, 하루카. 그렇게나 복잡한 걸."

"음~ 손이 자연스럽게 움직이는 느낌? 무기 스킬 같은 거랑 마찬가지로, 이런 마법진을 그리는 방법도 어느 정도 연습한 상태인 거겠지. 레벨 1이니까."

내가 창을 사용할 때 자연스럽게 몸이 움직이는 것과 같은 느낌인가.

"좋아. 나츠키는 이 실로 이 마법진을 따라서 자수를 놓도록 해. 한 줄기로 이어지는 편이 나으니까 도중에 덧대지 않도록 실은 충분히 사용해서."

"알겠어요. 이 실도 사 왔나요?"

"응. 그래 봐야 평범한 실을 사 와서 잉크에 적셨을 뿐이지만."

상상 이상으로 단순한 제조 방법이었다.

자수를 놓는 것이 일반적이지 않은 데다가 간단히 만들 수 있으니까 이 실 자체는 팔지 않는다나.

하루카는 유키와 자신의 마법진도 그리고, 자수를 놓기 시작했다.

"자수틀이 있으면 좋겠는데요, 이거."

"그러네. 하지만 그런 게 있을까? 그건 작은 나사 같은 걸 쓰니까, 만드는 건 어렵지 않을까?"

"내 경우에는 천이 두꺼우니까 끼울 수 있을지 알 수 없지만."

아, 자수틀이라면 그건가, 동그란 녀석.

확실히 다들 자수를 놓기 어려워했다. 천을 발로 누르거나 손으로 잡아당기거나.

"도와줄까?"

"어— 그러네……."

자수를 못 놓는 나는 복습 삼아서 마도서를 다시 읽고 있었지만, 이다음의 부여 작업을 생각하면 실제로 마법을 사용해서 마력을 소비할 수는 없었다.

조금이라도 도울 수 있다면, 하고 제안해봤더니 하루카가 유키와 나츠키를 보고 말끝을 흐렸다.

"하루카를 도와주겠어요? 가장 두꺼워서 힘든 모양이니까요."

"그러네. 우리 건 그래도 쉽게 들 수 있고."

배낭을 뒤집어서 자수를 놓는 하루카는 확실히 가장 불편해 보였다.

사용되는 천은 방직기로 짠 것처럼 치밀하지는 않으니까 두껍다고 해도 힘이 필요하지는 않지만, 크고 복잡한 형태인 관계로 다루기 힘든 것이었다.

"알겠어. 어떻게 하면 될까?"

"여기랑 여기를 잡아당겨 줄래? ——응, 그렇게. 고마워."

내가 천을 들자 하루카가 양손을 쓸 수 있게 되어서 자수도 스피드 업.

하루카의 작업이 절반 정도까지 끝났을 무렵——.

"다 했어요."

처음으로 완성한 것은 【재봉】 스킬이 없는 나츠키였다.

하루카보다 작업 속도는 느렸지만 마법진이 가장 작았으니까 먼저 끝났을 테지.

"수고했어. 그럼 먼저 나츠키의 주머니에 부여해볼까. 마력을 소비할 테니까."

"그러네. 그러는 편이 회복 시간도 얻을 수 있겠어."

마력을 어느 정도 소비할지 알 수 없는 만큼, 휴식 시간을 두는 편이 나로서도 고맙다.

"우선은 리허설. 순서를 확인하자. 일단 나랑 나오가 마법진에 손을 얹어."

"응."

하루카가 마법진 끝에 손을 얹고 나도 거기 맞추어서 손을 얹었다.

"내가 마법진에 마력을 실어서 대기 상태로 만든다. 그다음은 나오."

"내가 『슬로 타임』을 발동 직전인 상태로 킵하고 천천히 그 마력을 흘려 넣는다."

"흘러든 마력을 내가 조정하고 끝나면 마법진을 종료 상태로 이행시킨다."

"이걸로 종료인가. 좋아, 딱 맞아. 이미지 트레이닝만큼은!"

마도서는 확실하게 이해했다.

마법을 킵하고 마력을 조작하는 연습도 했다.

남은 것은 실천뿐.

할 수 있을까? ……아니, 할 수 있다.

내게는 재능이 있다――포인트를 소비했으니까!

"그럼 할게. 유키도 제대로 봐둬."

"그래."

"응."

"그럼…… 음!"

내가 손을 얹은 것을 확인하고 하루카가 마법진에 마력을 흘려 넣었다.
그에 맞추어서 나도 마법을 발동.
지금 내가 제어할 수 있는 최대치의 마력을, 가능한 한 신중하게 마법진으로 흘려 넣었다.
책에는『여기서 제어가 흐트러지거나 마력이 밖으로 새어나가면 성능이 저하됩니다』라고 적혀 있었으니까 어쨌든 집중.
다만 생각했던 것보다도 부드럽게 마력이 흘러드는 데, 이게 맞는 건지.
하루카에게 흘끗 시선을 향했더니 진지한 표정으로 마법진을 바라보며 입술을 꾹 다물고 있었다.
——조금만 더.
『연금술사가 작업을 완료할 때까지 마음을 놓지 않도록』이라는 조언을 떠올리고 신중하게 마력을 끝까지 흘려 넣었다.
몇 초 후, 마법진을 돌던 마력의 흐름이 더는 느껴지지 않게 되고——하루카가 크게 숨을 내쉬었다.
"하아아아아. 피곤해라. 이거, 의외로 힘드네. 나오는?"
"나는…… 마력 쪽으로는 문제없네. 이런 크기라면 거의 쉴 필요도 없을 정도야. 다만 정신적으로는 지쳐. 신경을 쓰니까."
예를 들자면 바늘귀에 실을 꽂는 것 같은 작업.
체력은 쓰지 않더라도 피곤한 것처럼, 이 작업도 마력은 괜찮더라도 정신적으로 지친다.
"하루카, 어떤 식으로 어려워?"
"감각적인 부분이니까 설명하기는 어렵지만, 나오의 마력? 마법? 그걸 제어하는 게 무척 힘들거든. 아직 【연금술】이 레벨 1이라서 그런 걸까? 소질을 가지고도 이렇다면 유키는 힘들지도.”

“혹시 내가 마력을 너무 실어서? 일단 지금 제어할 수 있는 범위의 최대치로 노력해봤는데.”

“그건 잘못이 아니라고 생각하지만…… 적으면 제어하는 시간이 짧아질 테니까 그만큼 편하겠지. 제어 자체의 난이도는 변함이 없더라도.”

마법진을 물을 담은 탱크로 비유한다면 마법진의 크기는 탱크의 용량이고, 내가 부은 마력의 양은 탱크에 붓는 물의 양.

다만 탱크의 크기와 상관없이 주둥이의 사이즈는 같다.

내가 수도꼭지라면 하루카는 그 밑에서 탱크를 받치는 역할로, 탱크가 크면 클수록 하루카는 장시간 탱크를 받쳐야만 하는 것이다.

“응? 그렇다면 내가 필요 이상의 마력을 흘려 넣으면 헛수고라는 건가?”

“엄밀하게 따지자면 그렇게 되겠네. 그렇다고 해서 물을 흘려 넣는 도중에 탱크의 뚜껑을 닫을 수도 없으니까, 이상적으로는 탱크의 용량보다 조금만 많이 붓는 정도일까.”

“어…… 그건 마법진을 보고 용량을 판단하라는 거야? 내가?”

“그런 부분은 경험이겠지. 지금 마법진이라면 아마도 사분의 일? 그 정도로 괜찮지 않았을까?”

“으핫! 엄청나게 낭비했잖아?!”

“처음이니까 어쩔 수 없지. 부족한 것보다는 훨씬 나아.”

확실히 그렇지만…… 응. 뭐, 처음이니까.

아무리 재능이 있어도 처음부터 완벽하게 될 리가 없다.

실패하지 않았다는 것 자체가 요행이라는 녀석이겠지.

"그러면 이 주머니는 이제 매직 백이 된 건가요?"

주머니를 든 나츠키가 안을 들여다보고 손을 집어넣으며 신기하다는 듯 고개를 갸웃거렸다.

뭐, 겉모습에 변화는 없고 효과도 『슬로 타임』. 그래서는 실감이 들지 않겠지.

"처음은 『라이트 웨이트』 쪽이 나았을지도. 일단 이걸 넣어보자."

그러면서 하루카가 건넨 것은, 마법으로 만들어낸 탁구공 크기의 얼음 두 개.

하나는 지금 만든 매직 백 안에, 다른 하나는 비슷한 주머니 안에.

그것을 나란히 바닥에 놓았다.

"이러면 시간 경과를 비교할 수 있어. 근데 얼마나 차이 나는 거야?"

"고성능인 매직 백이라면 연 단위로 상태가 거의 변하지 않는다던데……."

"비전문가……는 아니지만, 초보가 만든 물건이니까 어떨지."

"하지만 실패하지 않았으니까 일단은 규정대로의 성능이 나오지 않을까?"

"그렇다면 일단 만 분의 일 정도일 텐데……."

"흠……."

만 분의 일이라면 어느 정도야?

일 년이 8760시간이니까, 일 년 동안 방치하면 주머니 안은…….

"그러면 음식 보존에는 문제가 없겠네요."

"그러네. 아무리 그래도 뜨거운 음식, 차가운 음식은 안 될 테지만."

"하지만 한 달을 넣어둬도 5분이 안 되잖아? 실제 활용에서는 거의 문제없지 않을까?"

응, 날것이라도 안심이네. 회를 먹을 수 있을지도 모른다.

"제대로 됐다면 말이지? 시계라도 만들 수 있다면 정확하게 측정할 수 있겠지만……."

"연금술 사전에는 안 실려 있어?"

"실려 있지만 아직 나로서는 무리일 것 같아. 레벨 1이니까."

"매직 백은 만들 수 있으면서."

"매직 백이 희소한 건 시공 마법 사용자가 없기 때문인걸. 연금술 난이도로는 간단한 부류에 속한다고 해."

그렇구나. 그러니까 하루카라도 만들 수 있었나.

"그보다도 이럴 시간에 자수를 진행하자. 나츠키한테도 또 부탁할 수 있을까? 연습도 겸해서, 가능하다면 잔뜩 만들고 싶으니까."

"예, 괜찮아요."

그리하여 해가 질 때까지 하루카가 자수를 놓은 배낭이 하나, 유키가 자수를 놓은 주머니가 둘, 나츠키가 처음으로 만든 하나에 추가로 만든 하나 더, 도합 다섯 개의 매직 백이 완성되었다.

그중 하나는【연금술】이 유효화된 유키와 내가 만든 것이다.

내가 마력량 조절에 익숙해지기도 해서 유키와의 페어로도 무사히 성공한 것이었다.

"자. 일단『슬로 타임』이 셋,『라이트 웨이트』가 두 개 완성되었는데…… 처음에 만든 거, 아직 얼음은 안 녹았지?"

"예. 보기에는 거의 변화가 없어요."

"『라이트 웨이트』쪽은 효과를 쉽게 알 수 있네. 아마도 백 분의 일 이하야, 이거."

가지고 있는 물품 중에 무거운 물건으로 일단 채워본 주머니를 한 손으로 가볍게 드는 유키.

이쪽도 계측기가 없으니까 알 수 없지만, 내가 들어봤을 때도 유키의 의견과 그리 다르지 않았다.

지금 우리가 이렇게 만들 수 있다면, 레벨이 올라가면 어느 정도가 될까?

"이렇게까지 효과가 있다면, 효과가 줄어들더라도『라이트 웨이트』랑『슬로 타임』두 가지가 붙어 있는 쪽이 편리하겠네요."

"확실히 그렇지만…… 두 가지는 어렵겠지?"

확인하듯이 내 얼굴을 보는 하루카의 의견에 수긍했다.

두 가지 마법을 동시에 전개하고 유지, 그것을 균등하게 마법진으로 흘려 넣는다는 어려운 작업.

일단 연습하고는 있지만 하루아침에 가능해질 것 같지는 않았다.

"하지만 이것들은 전부 성공했으니까……. 나오, 어떻게든 안 될까?"

"아니아니, 엄청 어렵다고. 예를 들자면, 피아노를 한 손으로 치는 거랑 양손으로 치는 거의 차이야."

"흠. 그러니까 『익스텐드 스페이스』도 추가한다면 발로 사용해서 치는 엘렉톤*이 되는 건가? 얼마든지 할 수 있어! 연습하면 의외로 어떻게든 될 거야!"

가볍게도 말해주시네, 이것 참. 나도 꽤 노력하고 있거든?

"그렇게 간단히——."

"그러고 보니 유키는 칠 줄 아는구나, 엘렉톤."

"……어, 진짜로?"

"응, 뭐, 조금은?"

유키는 고개를 갸웃거리며 그런 식으로 가볍게 말했지만 하루카는 쓴웃음 짓고서 고개를 가로저었다.

"조금이기는…… 꽤나 잘 쳤잖아."

큭, 비유를 잘못했어!

할 수 있는 사람에게 『연습하면 할 수 있다』라는 말을 들었다면, 연습할 수밖에 없다.

게다가 『재능』이 있으니까 『나한테는 재능이 없으니까』 같은 말로 도망치는 것도 통하지 않는다.

하하하…… 어떤 의미로 스테이터스라는 거, 가혹하지 않나?

"그건 그렇고 그런 복잡한 걸 잘도 치는구나. 도중에 음색을 바꾼다든지, 엄청 귀찮아 보였는데."

* 야마하에서 개발한 전자 악기. 2단식 오르간 건반과 발로 누르는 페달 건반을 이용하여 연주한다.

"그러네요. 저도 피아노는 칠 수 있지만 엘렉톤은……."

"응— 뭐, 음색은 자동으로 바꿀 수도 있고, 발로 복잡한 멜로디를 치지는 않으니까. 처음에는 아무래도 혼란스러웠지만."

"그런가, 연습인가…… 응? 그러고 보니 유키, 시공 마법 소질, 가지고 있지?"

"아."

실수했다, 라는 듯 입에 손을 대는 유키를 향해 나는 싱긋 웃었다.

"좋—아, 좋아좋아. 가르쳐주겠어—. 같이 연습하자고."

"어— 아니아니, 나는 연금술 쪽을……."

"어차피 배워야 되니까 같이 열심히 해봐. 자수 쪽은 나랑 나츠키가 열심히 할 테니까."

"버려졌어?!"

"큭큭큭, 시공 마법의 어려움, 유키도 깨닫도록 해라!"

"큭, 비겁하다!"

"같이 가자고오~~."

마법 연습이라는 거, 어쨌든 정신이 깎여나가는 수수한 작업인걸.

혼자서 연습하다 보면 기분도 어두워진다.

게다가 시공 마법은 효과가 눈에 보이지 않는 만큼, 불 마법과 비교해도 특히 그런 경향이 강하다.

옆에서 본다면 그저 계속해서 신음하는 것으로밖에 안 보이니까.

그래도 같은 희생자——아니, 같이 절차탁마하는 동료가 있다면 조금은 다르겠지?

하지만 결국 그날, 나는 두 가지 마법을 부여한 매직 백을 만들지는 못하고……. 유키와 함께, 성공할 때까지는 한동안 시간을 더 필요로 하게 된 것이었다.

◇ ◇ ◇

"조금 휴식이 길어졌지만, 오늘부터 벌자고!"
""오오!""
하루카의 구령에 우리는 나란히 소리를 높이고 유키와 나츠키도 조용히 고개를 끄덕였다.
"두 사람이 본격적으로 활동하는 건 이번이 처음인데, 괜찮겠어?"
"응. 오히려 조금 안도했는데? 일할 수 있게 되어서."
"그래?"
"예. 여러분과 합류해서 생활 수준이 무척 올라갔지만, 이것들은 전부 여러분이 열심히 일한 성과예요. 솔직히 조금 미안해서."
"앞으로는 다 같이 일하고, 그 돈으로 땅을 사서 집을 세운다. 그렇게 되면 우리도 기분이 편해질 테고, 마음에 둔 소리도 편하게 꺼낼 수 있으니까."
"그건 신경 쓸 필요 없지만…… 응, 마음은 알겠어."
우리와 합류한 뒤, 유키와 나츠키도 소지금을 넘기려고는 했지만…… 하루 100레아의 급료에 갈아입을 옷 따위를 산다든지 하면 남은 돈은 미미한 수준.

나랑 토야의 용돈에도 미치지 못해서, 당연히 하루카도 그것을 받을 수는 없었다.

"그러니까 단단히 벌어야 되는데…… 이대로 숲으로 갈 거야?"

"아니, 일단 길드에 들렀다가 가자. 뭔가 좋은 의뢰가 있을지도 모르니까."

"그렇구나. 그보다 우리, 제대로 의뢰를 받은 적은 없지?"

"돈을 벌 수만 있다면 굳이 리스크를 질 필요도 없었으니까."

의뢰를 받고 달성하지 못한다면 당연히 페널티가 있고, 그걸 피하기 위해서 무리를 하다가는 리스크가 올라간다.

간단한 채집 의뢰라도 목표를 찾아내지 못한다면 숲속 깊이 발길을 들이게 될 거니까.

벌 수만 있다면 리스크를 피해서 의뢰를 받지 않겠다는 하루카의 판단은 옳았을 테지.

"무리를 하지 않는다는 방침은 변함이 없지만, 이제 다섯 명이 되었으니까 간단해 보이는 의뢰라면 맡아보는 것도 경험 아닐까."

"그러네. 아! 그러고 보니 토미가 우메조노를 길드에서 봤다고 그랬어."

"우메조노…… 아, 그 녀석인가. 만나면 귀찮겠는데."

"그러게, 별로 만나고 싶지는 않아."

어렴풋한 우려를 드리우고서 하루카가 말하자 유키가 잠시 생각에 잠기더니 물었다.

“우메조노라면 복사하고 도망쳤다는 사람이지?”
“보너스 캐릭터네요.”
“그러니까【스킬 복사】는 보너스 캐릭터가 아니라고! 스킬 자체는 완전히 무해하니까!”
“그랬죠, 도움이 안 됐죠.”
“동료가 없다면 말이지! 나는 이제 그건 벗어났잖아?!”
“그런가요? 아직 소비한 포인트만큼의 스킬도 복사하지 못했다고 생각하는데요.”
“윽…… 그러게. 역시【스킬 복사】의 본전을 뽑는 건 힘들구나…….”
【스킬 복사】의 필요 포인트는 아마도 100포인트였을 터.
복사 가능한 스킬 다수는 5포인트로 1레벨이니까 단순 계산으로도 스무 개다.
우리 네 사람한테서 전부 복사하면 어떻게든 본전을 뽑을 수 있을 정도. 그만큼 힘들다.
“자자, 나츠키도 유키 놀리지 말고. 지금은 조금 수고스럽겠지만 유키나 나츠키가 먼저 정찰을 하는 편이 나으려나?”
“정찰이라면 전가요?【은폐】있으니까요.”
아, 존재감이 사라지는 그거.
그걸 쓰면 엄청 무섭단 말이지, 기척이 사라져서.
“그냥 가도 되지 않을까? 토미 이야기로는, 디오라 씨한테『당분간 일은 주지 않겠다』라는 소리를 들어서 빡쳤다던데. 일을 내팽개쳤다나.”

"그건 그때 일이지? 카페에서 나한테 최후의 대사를 남기고서 달려갔던."

"그거구나. 거기서 일하던 모양이었으니까. 길드로 고충이 들어올 만도 하네."

일도 사라졌는데 어쩌고 있을까.

불쌍……하지도 않다. 자업자득이니까.

마지막 그 말만 없었다면 조금 정도는 도와줄 의욕도 생겼을지 모르겠지만.

적어도 토미만큼이라도 귀여워야 하지 않을까.

물론 외모가 아니라 내면 말이지?

"그럼 걱정 말고 가자. 혹시 만나더라도 기본적으로는 무시한다는 걸로."

"오케이."

"알겠어요."

길드는 며칠 만에 방문했지만 딱히 아무런 변화도 없이 평온했다.

다행히도 걱정하던 귀찮은 사람도 없었기에, 우리는 디오라 씨에게 가볍게 인사를 하고 다 같이 게시판의 의뢰를 확인했다.

"사실은 이렇게 제대로 보는 거, 처음이야."

"응! 판타지라는 느낌이 드네!"

"그건 동감이지만 의뢰 내용은……. 모험가다운 느낌은 적네."

대부분이 채집 의뢰이고 호위 의뢰는 조금뿐. 보수도 썩 좋지 않았다.

호위 의뢰에는 랭크 제한이 있어서 우리는 받을 수 없지만.

"으~음, 어느 의뢰를 받는 게 타당할지는 전혀 모르겠는데?"

"예. 『무엇무엇을 찾아와라』라고 적혀 있기만 해서 위험성은 알 수가 없어요."

"채집 의뢰는 그런 느낌인 것 같아. 전부 자기 책임. 모르면 조사해보라는 거지."

의뢰품을 찾으러 가는 것에 어느 정도의 위험이 예상되는가, 그것을 생각하고 조사하는 것도 모험가의 일이라는 이야기겠지.

"오, 주의 정보가 있는데? 『동쪽 숲에서 바이프 베어 목격 정보 있음』."

"그건가……. 그다지 만나고 싶지는 않네."

토야가 가리킨 종이를 보고서 나와 하루카는 얼굴을 찌푸리고 나츠키와 유키는 곤혹스럽게 고개를 갸웃거렸다.

"그거 강해?"

"응, 생명의 위험을 느꼈어."

"그렇게까지?!"

솔직한 내 감상에 유키와 나츠키가 눈을 동그랗게 떴다.

"아니아니, 그때랑 지금의 우리는 다르잖아. 기술도 올라갔고 무기도 그야말로 격이 달라. 그렇게 위협은 아닐 거라 생각하는데?"

"확실히 무기의 가격만이라면 두 자릿수는 다르지만…… 괜찮을까?"

"그럼! 나한테 맡겨둬! 녀석은 이미 간파했어!"

그러면서 멋 부리듯 훗, 웃는 토야. 정말로 괜찮을까?
뭐, 매직 버섯을 노린다면 조우할 위험성도 높겠지만.
"토야의 말은 어쨌든, 유키랑 나츠키도 들어왔으니까 못 당해낼 일은 없겠지."
"뭐, 그러네."
이쪽으로 와서 며칠 만에 조우한 우리도 쓰러뜨릴 수 있었으니까, 하루카가 말하다시피 방심하지만 않으면 죽을 일은 없을 터.
우리도 확실하게 스텝 업하고 있으니까.
"그 밖에는……『그레이트 샐러맨더 수렵 포획』이라는 게 있는데?"
어, 정말이다. 주의사항으로『죽여서 바로 동결할 것』이라고 되어 있다.
"『50센티미터 이상으로, 금화 스무 개부터』인가. 그럭저럭인가?"
"하지만 샐러맨더는 위험할 것 같지 않아? 적어도 초반에 나오는 적이 아니잖아, 게임이라면."
"응, 화산 지대 같은 곳에서 나올 것 같아!"
게다가『그레이트』가 붙어 있다. 무척 강할 것 같다.
이름만이라면.
"자세히 봐. 토벌이 아니고『수렵 포획』이라고 적혀 있는데? 이건 혹시……."
"그냥 장수도롱뇽 얘기 아닐까요?"
"이쪽에서도 먹는구나, 그거."
현재는 특별 천연기념물이라서 소중하게 취급되는 그 생물.
옛날에는 맛있게 먹었다고 그러던데.

이름의 유래도 고기에서 산초의 향기가 나서 그렇다나.*

보기에는 이색적인 부류에 속하는 그것을 먹는다니, 역시 일본인이다.

"우와— 장수도롱뇽이라니까 어쩐지 단숨에 그레이드 다운."

"이름이 너무 멋있었으니까."

"불에 던져 넣어도 표면의 점액 때문에 좀처럼 불타지 않아서 붙은 이름이라 했나?"

"그런 설도 있어. 하지만 이거, 매입 가격은 비싸다지만 잡을 수 있는 장소와 가지고 올 방법이 문제네. 최소 50센티미터라면 배낭에서 삐죽 튀어나와."

소유 중인 배낭 중에서 어제 매직 백으로 만든 것은 두 개뿐이고 부여한 것은 『슬로 타임』. 나머지 매직 백도 그보다 작은 사이즈.

그러니까 배낭에 안 들어가는 사냥감의 경우, 『슬로 타임』의 은혜를 받을 수가 없는 것이다.

물론 자르면 들어갈 테지만, 적혀 있는 내용을 보면 그건 안 되겠지.

"이걸 노린다면 커다란 주머니를 입수해야겠네."

"그러게. 앞으로도 사용할 일은 있을 테니까 사둬서 손해 볼 건 없을지도."

"그렇다면 매직 백으로 만들 필요도 있으니까, 이건 노리더라도 내일 이후인가요."

"응. 디오라 씨한테도 상담을 해본 다음에, 말이지."

* 장수도롱뇽의 일본어 표기는 오산쇼우오(대산초어, 大山椒魚)이다.

달리 신경 쓰이는 의뢰도 없다는 사실을 확인하고, 우리는 다 같이 디오라 씨 쪽으로 이동했다.

"안녕, 디오라 씨."

"예, 안녕하세요."

"바이프 베어가 나온다고 적혀 있던데."

"예. 매직 버섯이 나 있는 모양이라 그걸 노리고 나오는 것 같아요."

역시 그런가. 가능하다면 채집하고 싶은 참이지만…….

"디오라 씨, 어떤 곳에 자라는지 아시나요?"

"그늘지고 습기가 있는 장소라고밖에……. 여러분이라면 괜찮을 거라 생각하지만, 가실 거라면 충분히 주의를 기울이셔야 해요."

"응, 물론이지. 그리고 그레이트 샐러맨더에 대해서도 물어봐도 될까?"

"서식하는 곳은 노리아 강을 따라서 상류로 계속 올라간 곳이에요. 하루카 씨는 물 마법을 쓸 수 있던가요? 위험성은 적지만 이익을 따지면 조금 미묘하겠네요."

"그래?"

"예. 거리가 꽤 있고, 역시 동결 상태를 유지한 채로 운반하는 게 큰일이니까요. 50센티미터 정도라면 살짝 적자, 1미터 정도를 잡을 수 있다면 그럭저럭 벌 수 있는 수준 아닐까요. 물론 저희로서는 받아주시는 게 좋겠지만요."

노리아 강은 유키랑 나츠키가 있던 사르스타트 마을을 흐르는 강으로, 이 마을에서 반나절 정도 거리에 있다. 그러니까 왕복에 하루.

우리 다섯 명이 만 하루를 일한다면 사회인으로서 최소한으로도 금화 열다섯 개 정도는 벌고 싶다.

경비를 생각해서 가능하다면 그 두 배를 최소한으로 잡고 싶은데, 그레이트 샐러맨더라면 50센티미터 사이즈 한 마리라도 살짝 부족하다는 의미.

"으~응, 그러네. 그런 쪽으로 논의해보고 생각할게. 고마워. 그럼 다녀올게."

"예, 몸조심하세요."

디오라 씨의 배웅을 받으며 길드를 나온 우리는 동문을 통해 숲으로 향했다.

"신경 쓰이는 의뢰를 두 개 정도 발견했는데, 어떻게 생각해?"

"그레이트 샐러맨더…… 뭐, 장수도롱뇽이라 불러도 되겠지? 이건 오늘 벌이를 보고서 생각해보면 되지 않을까? 잡으러 가는 것 자체에는 흥미가 있지만, 돈을 번다는 측면에서는 그렇게까지 효율적이지 않을 것 같으니까."

"그러네. 거리가 난점이구나."

다소 비싸게 팔 수 있더라도 이동에 시간이 낭비되고, 『동결 상태로 가져와라』라는 제한도 있다.

그렇다면 근처에서 저렴한 녀석을 얻는 편이 결과적으로 이익은 더 클지도 모른다.

"그럼 매직 버섯을 찾으면서 약초 채집, 추가로 멧돼지. 이러면 될까?"

"그러죠. 그건 그렇고, 이름도 그렇지만 효과 쪽도 위험한 버섯이네요. ……아니, 제가 가진【약학】에 사용하는 소재이기는 하지만요."

"그러고 보니 진통제로 사용한다고 그랬지. ……응? 포션은【연금술】로도 만들 수 있잖아?【약학】이랑 뭐가 달라?"

확실히 그렇다.【연금술】로 포션을 만들 수 있다면【약학】은 필요 없는데?

토야의 그런 의문에 나도 나츠키를 봤지만 그녀도 곤란하다는 듯 하루카에게 시선을 향했다.

"으—음…… 하루카, 어떨까요?"

"【연금술】은 포션도 만들 수 있다.【약학】은 포션밖에 못 만든다는 차이겠네."

"그럼【약학】의 의미는 없나?"

"그렇지는 않아.【연금술】로밖에 못 만드는 약도 있지만,【약학】으로밖에 못 만드는 약이 압도적으로 많으니까. 마력을 사용하지 않으니까 대량생산에 걸맞은 것도【약학】이야."

"그러니까 약 중에서도 각각 적성이 있다고 이해하면 되겠네요."

"그래. 그런 느낌."

"양쪽을 쓸 수 있는 우리는 안심해도 된다는 말이구나. 병이나 부상은 무서운걸."

"나츠키의【약학 Lv.3】이면 몰라도 내 쪽은 아직 연습이 필요하지만."

그래도 없는 것보다는 훨씬 낫다.

잘 모르는 의사한테 걸리는 것보다 두 사람이 만든 약을 먹는 게 그래도 안심할 수 있다.

"그럼 우리가 채집하는 약초 등은 두 사람 중에 누군가는 쓸 수 있다는 의미지? 약으로 만들어서 팔면 돈이 되지 않을까?"

"아니, 그건 무리겠지."

토야가 그런 소리를 했지만 나는 곧바로 부정했다.

"어째서?"

"토야, 길가에서 비ㅇ그라를 팔고 있다면 살래?"

"……안 사. 그런가, 신용인가. ――아니, 그보다도 나는 필요 없다고, 비ㅇ그라!"

개인 수입은 물론이고 일본의 조제 약국에조차 가짜 약이 혼입되는 사건이 있었다.

아무리 장사상의 관례라고 해도, 처음 본 손님한테서 신분 확인도 않고 약을 매입해서 그것을 약국에 유통시킨다니, 솔직히 귀를 의심했다.

그런 이상한 관계가 버젓이 통하는 일본의 약 도매상은 괜찮은 걸까?

포장만 위조할 수 있다면 테러든 뭐든 마음대로.

일부 나라에서 제조되는, 외관상으로는 구분이 가지 않는 가짜 약이 세계적으로 문제가 되고 있는데 대체 얼마나 위기의식이 없는 거냐고.

게임처럼 감정 한 번으로 성분이나 효과를 판별할 수 있을 리도 없는데 말이야.

심지어 이 세계라면 그런 포장조차 없다. 일반인으로서는 포션인지 그냥 물인지도 알 수 없으니까, 잘 알지도 못하는 상대한테서 사는 사람이 있으리라 여겨지지는 않는다.

"그걸 담보하는 게 길드인데, 가입하는 이점은 적어. 비용도 들고."

"전업이 아니니까요. 연금술사도 마찬가지인가요?"

"일단은 그래. 팔 수 있을지는 별도로 두고, 파는 것 자체는 범죄가 아니지만."

"그렇다면 매직 백은 팔 수 있는 거 아닌가?"

그러고 보니 귀한 상품이라 얼마든지 팔린다고 그랬지?

아직 『익스텐드 스페이스』는 못 쓰지만 팔 수 있다면 돈이 되려나?

"팔리기는 팔릴 테지만 귀찮은 일이 찾아올 거야. 나오한테. 겸사겸사 유키한테도."

"나?!"

"겸사겸사?!"

"시공 마법은 희소하다고 그랬잖아. 아무런 후견인도 없는 나오가 쓸 수 있다고 그러면 여러모로 귀찮아질 게 뻔하잖아."

"아—, 귀족이라든지?"

"그런 거야. 시공 마법은 레벨이 올라가면 『텔레포테이션(전이)』 같은 게 있잖아? 권력자가 내버려 둘 리 없지."

"납득. 귀찮겠구나."

"철저하게 숨기든지 후견인을 얻든지 해야 할 테지만…… 당장은 숨길 수밖에 없겠지. 우리가 적당한 후견인을 그렇게 간단히 찾을 수 있을 것 같기도 않고."

"그러게."

아무런 이익 공여도 없이 후견인이 되어줄 사람이 있을 것 같지는 않다.

이익 공여를 한다면 우리의 행동이 제약된다.

그렇다면 가능한 한 감춘다는 선택이 되는 것은 당연하겠지.

"저기저기, 하루카. 내가 '겸사겸사'라는 게 납득이 안 가! 애정? 애정의 차이야?! 나오 러브 유인 하루카는 나 따윈——."

"입 다물어."

바보 같은 소리를 시작한 유키의 머리에 하루카의 촙이 작렬했다.

혀를 깨물 뻔했는지 허소굴둥 말하며 입가를 누르는 유키.

"우리는 같이 행동하고, 나오 쪽 레벨이 높으니까 대책도 거기 맞추면 되잖아. 유키가 독립한다면 또 다르겠지만?"

"아뇨! 평생 따라갈게요!"

"평생은 무거운데. 뭐, 둘 다 눈에 띄게 사용하지는 않도록."

"""어. (응.)"""

귀찮은 일은 사양이니까.

"그래서 결국 매직 버섯을 찾는 걸로 하면 되겠지?"

"문제점은 바이프 베어가 나올 위험성이겠네. 내 【적 탐지】로 전투를 피하는 것 자체는 가능하겠지만……. 어떻게 생각해?"

“내 의견은…… 오히려 싸워야 한다, 일까? 지난번에는 위험했지만 앞으로는 그 이상의 적이 나오는 경우도 있을 거야. 그걸 생각하면 연습 상대가 된다고 할 수도 있겠지.”

“나는 기권할래. 얼마나 강한지 모르니까.”

“저도 만난 적은 없지만, 해봐야 하지 않을까요. 항상 안전을 생각하는 것도 필요하지만 성장을 위해서는 상위의 적에 대한 도전 역시도 필요해요.”

생각하던 것 이상으로 나츠키가 우호적이었어!

그러고 보니 원래 세계에서도 무도 소양이 있었구나, 나츠키.

“찬성 다수인가. 그럼 할까. 토야, 부탁한다? 가장 탄탄하니까.”

“어. 이번에는 사슬갑옷도 방패도 있어. 지난번과 비교하면 훨씬 안전해.”

분명히 그때는 싸구려 가죽갑옷과 쇠몽둥이로 도전했지.

……응, 다시금 생각해보면 토야도 배짱이 있구나. 그런 사이즈의 곰을 상대로.

“그럼 기본적인 방침은 매직 버섯을 찾으면서 약초도 채집, 터스크 보어가 있다면 사냥하고 고블린 따위는…… 적극적으로 나서지는 않겠지만 접근하면 쓰러뜨린다. 이걸로 되겠지?”

하루카가 말한 방침에 우리는 수긍하고 숲으로 발길을 들였다.

숲으로 들어온 뒤로는 두 팀으로 나뉘어서 약초 채집과 주변 경계를 교대로 담당했다.

전력을 생각해서 토야와 하루카가 한 팀, 나머지 셋이 한 팀.

전원이【도움말】, 혹은【감정】을 쓸 수 있으니까 잘못된 약초를 채집하는 일도 없어서 작업은 순조로웠다. 삽 덕분에 뿌리가 필요한 약초도 캘 수 있게 되었고.

그런 식으로 채집을 계속하며 이동하기를 한 시간 남짓. 그것을 발견한 것은 토야였다.

"오, 매직 버섯 있어."

직경 20센티미터 정도의 쓰러진 나무가 있고, 그 나무에서 표고버섯의 밑동을 두껍고 길게 만든 것 같은 하얀 버섯이 몇 송이나 나 있었다.

"이게 바이프 베어가 좋아하는 거구나."

"보기에는 그렇게 맛있어 보이지는 않네."

"아니아니, 유키. 버섯은 기본적으로 맛있어 보이지는 않잖아? 먹어보니 맛있다는 걸 아니까 그렇게 느끼는 것뿐이지."

"……그럴지도?"

둥글고 두툼한 표고버섯이 맛있게 보이는 것은 간장을 쪼르르 따르고 구우면 맛있다는 사실을 알기 때문.

객관적으로 보면 과일 따위와는 달리 색상은 전혀 맛있어 보이지 않는다.

그렇다고 화사한 색깔은 맛있게 보이냐 묻는다면, 버섯의 경우에는 오히려 위험하게 보여서 식욕이 사라지니까 신기하다.

"하지만 새하얘서 머시룸――양송이 같네요."

"머시룸…… 매직 머시룸이라는 독버섯 있지 않아? 더더욱 위험해 보인다고."

나츠키의 말에 토야가 쓴웃음 지었다.

"참고로 매직 머시룸은 알칼로이드 계열의 일부 독성 물질을 포함한 버섯 전반을 가리키는 말이지 단일 종류가 아니라고? 우리가 머릿속에 그리는 매직 머시룸과는 형태도 전혀 다르니까."

"어, 그래?"

"응. 광대버섯 같은 것도 그중 한 종류야."

"매직 버섯에 진통 작용이 있다는 건, 여기 포함된 알칼로이드는 이른바 매직 머시룸 계열의 버섯보다 다투라――독말풀 따위에 가까운 걸까."

"으음, 하나오카 세이슈*였던가?"

"그래."

그러니까 마취약을 만든 사람이었나? 옛날에 만화에서 읽은 기억이.

하지만 진통 작용이 큰 모르핀도 의존성이나 환각 같은 부작용이 있으니…….

"뭐, 그건 그렇다 치고, 채집하자. 토야, 【감정】에 적혀 있는 건 있어?"

"어―, 마취약의 원료 운운이랑……『갓의 크기가 3센티미터 미만은 가치가 없다, 10센티미터 이상은 무척 가치가 있다』라는데."

"그게 아에라 씨가 말했던『보너스』인가. 하지만……."

"별로 없네. 10센티미터 이상은 아예 없고."

* 일본 에도 시대의 의사. 1804년에 독말풀 등을 이용한 약물로 세계 최초의 전신마취 수술을 했다는 기록이 있으나, 현재까지는 일본을 제외하면 1846년 미국 존 워런의 에테르를 이용한 마취를 최초의 전신마취 수술로 인정한다.

쓰러진 나무는 10미터 정도나 됐지만 버섯은 그중 일부에 드문드문 나 있을 뿐.

이미지만 보면 원목 재배를 하는 표고버섯보다도 적은 정도인가.

"이 정도 크기면 얼마 정도일까?"

"그러고 보니 안 물어봤구나. 뭐, 타당한 금액으로 사줄 테니까 열심히 채집하자."

"그래."

상인이 상대라면 속을 가능성도 있겠지만 길드라면 그런 쪽으로는 안심이 된다.

그만큼 조금 저렴해지는 모양이지만, 매각 상대를 찾는 수고를 생각한다면 그렇게 나쁘지는 않다.

"가장 큰 것도…… 8센티미터 정도인가. 커질 때까지 놔두는 방법도 있겠지만……."

"안 되겠지. 바이프 베어가 나온다고 했으니까 먹혀버릴 거야."

"역시 그렇게 되겠지."

포기하고, 3센티미터 이상인 버섯은 전부 수확해서 주머니에 담았다.

겸사겸사 나무둥치를 자세히 관찰해봤더니 발톱 자국으로 보이는 흔적이 남아 있었다.

역시나 바이프 베어가 쓰러뜨린 나무일까.

"만약 바이프 베어 덕분에 이걸 딴 거라면 쓰러뜨리는 건 미안한데."

"그런가? 그 곰은 전혀 귀엽지 않으니까 나는 별로."

"귀엽지 않나요?"

"전혀. 보는 것만으로도 흉악해. 고기는 값도 싸서 모피 정도밖에 못 파니까 적극적으로 쓰러뜨릴 생각은 들지 않는 적이야."

차라리 불곰이 더 귀여운데——실제 흉악함은 비슷할 테지만.

"만나면 쓰러뜨리는 걸로 하면 되겠지. 전부 땄으면 얼른 이동하자. 굳이 바이프 베어가 올 때까지 기다릴 필요도 없으니까."

"알겠어."

마지막으로 다시 한번 남은 버섯이 없는지 확인한 우리는, 조금 빠른 걸음으로 그곳에서 벗어나서는 매직 버섯 탐색을 재개했다. 두 곳 정도, 버섯 군생지인 쓰러진 나무를 더 발견했다.

게다가 두 곳에서는 10센티미터가 넘는 '보너스'를 찾아서 우리 표정은 만족스러웠다.

하지만 그런 기쁨에 찬물을 끼얹듯이 내 【적 탐지】에 반응이 왔다.

우리 쪽으로 다가오는 그 반응은, 크기를 바탕으로 생각하면 역시 바이프 베어인가.

"적! 아마도 바이프 베어!"

"오! 드디어 나타났나! 반응은…… 저쪽이네."

곧바로 토야가 검을 뽑고 귀를 움찔움찔하더니 적이 있는 방향으로 버티고 섰다.

"나오랑 나츠키도 부탁해. 유키는 엄호."

"으, 응."

"알겠어요!"

나와 나츠키가 토야보다 조금 후방의 좌우로 전개, 하루카가 가까운 나무 위로 이동, 유키도 그 옆에서 쇠몽둥이를 들고 대기했다.

그리고 기다리기를 잠시, 나무들 사이로 바이프 베어의 모습이 보였다.

"커, 커다래……."

그렇게 말을 흘린 것은 유키.

나츠키는 아무 말도 없지만 입을 꾹 다물고 진지한 표정으로 창을 들었다.

"그때랑 같은 정도인가……. 마침 잘됐어. 하루카, 나오, 엄호는 조금 기다려줄래?"

"그건 괜찮은데……."

"할 수 있겠어?"

"할게."

덤불을 가르며 느릿느릿 접근한 바이프 베어는 토야의 간격 밖에 멈춰 서더니 그를 경계하듯이 바라보며 두 발로 일어섰고——그 순간.

"으랴아아아아!!!"

숲 전체에 울려 퍼질 것 같은 포효와 함께 토야가 움직였다.

한순간 겁먹은 것처럼 움직임을 멈춘 바이프 베어와, 그곳으로 재빨리 파고드는 토야.

그리고 단숨에 내리 휘두른 청철(青鐵)의 검.

콰악!

"으겍!"

적에게서 시선을 떼지 않았던 나는 제대로 보고 말았다.

토야의 검이 바이프 베어의 두개골에 박히고, 그 순간에 눈알이 날아가는――아니, 자세한 묘사는 그만두자.

그저 다음 순간에, 멈춰 선 바이프 베어의 몸이 앞으로 기울더니 털썩 소리를 내며 땅바닥으로 쓰러졌다. 그저 그것뿐이었다.

"해치웠나?!"

"이상한 플래그 세우지 마! 반응은 있었어. 몬스터도 아니니까 이 상태로 살아있지는 않겠지."

"아니, 플래그라니…… 약속된 대사니까 일단 말해봤어. 토야가 간단히 쓰러뜨렸으니까."

"내 잘못이야?! ――뭐, 【포효】와 【차지】, 【검술 Lv.3】에 비싼 검. 이러고도 곰조차 못 쓰러뜨린다니 말도 안 되지."

"그야 그렇지만…… 그때의 고생을 생각하면 말이지."

일격이라니, 조금 석연치가 않다.

살짝 기대를 담아서 창으로 찔러봤지만 역시나 꿈쩍도 하지 않았다. 근성도 없는 녀석..

"토야, 강했구나! 나, 꽤 겁먹었는데."

"예. 솔직히 예상한 것 이상이었어요."

"그야 이런 사이즈의 적이 드러내는 적의를 처음 맞닥뜨린다면 그렇게 되겠지. 기량으로는 나츠키라도 쓰러뜨릴 수 있을 거라 생각하지만 박력에는 익숙해질 필요가 있겠네. 우리는 두 번째니까."

그렇게 냉정한 척하고 있지만 가볍게 가슴을 펴고서 코 평수가 넓어진 토야 군이었다.

"처음 만났을 때는 지독했어, 모피도 너덜너덜해졌고. 이번에는 비싸게 팔 수 있겠네."

하루카는 조금 기쁜 듯이 말하며 꺼낸 나이프로 가죽을 벗기기 시작했다.

무척 익숙한 손놀림이었지만 사이즈가 사이즈인 만큼 나와 토야도 도와서 작업을 진행했다.

"고기는 어떻게 하지?"

"값이 싸단 말이지. 양만큼은 많으니까 그럭저럭 가격은 됐지만."

"그렇다고 그냥 버리는 건 아깝잖아? 이제 슬슬 낮이야. 터스크 보어를 사냥하더라도 많아 봐야 두 마리. 인원수를 생각하면……."

"그러네, 짐을 나를 사람도 늘어났으니까."

오늘은 약초와 버섯만 채집했으니까 배낭 하나조차 아직 채워지지 않았다.

그걸 생각하면 이런 거대한 고깃덩어리도 가지고 돌아가는 것은 가능하겠지.

"그럼 고기도 해체할까. 심장이나 간도 먹을 수 있을까?"

"아에라 씨한테 가져가 보자. 모처럼 매직 백도 만들었으니까."

"그도 그러네. 신선한 상태 그대로 옮길 수 있으니까."

그래서 우리는 고기 해체도 시작했지만——바이프 베어는 너무나도 컸다.

"……이거, 이제 돌아갈 수밖에 없는 거 아냐?"

"그렇지? 아직 이른 시간이지만."

모두의 배낭에 나누어서 채웠지만 그러고서도 꽉꽉.

『라이트 웨이트』 주머니를 사용 중인 하루카와 유키에게는 여유가 있지만 그것은 어디까지나 무게 이야기. 짐을 넣을 공간이 남아 있는 것은 아니었다.

그보다도 여성진보다 우선적으로 가방에 고기가 채워진 내가 제일 문제였다. 체력이 뒤처지니까.

굉장히 가득, 가득이다. 빨리 돌아가고 싶다.

토야는 멧돼지 고기를 반쯤 들고 있었다.

"아니, 들 수 있어. 내가 들게."

"우리도 좀 들어줄 수 있는데? 가방에 들어가지는 않겠지만."

"싸우기 힘든 게 문제겠네. 이대로 숲 밖으로 나가다가 도중에 맞닥뜨리면 들까?"

"그럼 일단 그렇게 하고. 나오, 열심히 노력해서 꼭 발견해줘."

"내 탐지 범위에 들어오면, 말이지? 올 때는 딱 걸리지 않았으니까 조금 어려울 것 같기도 하지만."

터스크 보어의 숫자가 조금 줄어들었을지도 모른다.

어쩌면 바이프 베어의 영향 때문일 가능성도 있다.

——그런 생각을 했지만 결국 숲을 나서기 직전에 내 탐지 범위 아슬아슬하게 터스크 보어 같은 반응이 걸리고, 토야가 희희

낙락해서 사냥하러 가게 된 것이었다.

◇ ◇ ◇

마을로 돌아온 우리가 처음으로 향한 곳은 아에라 씨 가게였다.

토야의 『훈련이 되니까』라는 의견에 떠밀려 뛰어서 돌아왔지만, 아마도 그의 본심은 『마을로 돌아가서 맛있는 밥을 먹고 싶다』겠지.

그것 자체에 불만은 없지만 솔선해서 멧돼지 고기를 반 정도 든 토야를 제외하면, 이 『훈련』의 가장 큰 피해자는 나였다.

다섯 명의 체력을 비교하면 솔직히 말해서 나는 중간보다 아래.

가장 낮은 것은 하루카지만 그다음으로 오는 것이 나나 유키. 종족적인 문제다.

그러면서도 짐 무게는 토야 다음이니까 힘들었다.

나츠키는 『제가 조금 들까요?』라고 했지만 남자로서 고집을 부리고 말았다.

하지만 앞으로는 현실을 보고, 남녀평등하게 가야 할지도 모르겠다.

"아에라 씨, 바쁜 시간에 미안해."

"아뇨, 아직 오전이고 점심 메뉴는 금방 만들 수 있으니까 괜찮아요."

점심 영업에는 아직 이른 시간대.

개점 전의 가게로 들어온 우리는 오늘의 성과를 아에라 씨에게

선보였다.

"터스크 보어는 가르쳐준 것 그대로 처리했지만, 문제는 바이프 베어야."

"빨리 처리하지 않으면 냄새가 나지만…… 이 정도로 신선하다면, 제대로 조리하면 맛있게 먹을 수 있어요. 단순히 굽기만 한다면 질겨서 먹기 힘들지만요."

조리가 간단한 멧돼지와 수고가 드는 곰. 그런 부분이 매입 가격에 반영되는 모양이다.

터스크 보어의 고기는 소금을 쳐서 굽기만 해도 충분히 맛있으니까 말이지.

"심장이나 간은 보통 먹지 않아요. 쓸개는…… 없네요? 약 재료로 팔 수 있는데요?"

'곰의 간'이라는 말을 들은 적이 있어서 확보했는데, 가져올 부위를 그르쳤나 보다.

제대로 적출할 수만 있다면 괜찮은 값을 받을 수 있는 모양이라 조금 뼈저린 실수.

심장과 간의 경우에는, 요리를 잘하는 아에라 씨가 못 먹는다고 했으니 폐기 처분이었다.

"고마워, 아에라 씨. 역시 프로구나. 나도 공부를 해야 할까?"

"좀처럼 지식을 얻을 기회도 없으니까요. 여러분께는 신세를 지고 있으니까 제가 협력할 수 있는 일이 있다면 뭐든지."

그렇게는 말해도 지식은 재산.

우리는 사양하는 아에라 씨에게 반쯤 억지로 곰 고기를 떠넘기고, 멧돼지 고기와 내장은 푸줏간보다는 싸고 길드에 파는 것보다는 조금 비싼 가격으로 팔았다.

물론 그 후에 먹은 점심값은 안 받았으니까 결국에는 그냥 주고받은 느낌이 되었지만.

조금 이른 점심 식사를 마친 우리가 다음으로 향한 곳은 모험가 길드.

평소에 방문하지 않는 시간대에 온 우리를 보고 디오라 씨가 의아하다는 듯이 말을 건넸다.

"어머, 오늘은 일찍 왔네요?"

"예, 바이프 베어를 처리해서요."

"어머! 별일 없었나요?"

"생각했던 것보다도 여유롭게? 다만 짐은 어쩔 수가 없어서……."

곤란하다는 듯이 배낭을 가리킨 하루카를 보고 디오라 씨가 납득한 것처럼 고개를 끄덕였다.

"그렇겠죠. 그런데 그렇다면 매직 버섯도?"

"예, 그럭저럭……?"

우리의 수확량이 많은지 적은지는 알 수 없지만 10센티미터가 넘는 것을 하나 발견했으니까 '보너스'는 조금 기대하고 있었다.

"으—음, 그럼 뒤로 갈까요."

디오라 씨의 말과 함께 향한 곳은 길드 안쪽에 있는 창고.

평소에는 카운터에서 매각하고 디오라 씨가 가져가는데, 우리 인원수가 다섯이 되었고 각자의 배낭이 가득한 것을 보고 방침을 바꾼 듯했다.

처음으로 들어온 창고에는 넓은 테이블이 하나 있고 그곳에서 남성 하나가 작업 중이었다.

디오라 씨는 그 남성에게 가볍게 인사를 하고는 테이블을 가리켰다.

"일단은 고기부터 부탁해요."

"예."

"바이프 베어랑 터스크 보어도 있나요. 이 모피는 훌륭하네요. 상한 곳이 없어요."

때려잡았으니까. 머리를 후려쳤으니 조금은 잘렸을지도 모르겠지만, 토야가 사용하는 검은 기본적으로 무거운 중량을 이용해서 박살 내는 타입이라 싹둑 잘리는 느낌은 아니었다.

평가를 담당하는 것은 다른 남성인지, 늘어놓은 순서대로 고기의 중량을 재거나 가죽 상태를 확인해서는 손에 든 판자에 숫자를 적었다.

모든 평가가 끝나자 디오라 씨한테 그 판자를 넘기고 그는 고기 정리에 착수했다.

"도합 30600레아네요. 모피가 깨끗해서 무척 괜찮은 가격이에요."

"그럼 다음은 약초네."

유키가 늘어놓은 약초를 이번에는 디오라 씨가 재빨리 확인한 뒤 숫자를 메모했다.

"——이상인가요? 이쪽은 11400레아예요. 매번 그렇지만, 틀린 약초가 하나도 포함되어 있지 않네요. 역시 대단해요."

"아뇨아뇨. 디오라 씨도 전부 제대로 체크할 수 있잖아요."

"저는 프로니까요——아, 여러분도 어떤 의미로는 프로네요. 실례했어요."

디오라 씨가 쓴웃음 지으며 가볍게 머리를 숙였다.

아마도 평범한 모험가가 가져오는 약초에는 다소 잘못된 약초가 포함되어 있겠지.

나도【도움말】이 없다면 틀릴 자신이 있다. 겉보기에는 거의 똑같은 약초도 있으니까.

"뭐, 저랑 하루카는 엘프고 여기 나츠키는 약학 지식이 있으니까 거의 틀릴 일은 없을 거예요."

하지만 그런 소리는 한마디도 꺼내지 않고 그럴싸한 소리를 말해뒀다.

스킬로 발견한 희귀한 약초를 가져왔을 때 수상쩍게 여기지 않도록.

"어머, 나츠키 씨한테는 약학 지식이……. 그렇다면 약초로 더더욱 벌 수 있겠네요."

"그럴지도 모르죠. 다음은 가장 중요한 매직 버섯이에요."

이번에 채집한 것은 다 합쳐서 서른다섯 개. 그중 하나가 10센티미터를 넘는 물건.

힘내라! 너라면 할 수 있어! 우리에게 고수익을!

"잘도 이렇게나…… 게다가 커다란 버섯까지. 하루카 씨, 숲 안쪽으로 들어갔나요?"

살짝 의아해하는 디오라 씨에게 하루카는 고개를 가로저었다.

"아니? 평소랑 다름없는, 가장 깊은 곳에 있는 딘들 나무보다 조금 앞이야. ……뭔가 이상해?"

"이상하다고 할까, 가끔씩 풍년이 있거든요. 숲 얕은 곳에서도 매직 버섯을 많이 딸 수 있는 해가. 그러면 필연적으로 바이프 베어도 나와버리니까 루키 모험가의 사망률이 높아져요."

원래 세계에서도 그랬던 것처럼 이 세계에도 풍년이 있나 보다.

버섯만이라면 『고마운 일』로 그칠 이야기지만, 바이프 베어가 세트로 붙어 있다면 평범한 사람에게는 최악의 재난이다.

"하지만 디오라 씨, 우리 이외에 루키가 있나요? 본 적 없는데요."

"있어요. 두 팀 정도. 양쪽 다 여러분과는 길드에 오는 시간이 다르지만요."

평소에 우리는 아침 길드에 얼굴을 비추지 않고, 돌아오는 것도 오후부터 저녁이 되기 전까지.

빨리 마무리하는 것은 훈련 시간을 확보하려는 목적이지만, 확실히 평범한 모험가와는 활동 시간이 조금 어긋난다.

우리의 메인 활동 장소인 동쪽 숲에서 만난 적도 없지만, 가도와 접하는 부분만으로도 몇 킬로미터나 되는 숲이다. 맞닥뜨리지 않더라도 그렇게 신기한 일도 아니다.

"그러고 보니 여러분은 이번에도 바이프 베어와 만났죠. 종이만 붙여서 주의할 게 아니라 구두로도 전하는 편이 좋겠네요. 평범한 루키라면 죽을 테니까."

좀처럼 맞닥뜨릴 일이 없다고 그랬는데 며칠 만에 만났단 말이지.

생각해보면 그 바이프 베어, 매직 버섯을 재배할 나무를 만들러 나왔던 걸까?

버섯을 재배하기 위해 일 년 전부터 나무를 쓰러뜨려 놓는 곰.

그렇게 말하면 어쩐지 '따스한' 광경이지만, 실제로 만나고 만다면 살상이 벌어진다.

그리고 노력한 성과를 불쑥 나타나서 털어가는 우리. 나쁜 녀석이네.

"아, 미안해요, 감정해야죠. 매직 버섯은 기본적으로 갓의 크기로 가격이 결정되거든요, 크게 상한 곳만 없다면."

디오라 씨는 그렇게 해설하며 자를 꺼내어 갓의 크기를 재고 기록했다.

"다만 10센티미터를 넘으면 단숨에 가격이 뛰어요. 대부분은 그렇게까지 자라기 전에 먹혀버리니까요. 규정 이하의 버섯을 가져오지 않은 건 역시 훌륭해요."

그건 토야의【감정】덕분입니다.

"예, 다해서…… 46300레아에요."

"비싸! 그럼 이 커다란 건?"

"그건 12000레아예요. 다른 건 800~1300레아 사이네요."

10센티미터를 넘으면 단숨에 열 배 정도가 되나?!

8센티미터 정도인 것도 있었는데, 그것도 1300레아라는 이야기지?

인플레이션이 굉장하다. 찾을 수만 있다면 정말로 보너스잖아!

"전부 환금하면 되겠죠?"

"아, 예. 부탁할게요."

"알겠어요. 그럼 대금을 가져올 테니까 카운터 쪽에서 기다려 주세요."

그리하여 우리는 금화로 여든여덟 개나 되는 돈을 단숨에 얻은 것이었다.

"오늘은 엄청 벌었네! 하루에 금화 여든여덟 개인가……. 둘이서 필사적으로 일하고 하루에 대은화 두 개였던 시절이 떠오르네."

"아에라 씨한테 판 것도 합치면 아흔 개예요, 유키."

여관방으로 돌아와서 작은 금화 무더기를 본 유키와 나츠키는 생글생글 기뻐하며 손을 맞잡았다.

하루의 벌이치고는 무척 많아서 나도 기쁘기는 기쁘지만, 두 사람처럼 기쁨을 겉으로 드러낼 정도는 아니었다. 딘들로 엄청 벌었던 만큼.

"오늘은 운 좋게 매직 버섯을 얻을 수 있었으니까. 내일 이후로는 어려워."

반 이상은 버섯 가격이니까 말이지. 약초 채집 시간을 더 길게 잡더라도 오늘처럼은 못 벌 테고, 멧돼지 사냥으로 옮기더라도 오늘의 삼 분의 일이나 벌면 감지덕지겠지.

"오늘 안 따온 버섯도 바로 커지지는 않겠지. 다른 장소는 무리야?"

"그렇다면 그다지 익숙하지 않은 장소로 가게 될 테니까 리스크는 좀 올라가. 오늘 돈 장소는 이제까지 몇 번이나 다니면서 조금씩 탐색 구역을 넓힌 범위니까."

생각해보면 처음에는 숲 가장자리에서 약초를 채집했다.

그곳에서부터 조금씩 주변의 지형을 파악하고, 딘들 나무에 다니고…… 성장했구나.

"으~음, 너무 깊은 장소로 들어가는 건 불안하지만 얕은 범위라면 나오는 건 오늘 본 곰이겠지? 위협은 위협이지만 기습을 당하지만 않으면 괜찮지 않을까? 나오도 있고."

"그러네, 나랑 토야가 주의를 게을리하지만 않는다면 기습을 당할 위험성은 적어."

"나도 탐색 구역을 넓히는 건 찬성. 장수도롱뇽을 찾으러 가는 것보다는 그래도 안전하겠지. 집을 살 돈에는 아직 부족하니까."

"그럼 내일부터는 그 방향으로 갈까."

"예. 그럼 오늘은 각자 훈련인가요?"

"그러네, 지금부터 밖에 나가기에는 좀 늦었으니까."

"알겠어요."

그러면서 일어선 나츠키를 따라서 토야도 검을 들고 일어섰다.

"있지, 나오는 시공 마법 마도서를 가지고 있던데, 다른 마도서는 없어?"

"사볼까 생각은 했는데, 둘 곳 문제로 보류했거든. ……지금은 소지금 문제로 보류일까."

"역시 비싸?"

"마법 전반의 기초 마도서가 15000레아, 빛 속성 마도서가

36000레아였던가?"

"비싸! 그 가격은 대체 뭐야?! 책장만 가지고 있으면 집을 짓겠는데!"

그러게. 열 권만 있으면 땅을 살 수 있고, 스무 권만 있으면 집을 세울 수 있다.

도서관 같은 곳이 있다면 성을 세울 수 있지 않을까?

"그러니까 좀처럼 살 수가 없어."

"그런가……."

"유키, 일단 시공 마법의 초급을 읽고 공부해둬. 나는 그동안에 밖에서 훈련하고 올 테니까."

아쉬워하는 유키에게 내가 가진 책을 건네고, 나도 다른 사람들을 따라서 일어섰다.

나츠키한테는 원래 창술 레벨에서 뒤처지는데 너무 마법에만 매달리다가는 더더욱 뒤떨어져 버린다.

"고, 고마워. 나는 안 해도 되는 걸까?"

"우리는 나중에 하자. 일단 뒤뜰을 빌리기는 했지만 아무리 그래도 다섯 명이 훈련하기에는 좁으니까."

"알겠어. 열심히 해."

"응."

손을 흔들며 배웅하는 유키와 하루카에게 가볍게 대답하고, 나는 방을 나와서 훈련을 하러 갔다.

제2화 몬스터로 벌자!

『오늘도 버섯 채집에 힘쓴다』.

그런 우리의 기세를 무시하고, 다음 날 날씨는 비였다.

밤부터 내리기 시작한 비는 지금도 전혀 개지 않고 지면을 적셨다.

"다녀왔어."

"어서 와. 어땠어?"

여관 주인장한테 이야기를 들어보러 다녀온 하루카에게 묻자 그녀는 가볍게 고개를 내저었다.

"안 돼. 이 계절에는 한 달 정도 비가 자주 내린대."

"그런가. 가을장마 같은 걸까?"

처음에는 신경 쓸 여유도 없었지만 '상식'을 가진 하루카와 나츠키에게 물어봤더니 이 세계의 달력은 주6일의 5주로 한 달, 12개월로 1년, 극히 드물게 윤일이 들어간다고 한다.

요일은 빛부터 시작해서 불, 물, 바람, 흙, 어둠 순으로 나뉘는데, 『일요일은 휴일』 같은 풍습이 없으니까 우리가 의식할 일은 거의 없다.

하루의 길이는 지구 표준의 시계가 없으니까 알 수 없지만 아마도 스무 시간 이상 서른 시간 이내의 범위에는 들어가겠지.

원래와 같은 몸이라면 좀 더 범위를 좁힐 수 있겠지만, 이 세계에 순응한 듯한 이 몸으로는 체내 시계의 감각도 그다지 신용할 수 없으니까.

“참고로 이렇게 날씨가 나빠지는 건 이 계절뿐이래. 실질적인 장마도 없고 폭설이 내리지도 않아. 겨울에 물이 어는 경우도 거의 없다고 그러니까 지내기 좋다고 할 수 있겠네.”

원래 세계에서 우리가 살던 지역에서는, 가장 추운 계절에는 일상적으로 영하로 떨어졌으니까 그와 비교하면 무척 낫겠지.

하지만 지내기 좋다고까지는, 과연 말할 수 있을지…….

“그래도 월동 준비는 필요하다고요? 기온이 15도를 밑돈다면 아무리 그래도 지금 가진 옷만으로는 춥겠죠?”

“그러네. 특히 유키랑 나츠키는.”

우리한테는 이전에 방어구 대신에 입던 가죽옷이 있다.

통기성이 나빠서 쾌적하다고 할 수는 없었지만 겨울의 방한복으로는 쓸 수 있겠지.

사치를 부린다면 수증기는 통하지만 물과 바람은 통하지 않는 옷이 있으면 좋겠는데. 뭐, 무리겠구나.

“다섯 명 어치 옷까지 산다면…… 리스크 없이 겨울을 우리 집에서 보내기는 어려울 수도.”

“아니, 그냥 무리 아냐? 돈은 어떻게든 되더라도 건축 기간이 필요하겠지?”

“그게 꼭 그렇다고 할 수도 없거든. 이 세계에서는 많은 인원이 단숨에 만들어내는 경우가 많다고 해. 두 달만 있으면 완성되지 않을까?”

최근 일본의 맞춤 주택 따위는 아무래도 인원이 필요할 때 말고는 몇 명, 경우에 따라서는 혼자서 작업을 진행하니까 시간이 걸리는 모양이지만 이쪽은 단기 집중형.

모험가 길드 등도 이용해서 인원을 모으고 단숨에 만들어버린다나.

특히 이번 경우에는 원래 집이 세워져 있던 토지를 이용하니까 지반의 문제가 없다.

게다가 이 세계에는 마법도 있고, 신체 능력 자체가 원래 세계의 사람보다도 높다.

그야말로 백 킬로그램의 짐조차 가볍게 옮길 수 있는 사람이 평범하게 존재할 만큼.

“그래도 아슬아슬하다는 건 틀림없지만. 한동안은 비가 내리는 날도 많을 테고…….”

“비 오는 날에는 일하기 싫으니까.”

“그 말만 들으면 잉여 인간인데! 나도 동감이지만.”

확실히 일본에서 『오늘은 비 오니까 일 쉴래』 같은 소리를 한다면 『무슨 헛소리야?』라는 말이 돌아오는 건 불가피하다. 아니, 건축 업계 같은 일부 업종이라면 통하려나? 잘 모르지만.

“애당초 우리는 비를 막을 것도 없으니까 말이지.”

“그런 게 있어도 위험해요. 짐승과 비교한다면, 무기를 손에 들고 두 발로 걷는 우리는 확실히 불리해지니까요.”

“그러네. 어지간히도 절박하지 않고서야 나도 비 내리는 숲에 가고 싶지는 않아.”

역시 다들 비 오는 날에 일을 하는 것은 부정적이었다.

하루카도 쓴웃음 짓고 고개를 끄덕이면서도 일단은 못을 박았다.

"마음은 이해가 되고 강요할 생각도 없지만, 조만간에 빗속에서 전투 훈련도 해야 한다고? 이동 중에 『비가 오니까 못 싸웁니다』라는 상황은 위험하니까."

"그건 그러네."

우리만이라면 비 오는 날에는 도망친다는 선택지도 있겠지만, 호위 의뢰에서는 그럴 수도 없다.

안전을 위해서라도 언젠가는 훈련할 수밖에 없겠지.

그러고 보니 자위대는 『웅덩이가 있다면 뛰어들어라!』 같이, 비가 내리든지 흙투성이가 되든지 전투 훈련을 한다고 들은 적이 있다.

게다가 재해 상황에서는 덥든지 춥든지 더럽든지, 필사적으로 일을 해주니까 진짜로 고마울 따름입니다.

"필요하다고는 생각하지만 가능하다면 그건 목욕을 할 수 있게 된 다음부터 하고 싶어."

"그러네. 『퓨리피케이트』 덕분에 사르스타트에 있던 때와 비교하면 천국이지만……."

"예. 저도 목욕이 그리워요."

일본인이라도 『샤워로 충분. 목욕은 안 한다』라는 사람도 있는 모양이지만, 이 멤버는 다들 목욕을 하던 타입이니까 이에 대해서 다른 주장은 나오지 않았다.

이곳은 샤워조차 할 수가 없다지만.

"뭐, 그쪽은 장기적으로 생각하고, 오늘 뭘 할지를 정하자. 마법을 쓸 수 있는 사람은 그쪽 훈련도 괜찮겠다고 생각하지만 토야는 할 일이 없겠네."

유일하게 마법 계열 스킬이 없는 토야가 실내에서 할 수 있는 훈련이라면 근육 단련 정도.

하지만 좁으니까 말이지……. 솔직히 옆에서 그러고 있으면 후텁지근하다.

토야는 우리 방, 나는 여자들 방으로 이동해서 훈련할까?

"저는…… 마법 훈련보다도 길드에 가서 조사를 하고 올까 싶어요. 분명히 자료실이 있었죠?"

"그렇게까지 크지는 않아서 근방의 정보를 얻을 수 있는 정도지만."

나는 들어간 적이 없지만 하루카는 몇 번인가 조사를 진행했다.

약초나 동물, 몬스터 정보도 여기서 조사한 다음에 채집하러 가는 것이 '성실한 모험가'라나.

"그럼 나도 갈게. 지식을 늘리면【감정】이 더욱 파워 업할지도 모르니까."

"【도움말】과 달리 레벨이 있으니까 그렇네. 나도 가는 편이 나을까?"

고개를 갸웃거리며 유키가 묻고, 하루카는 고개를 가로저으며 마도서를 건넸다.

"유키는 마법 연습이야. 나츠키와 비교하면 공격 수단이 빈약하니까."

"윽…… 부정할 수 없네. 열심히 할게요."

시무룩하게 받아든 책을 펴고 시선을 떨어뜨리는 유키.

하지만 실제로 유키의 위치가 조금 미묘하다는 것은 나도 동감이었다.

"그럼 저는 다녀올게요. 으음…… 뭔가 비를 피할 도구는 있을까요?"

"나는 후드 달린 외투가 있으니까 그걸로."

최근에는 별로 안 입지만 그러고 보니 나츠키, 유키랑 합류하기 전에 산 외투가 있었네.

방수 소재는 아니지만 어느 정도는 비를 막아주겠지.

"저는…… 나오 군, 빌릴 수 있을까요?"

"어, 어어, 상관없는데……."

내가 외투를 건네자 나츠키는 조금 기뻐하며 그것을 끌어안았다.

여자애한테 옷을 빌려준다니, 조금 두근두근.

아니, 일본에 있었을 때도 하루카한테 코트를 빌려주는 일 같은 건 그냥 있었지만. 왠지 모르게 말이지.

"……나츠키, 내 걸 빌려줄까?"

"아뇨, 괜찮아요. 나오 군 쪽이 저랑 키가 가깝잖아요?"

나츠키가 싱긋 미소를 지으며 답하자 하루카는 눈을 가늘게 뜨며 고개를 끄덕였다.

"뭐, 나츠키가 그렇게 말한다면 상관없는데……?"

"오오…… 이건 혹시…… 전투인가……."

"응? 유키, 뭐가?"

"아니아니, 아무것도 아닌데? 응. 조금 재미있겠다고 생각했을 뿐이야.”

“그런가?”

살짝 입가를 싱글싱글하며 그런 소리를 하는 유키를 보고 나는 고개를 갸웃거렸다.

어제는 시공 마법 마도서를 읽으면서『개념을 이해 못 하겠어—!』라고 떠들어대더니.

참고로 나도 잘 모르겠다.

삼차원 공간은 그래도 이해할 수 있고, 중력도 중력자가 있다고 가정한다면 어찌어찌.

하지만 시간축에 대해서는 어렵단 말이지.

과하게 생각하다가는 물리학이 아니라 철학의 세계로 들어갈 것 같다.

“그럼 다녀올게. 너희도 공부 힘내.”

“응. 아니, 굳이 따지자면 너희 쪽이 공부잖아.”

우리는 마도서를 읽지만 실제로 사용하기도 하니까.

“그도 그러네. 그럼 서로 열심히 하자는 걸로.”

“그래.”

그런 느낌으로 하루를 훈련과 공부에 쓴 다음 날.

어제의 날씨와는 돌변, 오늘은 아침부터 아름답게 푸른 하늘이 펼쳐져 있었다.

숲을 향해서 걸어가는 우리의 발걸음도 어쩐지 가벼웠다.

“비가 내렸으니까 버섯도 잔뜩 났을까?”

“날씨를 생각하면 잘 자라는 시기라고 생각하지만…… 어떨까.”

들떠서 말하는 유키를 보고 하루카는 가볍게 어깨를 으쓱였다.

나한테 버섯이라고 하면 인공재배로 슈퍼에서 파는 재료라서 날씨는 관계없었지만, 자연산이라면 역시나 영향은 크겠지.

텔레비전 뉴스에서『올해는 날씨가 좋지 않아서 송이버섯의 가격이――』 같은 이야기를 들은 적은 있지만 서민인 내게는 전혀 관계가 없는 이야기였으니까.

송이버섯 자체는 받아서 먹은 적은 있지만, 내 감상은『확실히 맛있지만 그런 가격이라면 고기를 먹겠다』라는 느낌이었다.

"그러고 보니 어제 조사해서 알게 됐는데, 오크도 상당한 돈이 된다고 하더라고요?"

"그래?"

"예. 고블린과 비교하면 마석도 비싸고, 고기를 팔 수 있으니까요."

팔 수 있냐, 오크 고기.

어떤 외모인지는 모르겠지만 내가 상상하는 오크의 외모라면 그다지 먹고 싶지는 않다.

"오크……『큭 죽여라』인가."

"바보! 플래그 세우지 마! 진짜로 벌어지면 어쩌려고."

터무니없는 소리를 늘어놓는 토야의 입을 황급히 막았다.

개그라면『큭 죽여라, 큭 죽여라』하겠지만 가까운 사람이 피해를 입게 된다면 웃어넘길 수 없다.

"큭 죽여라? 뭔가요, 그건?"

역시나『큭 죽여라』가 통하는 것은 일부의 사람뿐이겠지. 나츠키가 알고 있었다면 오히려 놀랐을걸.

그렇다고 자세히 설명하는 것은 허들이 높다. 내 수치심의 의미로.

그러니까 살짝 부드러우면서 에두른 표현으로——.

"어— 오크가 여성을 습격하는 경우도 있을까, 싶어서."

"습격에 남녀 구분은 없다고 생각하는데요……. 아니, 물론 체력적으로는 여성이나 어린아이 쪽이 위험하겠지만요."

그러면서 의아하다는 표정을 짓는 나츠키.

의미는 올바르게 전해지지 않았지만 문제는 없다. 수긍해두자.

"이 녀석들이 말하는 건 그게 아니라 성적으로 덮치지 않느냐는 소리야."

"성적…… 어?"

기껏 얼버무렸다고 생각했더니!

지적한 하루카의 싸늘한 시선과 나츠키의 놀란 것 같은 시선이 따갑다.

유키는…… 재미있어하잖아. 이쪽은 알고 있었을 가능성이 크네.

"그런 거, 평범하게 생각하면 말도 안 되겠지. 다른 생물이라고? 그런데도 생식이 가능하다니, 고블린이랑 오크는 무슨 슈퍼 유전자라도 가지고 있는 거냐고."

'슈퍼 유전자'…… 참으로 절묘한 표현이다.

인간을 상대로 가능하다면 그야말로 원숭이나 멧돼지, 그런 쪽으로도 완전히 오케이겠지.

“하지만 『그런 거』라니, 하루카는 알고 있구나.”
“아, 이 바보!”
흘려들으면 될 텐데 굳이 지적한 토야를 말리려고 했지만 때는 이미 늦어서——.
“그래, 나오 방에서 봤어.”
역시나 잊어버리지 않았잖아!
“으헉! 아, 아니, 그게 아니야! 그건 토야 건데——.”
“아, 인마! 나를 끌어들이지 마!”
“사실 너잖아! 괜찮으니까 해보라면서 그 게임을 준 건!”
“그건 사실이라도 감춰주는 게 우정이란 거잖아!”
“멍청이! 운명 공동체다!”
나도 남자, 살짝 기뻤던 것은 부정할 수 없겠지만, 계기를 만든 토야를 용서할 수는 없어!
『큭 죽여라』 같은 말을 꺼낸 것도, 하루카한테 쓸데없는 소리를 한 것도 토야니까.
“예예, 추악한 다툼은 그만둬. 누구 물건이든 똑같으니까. 결국에 했잖아? 둘 다.”
“““윽.”””
그야 한다고! 나이 때문에 정식 수단으로는 못 사는 게임을 손에 넣었다면!
취향에 맞는지는 제쳐놓고, 그것이 수중에 있는데도 켜보지 않는 녀석이 있다면 그 녀석은 사춘기 남자가 아니야! 단언한다.
“애당초 99% 같은 유전자라도 무리라고? 말도 안 돼. 물론 본

래의 의미로 먹히는 경우는 있을 테지만.”

그건 그것대로 지독한데. 인생의 종착점이 오크의 배 속이라니.

“아니, 어쩌면 사실은 그 녀석들, 단성생식하는 건 아닐까? 고블린 암컷이 존재하지 않는다는 설정도 그런 이유가…….”

“그러니까 뭔데? 그 행위는 생식행위가 아니라…… 기생벌 같은 산란 행위야. 부화했을 때에는 안에서부터 뜯고 나와서——.”

“으아아아, 그만해! 상상해버렸잖아!!”

내 생물학적 고찰을 토야가 가로막고 머리를 부여잡았다.

네가 할 말이 아닐 텐데.

“이 녀석들, 슬슬 그만해. 나츠키가 기겁했으니까. 게다가 이 세계는 관계없으니까.”

“이런, 미안해. 잊어줘. 이것저것 전부.”

내가 토야한테 빌린 것도 포함해서.

“으음, 예. 둘 다 건전한 남성이고, 조금 특수한 취미도 개성이라고 생각해요. 받아들일 수 있을지는, 조금, 그렇지만…….”

“잠깐만. 이해를 표하지는 마. 반대로 못 견디겠어. 픽션, 픽션이니까 말이지? 현실의 취향과는 전혀 다른 이야기니까 말이지?”

예를 들면 야한 만화에서 로리 캐릭터를 좋아한다고 해도 현실의 로리콘과는 전혀 다르고, 여동생이나 누나 캐릭터를 좋아하더라도 현실의 여동생이나 누나는 노 땡큐인 사람은 평범하게 존재한다, 아니 오히려 대다수겠지.

“그래그래. 현실과 혼동한다니——.”

내 의견에 동의하듯이 토야는 고개를 끄덕였지만 갑자기 말을 멈추고 생각에 잠겼다.

"왜 그래?"

"아니, 잘 생각했더니 나, 동물 귀 아내를——."

"지금 여기서 할 말이냐아아!! 확실히 너는 픽션을 현실로 만들 생각일지도 모르겠지만! 그거랑은 전혀 다른 이야기니까!"

일본에서 진심으로『동물 귀 아내를 얻겠다』같은 소리를 했다가는 맛이 간 녀석이겠지만, 이 세계에서는 지극히 평범한 일이다. 지금은 토야도 동물 귀니까 비교하는 것 자체가 이상하다.

"나츠키, 안심해. 나오가 가지고 있는 거, 대다수는 노멀이니까."

"그런가요?"

"응. 알려지면 인생이 끝날 법한 성벽은 없을 거라 생각해."

자신만만하게 고개를 끄덕이는 하루카에게 나는 무어라 말을 해야 할까?

"……지금은, 이해해줘서 기쁘다고 해야 하나?"

"나로서는 좀 더 제대로 감추라고 하고 싶은데."

이상하다. 토야한테 빌린 그건 당시에 추궁을 당했지만, 그거 말고 뭘 들킨 기억은 없는데.

사실은 보고서도 잠자코 있었다……?

"참고로 어떤 취향인지 물어봐도 될까요?"

"그러네, 나오는 분명히——."

"자, 긴장을 풀지 말자고! 처음 가는 장소니까! 그렇지, 토야."

"어, 응, 그러네! 방심은 금물이야!"

이 이상 이야기를 계속하면 위험하다.

그런 당연한 사실을 다시금 인식한 나는, 토야의 등을 때리고 총총히 숲으로 향했다.

내 귀에는 결코 뒤에서 세 사람이 나누는 대화의 내용 따윈 들리지 않는다.

그래, 전혀! 메이드라든지 세일러복이라든지, 그런 이야기는 전부 환청이다.

틀림없이 그렇다. 그렇기를. 부탁이니까…….

"이건…… 생각하던 것 이상으로 성장이 빠른데?"

"응. 버섯이란 이런 건가?"

새로운 구역으로 가기 전에 그저께 채집했던 장소를 지나던 우리는, 그곳에 나 있는 매직 버섯을 보고 조금 곤혹스러워했다.

그저께 시점에서는 아직 채집 대상이 아니었던 버섯이 지금은 죄다 5센티미터가 넘었다. 커다란 것은 7센티미터에 가까운 크기가 되어 있었다.

그러니까 불과 이틀 사이에 2센티미터 이상이나 성장했다는 의미다.

"저도 버섯을 재배한 적이 없으니까 모르겠지만, 환경이 좋으면 단숨에 커진다는 이야기는 들은 적이 있어요."

"아, 나는 한 적 있어. 버섯 재배. 그래 봐야 집에서 만들 수 있는 정원용 재배 키트지만. 그때도, 처음에는 느렸지만 자라기 시작하면 단숨에 커졌지."

"그럼 버섯이란 게 원래 이런 거야?"

"이상하지는 않을, 걸? 하지만 지금 나 있는 걸 따버리면 당분간은 안 날 거라 생각하는데."

당연하지만 성장이 빠르다고는 해도 불쑥불쑥 자랄 법한 물건은 아닌 모양이다.

환경이 맞으면 몇 주 뒤에, 기본적으로는 내년까지 기다려야만 한다.

게다가 매직 버섯의 경우, 쓰러진 뒤로 일이 년이 된 나무에서 자란다고 그러니까 내년에도 이 나무에 자란다고 단정할 수는 없다.

"하지만 이런 성장 속도라면, 앞으로 사흘 정도면 가격이 단숨에 열 배 가까이 뛴다는 거잖아?"

"10센티미터를 넘으면…… 계산상으로는 그렇지만, 그렇게 잘 될까?"

"뭔가 함정이 있을 것 같아. 그렇게 간단하다면 비싸게 팔리지도 않겠지."

"먹어버린다든지, 성장 속도가 느려진다든지…… 그중 하나일까?"

간단히 10센티미터를 넘을 수 있다면 그런 가격 차이는 말도 안 된다.

"어떻게 할래? 딸까? 놔둘까?"

"어렵네요. 며칠 기다려서 열 배가 되느냐, 아니면 완전히 사라지느냐. 아마도 확률은 사라지는 쪽이 높겠지만요."

"그럼 다수결로. 지금 채집해야 한다고 생각하는 사람!"

손을 든 것은 나와 하루카, 그리고 나츠키.

"……견실 타입과 도박사로 나뉘었나."

"도박사라고 할 정도는 아니잖아? 일단 이유도 있다고?"

"호오?"

"그게, 그저께 바이프 베어를 쓰러뜨렸잖아? 이 부근이 그 녀석의 구역이라면, 이걸 먹으러 올 녀석은 없지 않을까?"

"확실히, 먹는 게 바이프 베어뿐이라면 그럴지도 모르겠지만……. 다른 동물도 있고, 동업자도 있을 수 있잖아?"

이 부근에서 활동하는 파티가 얼마나 있는지는 알 수 없지만 가능성이 없다고는 할 수 없다.

만난 적이 없다고는 해도, 이 숲은 루키 모험가의 활동 범위니까.

"유키는?"

"나는 그냥…… 다소 먹는다고 해도 조금은 남지 않을까 싶어서."

"그런 사이즈의 곰이라면 몽땅 먹어버릴 거라 생각하는데. 설령 작은 걸 남기는 지혜가 있더라도, 10센티미터를 넘기 전에 먹겠지."

바이프 베어가 크게 길러서 먹는다면 좀 더 얻기 쉬웠을 테니까.

"뭐, 일단 다수결을 취했으니까 이건 전부 수확해서 이동하자."

"예."

그리하여 3센티미터 이상의 매직 버섯을 채집하고 이동한 두 번째 장소.

그곳에는 조금 예상 밖의 광경이 펼쳐져 있었다.

"전멸, 이네."

3센티미터 이상은 물론, 그 이하의 버섯까지 깨끗하게 사라졌다.

"이건 동물의 짓이네요. 베어 문 흔적이 있어요."

채집 흔적을 비교해보면, 뿌리부터 따는 우리와 다르게 버섯 기둥이 어중간하게 뜯기고 밑동이 남아 있는 데다가 나무에도 상처가 많이 생긴 모습이었다.

"바이프 베어의 짓인지는 알 수 없지만, 조금 전에는 따는 게 정답이었던 것 같네. 역시 자연, 쟁탈전이 혹독해."

"음, 그럼 서둘러서 세 번째 장소로 이동하자."

"그러네. 선두를 뺏기지 않도록."

그리고 종종걸음으로 이동한 세 번째 장소. 이쪽은 문제없이 남아 있었기에 채집.

첫 번째 장소와 마찬가지로 3센티미터 이상을 채집하면 남은 것은 거의 없어서 다시 한번 따러 올 가치가 있을지는 미묘했다.

"그럭저럭 땄는데, 이러면 금화 스무 개 정도겠네."

"그러네요. 열심히 새로운 장소를 찾아보죠, 우리의 집을 위해."

"그럼 이동을 우선하면서 약초 채집은 적당히, 불필요한 전투를 피한다. 이러면 되겠지?"

토야의 그 방침에 전원이 동의하고, 우리는 탐색 범위를 넓혀서 숲 안쪽으로 나아가기 시작했다.

그 후로 중간에 점심도 먹으면서 걷기를 몇 시간.

평소라면 슬슬 돌아갈 시간이 되어서도 매직 버섯 채집은 순조롭지 않았다.

쓰러진 나무는 네 그루 발견했지만, 그중에 두 곳은 완전히 먹혔고 한 곳은 채집 가능한 3센티미터 이상은 몇 개뿐, 어느 정도 숫자를 확보할 수 있었던 것은 남은 한 곳뿐이었다.

"이건…… 별로 효율이 좋지 않을지도 모르겠네."

네 곳을 모두 돌고 잠시 휴식 시간, 하루카는 자기 배낭을 들여다보고 한숨을 내쉬었다.

약초 판매를 포함하더라도 지금 단계에서 4만 레아 정도인가.

비 때문에 쉬는 날이 있을 것을 생각하면 다섯 명의 벌이치고는 썩 좋지 않다.

"단독으로만 보면 나쁘지는 않겠지만, 장래적으로도 생각하면…… 말이죠."

"이러면 장수도롱뇽을 잡으러 가는 것도 고려해야 되지 않을까?"

하루카는 그러면서 우리를 둘러봤다.

장수도롱뇽인가. 제대로 포획하면 벌 수 있을 것 같기는 한데.

어제, 큰 매직 백도 만들었으니까 몇 마리까지라면 대응할 수 있고.

문제는 사냥터까지의 거리지만.

"저로서는 오크를 추천하고 싶네요."

"그래? 조금 예상 밖이네."

다른 의견을 꺼낸 것은 나츠키. 나도 조금 의외였다.

오크 토벌은 토야가 말할 법한 의견이고, 굳이 따지자면 나츠키는 전투를 피하는 방향이지 않을까 생각했다.

“이유는 두 가지에요. 하나는 밖에서 묵게 될 원정을 나서기에는 준비가 부족하고 비용이 든다는 점. 또 하나는 몬스터를 토벌하는 것도 안전을 확보하는 하나의 수단이라는 점, 이에요. 이른바 캐릭터 레벨, 인가요? 그것도 올려야겠죠.”

“……응, 설득력 있네.”

“토야가 말했다면 반대했을 참이지만, 나츠키가 말한다면 다르지.”

“어, 너무한 거 아냐?”

“당연하지, 토야인걸.”

응응, 고개를 끄덕이는 나와 하루카, 그리고 유키.

토야는 비난이 어린 눈빛으로 우리를 봤지만 역시나 평소의 행실……이라고 할까, 설득력은 중요하다.

제대로 된 이유가 있다면 우리도 무턱대고 반대하지는 않는다.

“캐릭터 레벨을 올린다는 건 나도 생각하고 있었으니까 반대하기는 어려워. 다만 나는 한동안은 고블린이 기본일 거라고 생각했는데…… 토야, 어떨까?”

잠시 신음하며 생각에 잠겨 있던 토야는 조금 곤란하다는 표정으로 입을 열었다.

“으~응………… 솔직히 말하면 판단하기 힘들어. 다만 길드에서 조사한 정보와 이제까지 싸운 고블린과 바이프 베어가 얼마나 강했는지 생각한다면, 한 마리라면 나 혼자서도 문제없어. 나츠키가 있다면 훨씬 편하고. 다른 세 사람의 엄호가 있다면 간단해.

그런 느낌이야. 물론 전력 분석에 따른다면, 말이지만."
"몇 마리까지라면 위험성이 낮을까?"
"모두가 냉정하게 행동할 수 있다면 세 마리까지. 네 마리가 되면 위험해. 조금 더 안전을 꾀한다면 두 마리겠네."
나츠키 쪽으로 시선을 향했더니 고개를 끄덕였으니까 그녀의 판단도 그렇겠지.
뭐, 나츠키의 창술 레벨은 4다. 내 창을 빌려준다면 오크 정도는 일격으로 확실히 처리할 수 있겠지. 사실, 평소부터 빌려주고 있다. 이대로 나츠키의 창이 되는 건 아닐까.
나는 일단 마법이 있으니까 파티의 전력으로 생각하면 타당하겠지만, 조금 슬프다.
"다른 몬스터의 난입 같은 불확정요소도 고려한다면 두 마리까지겠지. 나오의【적 탐지】가 있다면 괜찮으려나?"
"현재로서는, 놓치는 일은 없어."
내【적 탐지】를 속일 수 있는 적이 있는지는 모르겠지만 이제까지 조우했던 적이라면, 탐지 가능 범위라면 확실하게 판별할 수 있다.
다만 작은 새 같이 자그마한 동물이라면 그것을 의식해서 상당히 주의 깊게 찾아야만 알 수 있으니까, 작은 동물 수준의 반응이면서 위험한 몬스터가 있다면 위태로울지도 모른다.
"그렇다면 조금 안쪽으로 가볼까. 다들, 체력은 문제없지?"
그 물음에 모두가 고개를 끄덕이자 하루카도 따라 했다.
"——응. 그럼 한 시간 정도를 기준으로 잡고 안쪽으로 이동하

자. 그러고서 맞닥뜨리지 않는다면, 아쉽지만 오늘은 물러날 거야. 역시나 어두운 숲속을 나아가는 건 위험하니까."

"그러네. 신중하게 진행하자."

그리하여 평소보다도 주위에 주의를 기울이며 숲을 나아가기를 잠시.

내【적 탐지】에 세 개의 반응이 있었다.

고블린보다는 크지만 바이프 베어보다는 작다. 그런 반응.

"반응이 셋, 거리는 80미터 정도."

"오크일까?"

"모르겠지만, 바이프 베어보다는 약한 것 같아."

"셋이라면 피하는 거야?"

오크라면 두 마리까지 사냥하기로 결정했으니까, 이 반응이 오크라면 피해야 할 테지만…….

"일단 확인하러 가자. 식별해두지 않으면 앞으로도 곤란하겠지? 내【감정】이 있다면 멀리서 보는 것만으로도 괜찮을 테니까."

"그러네요. 설령 발각당하더라도 바이프 베어보다 약하다면 어떻게든 되겠죠."

"그럼 신중하게 전진할까. 나오, 안내 부탁할게."

"알겠어."

이제까지와는 진행 방향을 조금 바꾸어서 숲속을 나아가자 수십 초 만에 상대의 모습이 보였다.

"저건 홉고블린이네. 고블린보다는『다소 강한』정도라고 해. 마석은 600레아."

"그건 공부의 성과인가?"

"응. 아마도.【감정】에도 표시되지만, 어제 읽은 자료에 적혀 있던 내용이니까."

메모 같은 효과더라도 충분히 편리하네. 이제까지 조우한 몬스터의 숫자는 아직 많지 않지만, 앞으로 늘어난다면 전부 기억해 두는 건 어려울 테니까.

"아직 들키지 않았으니까 나랑 나오가 선제공격하자. 그리고, 유키는 괜찮겠어?"

"일단『파이어 애로(불화살)』는 쓸 수 있게 되었는데…… 자신은 별로."

계속 그랬듯이 나한테서【불 마법】을 복사한 유키는 간단히 쓸 수 있게 되었다.

다만 다소 커스터마이즈(?)한 내『파이어 애로』와 비교하면 위력은 약했다.

"제가 조력할 테니까 괜찮아요."

"그럼 왼쪽부터 나, 나오, 유키 담당이네. 못 쓰러뜨리더라도 계속 공격할 테니까 토야랑 나츠키는 돌격하지 말고, 적이 이쪽으로 올 때는 부탁할게."

"그래."

"알겠어요."

나는 하루카, 유키와 함께 고개를 끄덕이고 마법을 준비했다.

가장 익숙하지 않은 유키에 나와 하루카가 맞추어서, 거의 동시에 발사된 마법과 화살.

하지만 가장 먼저 맞은 것은 하루카의 공격이었다.

홉고블린의 측두부에 푹 박힌 화살은 그 몸을 살짝 흔들었다.

잠시 후 그 녀석이 무너져 내리는 것과 거의 동시에 내 마법이 가운데 있는 홉고블린의 머리 윗부분을 날려버리고, 조금 늦게 도달한 유키의 마법이 남은 적의 얼굴을 불꽃으로 뒤덮었다.

동시에 발사해보니 잘 알겠는데, 속도로는 하루카의 화살, 내 마법, 유키의 마법 순서인가.

위력 중시로 이미지를 그렸지만 홉고블린에게는 조금 과했다는 것을 생각하면, 적에 따라 속도도 고려해서 마법을 사용해야 할지도 모르겠다.

반대로 유키 쪽은 위력이 약해서 초기에 내가 사용하던 『파이어 애로』와 같은 정도.

"윽, 나만 놓쳤어…… 아, 도망친다!"

홉고블린은 이쪽으로 다가온다고 생각했는데, 한순간에 동료 두 마리가 살해당하자 두려워졌는지 등을 돌려 뛰어가려 하고——그다음 순간, 넘어졌다.

"좋았어!"

유키가 소리를 높인 직후, 하루카가 추가로 화살을 날렸다.

화살은 홉고블린에게 박혀서 숨통을 끊어놓았다.

"지금 넘어진 거, 유키의 마법인가?"

"응. 달리는 적한테 타이밍을 맞추는 건 어렵지만 그 직전이라면."

내디딘 발밑을 살짝 함몰시킨 모양이다.

달려가려던 그 순간에 몇 센티미터라도 땅바닥이 꺼진다면 넘어질 수밖에.

『파이어 애로』의 위력은 낮았지만 그 순간에 즉각적으로 마법을 쓸 수 있는 판단력은 상당하다.

"나오의 마법은 굉장하네. 같은 마법이지?"

"일단은 그렇지만 이 세계에서 마법의 이름은 기준에 불과하니까."

주문을 영창하는 것만으로는 발동되지 않는 대신, 담긴 마력이나 이미지에 따라 상당히 자유롭다.

다만 같은 마법에서 지나치게 차이가 나면 같이 싸우는 동료가 혼란스러우니까 어느 정도 범위를 결정한다든지 다른 이름으로 한다든지, 배려는 필요할 테지만.

"홉고블린은 처음이었는데 그다지 강하지 않은 느낌 아냐?"

"글쎄. 일단 급소에 맞으면 하루카의 화살로도 일격으로 쓰러뜨릴 수 있는 모양인데…… 내 마법은 조금 전 그거라면 연속으로 세 발 정도, 쉬엄쉬엄하면 수십 발로 끝나겠네. 아마도."

"그럼 나랑 토야 군이 참가하면 열 마리 정도는 괜찮을지도."

"그러네, 선제공격이 가능하다면 접근할 때까지 나랑 나오가 네 마리 정도는 처리할 수 있을 테고, 나 말고는 근접 전투도 가능하니까……. 열 마리 이하라면 쓰러뜨리도록 하자."

"알겠어~. 후우……. 그럼 마석을 회수할까. 이것만큼은 아직 익숙해지지가 않네……. 6000엔, 6000엔……."

싫은 작업을 돈의 힘으로 얼버무리려는 거겠지. 한숨을 내쉰 토야는 그렇게 중얼거리면 홉고블린의 머리를 쪼개어 마석을 회수하고, 하루카에게『퓨리피케이트』를 받았다.

사용하는 검이 작업에 맞는 것도 있겠지만, 여성진에게 맡기지 않고 솔선해서 하는 것은 역시나 토야였다.

나는 머리가 날아간 홉고블린의 마석을 찾을까…… 아, 있다.

마석이 부서졌을까 걱정했지만 옆에 굴러다니던 그것에는 딱히 상한 곳이 없었다.

그로테스크한 작업도 안 하고 마쳤으니까 마법으로 머리를 날리는 것은 의외로 좋은 방법일지도 모르겠다.

생각보다 마석은 튼튼한 모양이고.

"게임 수준으로 인카운트한다면 홉고블린으로 벌 수 있겠지만, 마석 회수와 탐색 시간을 생각하면 수지가 안 맞네~."

"그러네요. 특히 마석이 있는 위치가 좋지 않아요."

마석이 있는 위치는 몬스터마다 다르지만 대부분은 두 곳.

고블린처럼 머릿속에 있든지, 몸의 중심 부분, 인간으로 따지자면 명치쯤에 있든지.

회수하기 편한 것은 당연히 후자이지만 고블린이나 그보다 상위종, 아종 따위는 전부 전자다.

반대로 오크가 후자 타입인데, 이쪽은 고기도 팔 수 있으니까 어차피 제대로 해체하게 되어서『마석 회수가 편하다』라는 메리트는 희박하다.

일이 참 잘 풀리지를 않는다.

"세 마리를 쓰러뜨리고 18000엔……. 굳이 쓰러뜨리고 싶을 정도도 아니고, 가능하다면 피해서 가자고. 나오, 판별할 수 있겠어?"
그로테스크한 상황을 얼버무리기에는 돈의 힘이 부족했나보다.
"으—음, 익숙해진다면 가능하겠지만 한동안은 판별을 제대로 못 할지도."
"그건 어쩔 수 없지. 그렇게 갈까?"
"나는 찬성. 토야가 하던 그걸 하라고 그러면……."
"필요하다면 노력하겠지만요……."
"토야가 그렇게 말한다면 그러자. 혹시 조우했을 때는 마법으로 쓰러뜨려서 마석을 회수하는 쪽으로."
"알겠어, 나도 하고 싶지 않으니까. 그럼 갈까."
역시나 인간형 몬스터의 머리를 쪼개는 광경은 자극이 강했는지, 아무도 반대하지 않고 방침이 정해졌다.
그리고 또다시 오크를 찾기 시작하고 불과 몇 분 뒤.
이번에는 명확하게, 바이프 베어보다도 큰 반응 두 개가 걸렸다.
"바이프 베어보다는 조금 강해 보이는 반응, 둘. 다가와."
"그렇다면 거의 확실하게 오크겠네요. 이 부근에서 바이프 베어 이상의 적은 시극히 희소하게 오크가 나오는 정도니까요."
내 보고에 곧바로 대답한 것은 나츠키.
오거는 압도적으로 강하니까『조금』정도로 그치지는 않을 터, 라나.
"어떻게 할래? 별로 시간은 없어."
우리를 의식하고 있는지는 알 수 없지만 그 반응은 거의 똑바로 다가왔다.

여유는 수십 초 정도겠지.

"이번에는 나랑 토야 군이 대응할게요. 위험하다면 엄호를 부탁해요."

"알았어. 조심해."

하루카가 그 자리에서 동의하더니 조금 물러나서 활을 들고, 토야와 나츠키가 앞으로 나섰다.

나와 유키는 무기를 들면서도 마법을 준비.

『파이어 애로』라면 발동 시간도 짧으니까 만에 하나의 순간에 견제로도 쓸 수 있겠지.

그리고 보이는 오크의 모습…… 아니, 이미지랑 다르잖아?!

나는 뚱뚱한 돼지가 이족보행이 된 것 같은 몬스터를 상상했는데, 나타난 몬스터에게는 모피가 있었다.

몸도 상상보다 탄탄하고 몸길이는 3미터를 넘어서 바이프 베어와 같은 정도. 멧돼지를 베이스로 이족보행이 된 느낌이었다.

얼굴에는 조금 짧지만 엄니가 있어서 그 부분도 멧돼지에 가까웠다.

곤봉 대신인지 손에는 두꺼운 나뭇가지를 들고 있지만 가공된 흔적도 사실상 없고, 의복 부류도 걸치지 않았다. 결과적으로 사타구니의 물건이 훤히 보였지만 인간과 다르게 어느 정도 수납이 가능한지 구슬은 몰라도 기둥 쪽은 거의 눈에 띄지는 않았다.

다행이다.

그곳까지 임전태세였다면 여성진은 물론이고 우리도 다가가고 싶지 않았을 것이다.

전투에 흥분해서…… 같은 일은 없었으면 좋겠는데.

“상대도 우리를 알아차린 모양이네.”

“그러게. 어느 시점인지는 모르겠지만…… 냄새인가?”

곤봉을 들고서 신중하게 접근하는 모습에서 방심은 찾아볼 수 없었다.

적어도 시야에 들어오기 전부터 이쪽을 인식한 것은 확실하겠지.

돼지들은 땅속의 트러플을 찾을 수 있을 정도로 코가 좋다고 그러니까, 풍향에 따라서는 내 탐색 범위를 넘는 거리에서 우리를 발견할 수 있을지도 모른다.

피아의 거리가 가까워지고 처음으로 움직인 것은 나츠키.

낮은 자세로 창을 들고 단숨에 거리를 좁혔다.

바로 그 뒤를 따르듯이 토야도 튀어 나갔다.

그런 두 사람에게 오크도 반응을 보였지만 조금 늦었다.

손에 든 곤봉을 들어 올린 시점에서 나츠키는 이미 공격 범위 안으로 들어갔다.

내지른 창이 턱 밑으로 파고든 뒤 머리 위로 튀어나와, 피투성이가 된 날 부분이 드러났다.

동시에, 오크가 들어 올린 손에서는 힘이 빠지고 곤봉이 땅바닥으로 떨어졌다.

반면에 토야 쪽은 다른 한 마리 앞에서 뛰어올라 검을 휘둘렀지만, 약간의 시간차로 오크가 든 곤봉에 막혔다. 긴 무기가 아니라는 이유도 있겠지.

두꺼운 곤봉의 중간 정도까지 검이 파고들었지만, 상당히 단단한 나무인지 부러질 기미는 없었다.

오크는 그대로 곤봉을 휘둘러서 토야를 나무에 처박으려고 했으나 제대로 검을 뽑아낸 그는 무사히 지면에 내려섰다.

"엄호는!"

"필요 없어!"

토야는 그렇게 외치며 한 걸음 물러나더니 다음 순간, 몸을 확 움츠리고 왼손의 방패를 앞으로 내밀며 튀어 나갔다.

그 앞에는 오크의 왼다리. 허벅지 쪽에 부딪치는가 싶더니『퍼억』하는 소리와 동시에『우둑』하는 가지 부러지는 소리, 그리고 오크의 비명이 겹쳤다.

자세가 무너져서 쓰러진 오크의 옆을 스치듯이 등 뒤로 들어간 토야는, 목 뒤쪽에 검을 찔러 순식간에 숨통을 끊었다.

"훌륭해."

내가 손뼉을 짝짝 치자 토야는 조금 분하다는 듯이 입을 열었다.

"아니, 나츠키한테는 졌으니까."

"아뇨, 그건 무기의 특성이니까요. 토야 군 같은 차지? 인가요? 그건 저로서는 못 해요."

"그러고 보니 토야의 제대로 된【차지】는 처음 봤네."

"스킬 자체는 검을 휘두를 때의 파고드는 속도에도 영향을 주는 모양이지만, 순수한 의미로서의 몸통박치기는 정말……. 상상 이상의 위력이네."

저런 거구를 지탱하는 대퇴골이 일격으로 부러졌다.

관절 부분을 옆에서 노렸다든지 그런 게 아니라 근육으로 뒤덮인 대퇴골을 정면에서 부딪쳐서 부러뜨렸으니까, 그 위력은 엄청나다.

“그보다도 토야, 그 차지는 어떻게 된 거야? 운 좋게 부러뜨렸으니까 다행이지만, 타이밍은 몰라도 부위 선택이 그렇잖아. 적어도 관절을 노려야지.”

“그러네. 상대가 버텼다면 등 뒤로 곤봉에 맞았을 거라고?”

하루카와 유키, 두 사람의 지적에 토야는 머리를 긁적이며 쓴웃음 지었다.

“그렇게 말하면 부정하지는 못하겠네. 체격이 다른 적과의 전투 경험은 쌓아둘 필요가 있겠어.”

“뭐, 아마 【차지】를 사용하지 않았더라도 무난하게 이겼을 거야. 체격 차이를 생각하면 막힐 가능성도 있었으니까, 안전성을 생각하면 이건 아닌가.”

“자자. 오크와의 첫 전투였고, 토야 군도 백업이 셋이나 있는 상태니까 그렇게 싸운 거겠죠? 그렇지 않았다면 좀 더 신중하게 싸우려고 생각했을 거예요. 그렇죠?”

“그건…… 응, 그렇겠지.”

그렇게 말한다면, 안전이 어느 정도 확보된 상태에서 시험해보는 건 나쁜 일이 아닌가.

“솔직히 의외로 약했지? 나츠키는 일격에 해치웠고.”

“그러네요, 동작도 느리고 그다지 강하지는 않았지만 그게 당연할지도 몰라요.”

"……무슨 뜻이야?"

"제【창술】은 레벨 4, 토야 군도【검술】레벨 3이에요. 이 세계의 스킬 레벨이 최고 10이라면 저희는 그럭저럭 높은 레벨이라고 생각해도 될 거예요. 반면에 오크는 어떨까요?"

이 근처에서는 강적인 오크, 그리고 아직 만나지는 않았지만 더욱 강한 오거.

하지만 몬스터 전체를 기준으로 생각한다면 오히려 약한 적이다.

우리 스킬 레벨에서 고전한다면 대부분의 몬스터는 쓰러뜨릴 수 있는 사람이 없겠지.

"그러네. 캐릭터 레벨이라는 개념이나 전투 경험도 영향을 줄 테니까 단순히 스킬 레벨만으로는 측정할 수 없다고 생각하지만, 나츠키의 말은 지당해."

"나도 스킬 레벨이 올라가지 않았어도 처음보다는 창을 능숙하게 쓸 수 있게 되었고."

정말이지, 스킬 레벨은 좀처럼 올라가질 않는단 말이지.

뭐, 성실하게 훈련은 하고 있지만 어차피 채 두 달이 안 되는 시간, 당연할지도 모른다.

몇 개월 정도로 올라간다면 최고 레벨 10 따위는 아무것도 아니겠지.

"아, 참고로 나는 궁술 레벨이 3으로 올랐다고?"

"어, 진짜로? 나, 하루카보다 열심히 했는데?"

어라? 그렇게 간단히 올라가는 거야?

마법의 습득 숫자는 하루카 쪽이 위.

훈련 시간의 비율도 나 이상으로 마법 쪽에 치우쳤다고 생각하는데…….

"아니아니, 그런 식이라면 나도 계속 검술 훈련을 했다고? 한때는【봉술】훈련이 되었지만, 그래도 훈련 시간은 하루카보다 훨씬 많아! 하지만 레벨은 여전히 3이야!"

"그건 3에서 4니까 그래도 이해가 돼. 하지만 나랑 하루카는 똑같이 레벨 2. 재능을 가진 것도 똑같고……."

어쩌면 같은 '재능'이라도 차이가 있는 건가?

스포츠로 비유한다면 프로가 될 수 있는 재능과 올림픽에 나갈 수 있는 재능.

같은 '재능'이라도 레벨이 다르다는 느낌.

"비교해도 의미 없잖아. 토야는 재능이 없어도 금세【봉술】을 얻고 레벨 2가 되었으니까."

"……그도 그런가."

응. 쓸데없이 비교해서 자기혐오에 빠져봐야 의미가 없다는 것은 원래 세계에서도 알던 사실.

『내 쪽이 공부 시간이 많았을 텐데 성적으로 졌어! 어째서냐!』같은 생각을 했다가는 이 아이들과 어울리지 못한다.

그렇게 생각하기 전에, 솔직하게 조언을 듣고 노력하는 편이 훨씬 의미가 있다.

"있잖아, 그런 이야기보다도 빨리 해체해서 돌아가자. 별로 시간 없어."

"이런, 그러네. 미안해."

기다리다 지쳤는지 끼어든 유키에게 사과하고 다 함께 오크 해체를 진행했다.

다행히 나와 토야도 무사히【해체】스킬을 얻었고, 하루카는 레벨 2가 되어 작업 효율도 올라갔다.

나츠키는 스킬을 가지고 있지 않지만 요리를 할 수 있는 만큼 칼도 익숙하게 다룰 수 있어서, 아마도 우리보다 짧은 시간에 습득할 것이다.

그건 그렇고 바이프 베어 이상의 사이즈로 두 마리가 되니 고기의 양이 상당히 많다.

가지고 돌아갈 수 있을지 무척 아슬아슬해서, 갈빗대 따위도 깨끗하게 벗겨서 최대한 양을 줄였다.

내장은 멧돼지와 같은 부위를 회수, 머리와 손발은 어쩐지 기분 나쁘니까 폐기했다.

어쩔 수 없지, 손가락도 달려 있으니까.

"멧돼지 같은데 어째서 손가락, 발가락이 있는 걸까?"

"어라, 멧돼지는 우제류(偶蹄類)지만 딱히 발가락이 없지는 않다고?"

"그래?"

"예, 그래요. 있다고 해도 될지는 미묘하지만, 발가락이 퇴화하면서 세 번째와 네 번째 발가락이 굽으로 변한 거니까 퇴화하지 않았다면 남아 있을 가능성은 있어요. 아니면 퇴화한 다음에 다시 진화했을 수도 있겠네요. 알 수는 없지만요."

그 굽은 발가락이었나.

멧돼지에서 오크가 된 건지, 아니면 다른 진화 과정을 거쳤는지, 혹은 몬스터인 만큼 그런 건 완전히 무시되는지는 모르겠지만 손가락, 발가락 자체는 딱히 신기하지 않다는 모양이다.

"그러고 보니 개나 고양이도 자세히 보면 발가락이 있구나."

"의식하지 않으면 발가락이라는 느낌은 별로 안 들지만. 발가락이라기보다는 볼록한 살이라는 인상이고."

유키의 이야기에 따르면 개와 고양이는 앞다리에 다섯 개, 뒷다리에 네 개의 발가락이 있다나.

"이 오크, 발가락은 네 개구나. 손가락은 다섯 개니까 개나 고양이에 가깝네."

"그렇구나. 근데 토야? 굳이 보여줄 필요는 없는데?"

잘라낸 발을 들어서는 이쪽으로 발바닥을 들이대는 토야에게 그리 항의했다.

겉모습은 개, 고양이보다도 오히려 원숭이에 가깝다는 것이 더 더욱 싫다.

"그런가? 생물학적으로는 조금 흥미 깊은데."

"그건 학사한테 맡겨. 그보다도 빨리 해체를 진행해."

"그래. ……뭐, 그래 봐야 거의 끝났지만."

부위 단위로 잘라낸 고기는 이미 배낭에 넣었고, 들어가지 않는 몫은 다른 주머니에 넣어서 옆에 뒀다.

크기에 차이는 있지만 그런 주머니가 도합 다섯 개.

각자가 하나씩 들어야만 옮길 수 있는 양의 고기를 회수했다.

땅바닥에 남은 것은 손발과 뼈, 그리고 머리에 내장…… 이거,

엽기 살인 현장 같은데.

"으~음, 뼈, 아깝네. 가져갈 수 있다면 국물을……."

"이걸 보고 생각하는 게 그거야?! 이 상황에서는 솔직히 식욕이 안 돈다고?"

토야의 정신 구조, 너무 터프하다.

처음에는 멧돼지를 해체하면서 나랑 같이 얼굴이 새파랗게 질렸는데.

조만간에 나도 피투성이 내장을 보고서도 『맛있겠다』 같은 생각을 하게 될까.

"토야, 그건 안 돼."

그래, 하루카도 말 좀 해줘!

"돼지 뼈는 냄새나고 시간이 걸려. 집을 살 때까지는 못 쓴다고."

"그런 얘기냐! 애당초 뼈로 육수를 낸다니, 라면이라도 만들 게 아니면 쓸 방법도 없잖아."

"뭐, 어지간히 한가하지 않고서야 가정에서 만들지는 않지. 비용이 맞질 않는걸."

뼈를 삶고, 씻어서 부수고, 다시 채소나 부재료랑 같이 끓이고…… 필요한 연료, 시간, 소재를 생각하면 몇 명 정도 먹이자고 만들기에는 벽이 너무나도 높다.

장기간 보존할 수 있는 것도 아니니까 대량으로 만들 수는 없고.

아니, 지금이라면 가능한가? 매직 백, 『슬로 타임』은 만들 수 있게 되었으니까.

"있잖아, 빨리 돌아가자. 아까도 말했지만 별로 시간 없다니까?"

"그랬지. 서두르지 않으면 어두워질지도 모르니까. 나오, 그리고 토야. 최대한 적과 만나지 않는 코스로 부탁해."

하루카가 가볍게 그런 소리를 하자 나는 한숨을 내쉬었다.

"당치도 않은 소리를. 일단 온 길로 돌아갈게. 노력은 하겠지만…… 오크랑 만나지 않기를 기도해줘."

홉고블린이라면 모를까, 오크 쪽은 내가 알아차린 시점에서 이쪽으로 다가오고 있었다.

그것이 우연이 아니라면 오크의 탐색 범위는 나를 뛰어넘는다는 의미다.

일단 주의를 더욱 기울이면서 우리는 온 길을 돌아가기 시작했다.

이 루트라면 이미 몬스터는 배제 완료.

물론 몬스터도 이동하고 있겠지만, 완전히 새로운 루트를 걷는 것보다는 낫다.

그리고 그 보람도 있었는지, 우리는 한 번도 전투를 겪지 않고 숲 탈출에 성공했다.

게임이라면 다른 의미로 불평이 나올 법한 인카운트 확률이지만 우리에게는 고마운 일이었다.

오히려 현실에서 게임 수준으로 밀도가 높으면 몬스터에게 둘러싸여서 확실하게 죽는다.

동물과 다르게 몬스터는 사람을 덮치는 존재라서, 바로 옆에서 전투태세에 들어갔는데도 그냥 무시할 수는 없으니까.

우리가 마을로 돌아온 것은 평소보다 무척 늦은 시간대였다.
평범한 모험가가 돌아오는 것보다도 더욱 늦게 발길을 들인 길드 안은, 어떤 의미로 평소처럼 한산했다.
카운터 쪽으로 시선을 향했더니 걱정스러운 표정의 디오라 씨와 눈이 마주쳤다.
"여러분……! 조금 늦어져서 걱정했어요……."
"걱정을 끼쳤네요."
일어서서 안심한 듯 미소를 머금은 디오라 씨에게 우리는 다 같이 가볍게 머리를 숙였다.
디오라 씨한테 우리의 활동 스케줄을 전달한 것은 아니지만, 기본적으로 규칙에 맞추어 일을 하는 우리.
평소와 같은 시간에 얼굴을 비추지 않아서 걱정을 끼치고 말았나보다.
그래도 평소라면『오늘은 쉬는 날인가?』정도로 그쳤을 테지만 어제는 비로 쉬었고, 매직 버섯을 찾으러 조금 더 깊은 숲속으로 들어간다는 이야기도 했던 만큼…….
"딱히 다친 곳은…… 없는 것 같네요. 오히려 큰 수확일까요?"
우리 모두가 들고 있는 주머니를 보고 디오라 씨의 미소가 쓴웃음으로 바뀌었다.
"예, 가지고 오느라 조금 힘들었을 정도로."
"오크, 잡았어!"
"오크인가요?! 그건 참으로…… 아, 무겁겠네요. 먼저 매입을 마무리하죠."

조금 놀란 모습인 디오라 씨를 따라서, 지난번과 같이 창고 쪽으로 이동.

판정을 받은 결과, 오크가 마석과 고기, 모피를 합쳐서 72800레아, 약초와 매직 버섯이 32000레아가 되었다.

금화로 백 개 남짓의 벌이였다.

으~음, 날씨만 괜찮다면, 앞으로 이틀이면 땅값은 벌 수 있지 않을까?

“축하해요. 이걸로 여러분의 모험가 랭크는 2가 됐어요.”

싱긋 웃으며 디오라 씨가 돌려준 길드 카드 뒤에는 제대로 두 번째 마크가 새겨져 있었다.

랭크 2는 『루키보다는 조금 낫다』 정도의 평가라고 하지만 그래도 뺨이 살짝 풀어졌다.

토야와 유키는 완전히 히죽히죽 웃고 있으니까.

“하지만 쓸데없이 들떠서는 쉽게 죽어버리는 것도 이 무렵이니까 충분히 주의를 기울이셔야 해요. 여러분은 신중하니까 괜찮을 거라 생각하지만, 돌아오지 않는 사람을 기다리는 건 슬프니까요…….”

“예, 걱정해줘서 고마워요. 저희는 분수에 맞는 일로 노력할 생각이니까 괜찮아요.”

“나츠키 씨…… 으~음, 하지만 등록하고 몇 개월 만에 오크한테 손을 댔으니까 말이죠.”

그런 소리를 들으니 확실히 좀 그렇네.

“오크랑 조우한 장소 근처에는 소굴가 있는 경우도 있으니까요……. 그 부근에서 전투를 벌이면 대량의 증원군이 나타나니까, 정말로, 정말로 조심하라고요?”

“――그건, 확실히 조심해야겠네요.”

내 탐색 범위 밖에서 발각당했을 가능성도 고려하면, 이건 무척 중요한 점이겠지.

서너 마리까지라면 어떻게든 되더라도 『싸움은 숫자』다.

열 마리라든지 두 자릿수가 된다면 지금의 우리는 거의 확실하게 진다.

“걱정해줘서 고마워요. 참고할게요.”

만에 하나의 경우에는 철수도 고려해두고 탐색에 힘을 쏟아야겠구나.

디오라 씨한테 인사를 하고 우리는 길드를 뒤로했다.

다음 날과 그다음 날은 오크를 메인으로 벌게 되었다.

디오라 씨의 조언도 걱정이 되기는 했지만 역시나 매직 버섯을 통한 수익이 생각보다도 올라가지 않았다는 게 컸다.

한번 채집한 장소에는 거의 안 자라고, 새로운 장소를 발견해도 이미 먹어버린 경우가 많아서 『벌 수 있다』라고 하기에는 거리가 먼 숫자밖에 딸 수가 없었다.

아에라 씨가 ‘보너스’라고 표현했다시피 지속적인 수입에는 맞지 않는 것이다.

그렇게 생각하면 처음 발견한 나무 세 그루에서 채집할 수 있었던 것은 상당한 행운이었을 테지.

대신에 메인 타깃으로 삼은 오크 말인데, 벌이가 되기는 한다지만 역시나 운반에 문제가 있었다.

두 마리를 쓰러뜨린 시점에서 돌아가게 되니까 점심쯤에는 일이 끝나버린다.

덕분에 훈련 시간이 늘어나니 반드시 나쁜 일이라고는 할 수 없겠지만 시간을 조금 낭비한다는 느낌이었다.

역시『익스텐드 스페이스』를 부여한 매직 백 제작이 급선무였다.

물론『익스텐드 스페이스』만으로는 무거워서 가방을 옮길 수가 없으니, 최소한『라이트 웨이트』와 동시에 부여하지 않고서는 의미가 없지만.

일단 어제 시점에서『익스텐드 스페이스』발동에는 성공했으니까 며칠 안으로는 목표를 확실히 세우고 싶다.

조금 신경 쓰이는 것은 유키 쪽이 먼저 성공했다는 사실인데…… 나, 노력 부족?

아니, 세어 측면에서는 아직 내가 위다.

요령을 배웠더니 나도 금세 쓸 수 있었으니까 괜찮은, 거겠지?

……응, 자기 전의 연습 시간을 조금 더 늘리기로 하자.

그리고 다음 날, 숲에 도착하자마자 꾸물꾸물하는 하늘의 모습에 터스크 보어 한 마리만 사냥하고 일을 마무리한 우리는, 소재 매각을 겸해서 디오라 씨에게 토지 매입 진척 상황을 물어봤다.

"예, 순조로워요. 음, 아마도 앞으로 며칠 정도면 허락을 받을 수 있지 않을까요."

"그래? 좀 더 시간이 걸리지 않을까 생각했는데."

"여러분도 노력하고 있으니까 저도 노력했어요. 그 정도 상대, 저한테 걸리면 간단하거든요. 예."

든든하게도 싱긋 웃는 디오라 씨.

조금 불온한 표현은 못 들은 걸로 하자.

"노력한다는 말을 들을 정도일까요? 저희, 무척 빨리 마무리했는데요."

처음으로 오크를 쓰러뜨렸을 때는 무척 늦은 시간에 돌아왔지만 그 이후로는 계속 오전 중으로 마무리했다.

"시간은 짧아도 제대로 사냥해서 돌아오잖아요. 다친 곳도 없고. 랭크 1이나 2인 모험가 중엔 아침부터 저녁까지 사냥을 하고도 성과 없이 약초로 어떻게든 넘기는 사람들도 많다고요? 그런 사람들이 오크를 한 마리라도 쓰러뜨린다면 며칠은 놀고먹을 거예요."

"며칠이라니…… 그런 짓을 했다가는 돈을 못 모으잖아."

오크 한 마리를 쓰러뜨린다고 해봐야 대여섯 명 파티라면 한 사람당 금화 여섯 개 정도.

조금 괜찮은 술을 주문하고 맛있는 식사를 먹으면 금세 사라진다.

모험가라면 장비에도 돈이 드니까 도저히 며칠 동안이나 놀 정도의 수입이 아니다.

우리가 돈을 모을 수 있는 이유는 '졸음의 곰'이 저렴하다는 것과 아무도 주류 같은 기호품에 손을 쓰지 않는 것, 그리고【재봉】스킬 덕분에 옷 따위를 자급할 수 있다는 것이 크니까.

"그러네요. 그런 상태로 랭크 업은 무리겠지만, 모험가는 그다지 앞일을 생각하지 않는 사람이 많으니까요……."

반대로 이런 쪽을 생각할 수 있는 사람은 순조롭게 랭크가 올라간다나.

"랭크 3, 4 정도까지는 노력으로 어떻게든 가능한 범위니까, 거기까지 올라가기도 전에 지지부진한 사람들은 장래적으로도 거의 전망이 없어요."

"그런 사람들은 나이를 먹으면 어떻게 돼?"

"그러네요, 대부분의 사람은 나이를 먹지 않아요. 도중에 죽어버리니까요."

"어……."

너무나도 노골적인 디오라 씨의 말에 유키의 표정이 굳었다.

"무언가의 계기로 결단을 내린 사람, 또는 무언가 행운을 얻은 사람은 정식으로 일자리를 얻는 경우도 있지만…… 처음부터 계획성이나 근거도 없이『자신은 성공할 수 있다』같은 생각을 가진 사람들이니까요……."

어떤 의미로는 중2병 같은 건가.

이 세계의 성인 연령을 생각하면, 모험가가 되자고 생각할 무렵은 한창 그럴 시기.

그대로『나는 특별해!』같은 자의식만 가지고서 계속 모험가로 일한다면 결과적으로 다다르는 것이 인생의 무덤이다. ——아니, 진짜 무덤 말이다.

우리도 교훈으로 삼아야지. 자기 집, 저축, 이거 중요.

"제가 오크와 대치한 느낌으로는, 몇 사람이나 있으면 쓰러뜨리는 것도 그렇게 어렵지는 않을 것 같은데요……. 발견이 어려운 걸까요?"

"그건 나츠키 씨가 강하니까 그렇죠. 막 모험가가 된 루키라고 해봐야 근처 농가에서 나온 젊은이라고요? 힘은 좀 있더라도 이제까지 막대기나 휘둘렀을 뿐인, 아무런 기술도 없는 초짜. 고블린 정도라면 모를까, 오크를 상대하는 건 힘들어요."

스킬 유무인가. 처음부터 무기 스킬을 가진 우리와는 시작 지점이 다르구나.

모험가가 될 때까지 운 좋게 누군가의 가르침을 받을 수 있다면 또 다르겠지만, 무상으로 배울 수는 없겠지.

"조금 더 말하자면, 나츠키 씨가 가진 것 같은 좋은 무기를 살 수 있을 때까지 저축할 만큼의 계획성도 의심스럽고요."

나츠키가 지금 사용하는 것은 내가 구입한 창으로, 일본 엔으로 따지면 140만 엔.

확실히 중학생 정도의 어린애가 살 수 있는 무기가 아니다.

그렇다고 해서 가볍게 살 수 있는 무기로는 강도가 불안하다.

지금 내가 사용하는 나츠키가 산 창이 그런데, 이걸로 오크랑 대치하는 건 나도 무섭다.

조금 거칠게 다룬다면 간단히 뚝 부러질 것 같고.

"물론 단독으로 행동하는 오크를 찾는 것도 큰일이에요. 실력을 생각하면 복수의 오크한테는 대응할 수 없으니까요. 루키에게는 무척 힘든 일이에요."

정리하자면【적 탐지】와 무기 스킬 덕분이다.

알기 쉬운 치트는 없어도 무척 편하게 벌 수 있도록 해줬구나, 사신 씨.

날려 보낸 장소도 그렇고.

"그러니까 일정하게 오크 고기를 가져다주는 여러분에게는, 솔직히 도움을 받고 있어요. 오크 고기는 인기가 있으니까요."

"디오라 씨도?"

"예, 저도 좋아해요. 덩달아서 저도 대접받거든요!"

그러면서 싱긋 미소 짓는 디오라 씨.

아무래도 딘들 때와 마찬가지로, 길드의 매입 가격으로 횡령해서——아니, 직원 가격으로 입수하는 모양이다.

이 세계는 육류가 조금 비싸지만 직원 가격이라면 일반인이라도 매일 먹을 수 있을 정도의 가격.

일단 실느의 간부로 보이는 디오라 씨라면 전혀 문제는 없겠지.

"도움이 된다니 다행이에요. 하지만 아마 내일은 휴일이겠네요."

"비, 내릴 것 같으니까요. 저도 한가할 것 같으니까 땅주인한테 또 다녀올게요."

"잘 부탁해요. 돈은 준비됐으니까요."

"예, 기대하세요."

◇ ◇ ◇

어제 오후부터 내리기 시작한 비는 지금도 아직 계속되고 있었다.

필연적으로 오늘은 일을 쉬니까 각자 실내에서 훈련을 하게 되었다.

나와 유키, 하루카는 평소처럼 마법과 연금술 훈련. 나츠키는 마법진 자수.

유일하게 일이 없는 토야는 한동안 침대에서 뒹굴뒹굴했지만, 조금 전에『우천 훈련이다!』라고 외치며 밖으로 뛰쳐나갔다.

우리는 아무 말도 안 했지만 혼자서만 아무것도 안 하는 상황을 견딜 수 없었나보다.

평소라면 감기를 걱정할 참이지만【완강 Lv.4】가 제 역할을 해 주겠지.

"오늘이야말로『라이트 웨이트』랑『익스텐드 스페이스』를 성공하고 싶은데."

"무척 안정적으로 발동할 수 있게 되었으니까 어떻게든 되지 않을까?"

"그러면 좋겠네."

다행히도 부여 작업은 마법진에 담긴 마력을 해방하는 방식으로 몇 번이고 연습할 수 있다.

평범하게 잉크로 그리면 부여와 해방을 반복할 때마다 열화된다고 그러는데, 자수로 놓은 영향인지 현재 열화의 징조는 보이지 않았다.

그래도 일단 연습은 배낭이 아니라 평범한 마대를 이용해서 진행했다.

그리고 그것을 자수라는 측면에서 도와주는 것이 나츠키였다.

하루카가 연금술사로서 부여 작업, 나와 유키가 시공 마법을 사용하는 반면, 아기자기하고 수수한 작업을 불평도 하지 않고 계속해주고 있으니까 고맙기만 할 따름이다.

"미안해, 나츠키. 조금만 더 하면 가능할 거 같으니까."

"아뇨아뇨, 자수는 싫어하지 않아요."

나츠키는 그렇게 말해주지만, 그려진 마법진을 따라서 놓는 것뿐이라서 재미라고는 없는 자수.

평범한 작품으로서의 자수가 아니니까 이건 확실하게 우리를 배려하는 말이겠지.

"아마 절반 정도는 되고 있겠네."

부여 작업은 마법을 발동 직전에서 유지하고, 그 마력을 깔끔하게 흘려 넣어서 완성한다.

현재의 고비는 바로 이 유지 부분.

감각적으로는 절반 정도 마력을 흘려 넣은 참에, 마법이 붕괴되어서 마력이 흩어져 버린다.

하루카 쪽은 제대로 받아주고 있는 모양이라 스스로가 조금 한심스럽다.

"조금 더 작은 걸로 해볼래? 마법진을 작게 만들면 흘려 넣는 시간은 줄일 수 있으니까."

"으~음, 그건 조금 다른 것 같은데……."

마법진의 크기에 적합한 마력을 적절하게 흘려 넣는 것이 최단 시간으로 부여를 진행하는 방법.

그러니까 작은 주머니와 작은 마법진을 준비한다면 마력을 유지하는 시간도 짧게 끝난다.

하지만 지금 내가 실패하는 원인이 단순한 유지의 문제에서만 기원하느냐고 묻는다면, 어쩐지 아닌 것 같다. 거의 감 같은 이야기일 뿐이지만.

하지만『그럼 뭔데』라고 그래도 잘 모르겠다. '감'이니까.

"저기, 나오. 이 부분은 읽었어?"

고민하는 내게 유키가 건넨 것은 시공 마법 마도서, 하권.

"응? 하권이니까 가볍게 훑어본 정도인데."

아직 상권조차 완전히 이해하지 못한 것이다.

하권에는 어떤 마법이 실려 있는지 가볍게 훑어본 정도에 불과했다.

"그렇다면 여기 좀 읽어봐."

"어디어디……『칼럼——시공 마법은 돈이 되는 마법』? 아니, 이게 무슨——."

"됐으니까 일단 읽어봐."

"어, 어어……."

예상 이상으로 가벼운 제목을 보고 나는 유키에게 항의하려고 했지만, 조금 힘주어『읽어』라고 하는 바람에 순순히 책을 받아들고 읽었다.

【칼럼 —— 시공 마법은 돈이 되는 마법?】

여, 독자 여러분. 마법 습득은 순조로운가?

아니면 높은 습득 난이도에 좌절하고 있을 무렵인가?

그 심정은 잘 알지. 다른 계통과 비교해서 어렵고 쓰기도 힘들거든, 시공 마법.

불 마법이라면 콰광, 퍼벙, 이해하기 쉽고 물 마법은 물이라는 필수품이 나오는 데다가 얼음으로 공격도 가능하지. 게다가 여름에 얼음을 판다면 편하게 벌 수 있으니까 평생 안심이야.

흙 마법도 조금 수수하지만 얕볼 수 없어. 위험한 일을 하지 않아도 토목 공사를 돕는다면 나이를 먹어도 일할 수 있으니까 썩 괜찮아.

빛 마법은 말할 것까지도 없지. 레벨 1부터 여기저기서 인기니까.

레벨 5나 6이라도 되면 모두에게 존경받고, 그럴 마음만 있다면 놀면서 살 수 있지.

그런 점에서 바람 마법은 조금 친근감이 드네. 높은 레벨이 되지 않고서는 그렇게 굉장하지도 않고.

아니, 있으면 조금 편리한 느낌의 마법이지만.

어둠 마법? 그건 궤가 좀 다르거든.

편리니 뭐니 논할 대상이 아니라고 할까.

뭐, 그렇게 궤가 다른 존재를 제외하면, 다른 마법과 비교해서 시공 마법은 사용하기 어려워.

레벨 3 정도까지는 상—당히 미묘한 효과니까.

그러니까 레벨 4의 『생추어리(성역)』 같은 거 조금 기대하지 않았어?

누가 붙였을까, 이 이름. 굉장한 것 같은데 효과는 김빠진다고 할까…….

하지만 실제로 내가 가장 많이 사용한 건 이 마법이겠네. 야영할 때에는 편리하거든. 벌레가 전혀 안 들어오니까. 물론 본래의 사용법은 그게 아니고, 레벨이 높은 사람이 사용하면 굉장하지만. 우리 스승님은 화살이든 마법이든 튕겨냈으니까.

레벨 6에서 『텔레포테이션』을 쓸 수 있게 되었을 때는 기뻤지……. 그 직후, 전력으로 사용해도 시야 안 정도로만 날아갈 수 있다는 걸 알고 완전히 풀이 죽었지만.

물론 이것도 레벨이 높은 사람이 사용하면 굉장하다고?

하지만 거기까지 도달할 수 있는 건 극히 일부.

레벨 6의 마법을 쓸 수 있게 되는 것조차도 보통은 어려우니까.

"……저기, 유키. 이거 불평밖에 안 적혀 있잖아?"

"자자, 끝까지 읽어봐."

"그런가? 시간 낭비처럼 느껴지는데……."

그래서 대부분의 사람은 도중에 좌절하거든, 시공 마법에.

『통달하면 굉장해!』라고 그래도 본인이 쓸 수 있게 된 마법은 김새는 것뿐이라면 의욕도 안 나고, 현실적으로 생활이 곤란하니까.

평범한 사람은 마법만 습득하고 있을 수도 없잖아.

그런 사람이 금세 떠올리는 것은 역시 매직 백이 아닐까?

매직 백이라면 시공 마법, 시공 마법이라면 매직 백. 그렇게 말할 정도로 잘 알려진 이야기니까 말이야.

그래, 확실히 매직 백을 만들 수 있다면 시공 마법사도 장래 안정, 안락한 생활이 약속되어 있어. 나도 꽤나 벌었지.

그건 제쳐놓고.

실제로는 그렇게 간단히 만들 수는 없어.

실질적으로 레벨 3까지의 마법으로 충분하니까 도중에 좌절했을 법한 시공 마법사라도 만들 수 있다, 그렇게 생각했지? 아니 아니, 간단히 만들 수 있었으면 더 많이 팔았겠지.

팔지 않는다는 건 그게 아니라는 의미.

우선 연금술사. 페어를 짜서 일을 할 상대가 필요해.

이때의 상대 연금술사한테는 그다지 고도의 기술은 요구되지 않지만, 적성이 필요하니까 누구든 상관없는 거 아니야.

시공 마법사와 호흡을 맞추어야만 하니까 상성이 나쁘면 도저히 잘 되지를 않아.

그러니까 반대로 말하면, 잘 되는 상대와는 상성이 좋다는 이야기겠네.

사실은 우리 마누라, 연금술사거든. 핫핫핫.

이런, 또 이야기가 샜네.

매직 백 이야기지.

사실 부여하는 마법이 단독, 그러니까 『라이트 웨이트』 『슬로 타임』 『익스텐드 스페이스』 중 하나뿐이라면 매직 백을 만드는 건 그렇게 어렵지 않아.

초급 시공 마법사라도 상당히 쉽게 성공하지 않을까?

하지만 이걸 만들어도 팔 수는 없어.

아니, 팔 수 없다고 할까. 매직 백에는 『라이트 웨이트』 『슬로 타임』 『익스텐드 스페이스』 세 가지가 전부 부여되어 있다고 여기니까, 매직 백으로 취급해주지를 않거든.

고정관념이라는 녀석일까?

기능이 한 종류인 매직 백이라도 사용하기에 따라서 쓸모 있다고 생각하는데 말이지.

하지만 사주지를 않는다면 제작자는 어떻게 할 방법이 없어.

나도 초반에는 돈을 마련하느라 상당히 고생했어.

자, 단일 기능인 매직 백이 팔리지 않는다면 더욱 노력해서 세 가지 마법을 부여한, 일반적인 개념에서 매직 백이라 불리는 물건을 만들 수밖에 없겠지?

하지만 이게 어려워.

우선 세 가지 마법을 동시에 발동시켜야만 해.

감각적으로는 양손으로 글자를 쓰면서 발로 그림을 그리는 것 같은 느낌이야.

이에 대한 요령은 딱히 없네. 거의 무의식적으로 마법을 수 있도록 연습할 수밖에 없지 않을까? 연습으로 어떻게든 되거든, 이건.

문제가 되는 건 그다음. 발동한 마법을 마법진에 흘려 넣는데, 단순히 흘려 넣는 것만으로는 거의 확실하게 실패해. 나도 이걸로 고민했지.

발동한 마법을 균등해지도록 동시에 흘려 넣거나, 순서대로 흘려 넣거나, 순서를 바꾸어보거나…… 어쨌든 몇 번이고 다양한 방법을 시도했어. 엄청 힘들었지.

아마도 파트너의 격려가 없었다면 도중에 좌절했을 거야.

그런 시행착오의 나날들이 두 사람의 사랑을 키운 거니까 헛수고는 아니었지만.

뭐, 결국에 필요했던 건 각각의 마법을 자신 안에서 하나로 뒤섞은 다음에 마법진으로 흘려 넣은 것이었지만 말이야.

뭐? 그런 식으로 말해도 모르겠다고?

그러네, 이미지로 그린다면 각각의 마법을 색깔 있는 물로 비유하고 그걸 자기 안에서 뒤섞어 새로운 색깔로 만들어서 마법진에 붓는 느낌일까?

적어도 나는 그런 방법으로 해낼 수 있게 됐어.

너도 그렇게 할 수 있다면 돈을 왕창 벌고 우아한 생활을 보낼 수 있게 돼.

물론 마음이 맞는 파트너가 필요하지만 말이지?

"이게 뭐야아아!! 거의 푸념이랑 아내 자랑이고! 필요한 건 마지막 몇 줄뿐! 조금 더 말하자면, 그런 조언은 상권에 적어 놓으라고오오오!!"

유키의 말대로 전부 읽어봤지만, 대부분은 크게 의미도 없는 내용이었다.

마지막 부분의 조언은 다소 유익했지만 그렇다면 매직 백과 관련된 내용이 있는 상권에, 몇 줄을 추가하면 그만이었다.

"일부러? 일부러 이런 거야?!"

"그 심정은 잘~ 알아. 도중에 그만 읽고 싶어졌지? 쓸데없이 길고, 『칼럼』이라서 본문이랑 관계도 없을 것 같고."

내 분노에 유키도 동조하듯이 고개를 깊이 끄덕였다.

"그리고 마지막에 은근슬쩍 중요해 보이는 조언이라니, 틀림없이 자기가 고생했으니까 살짝 곤란하게 만들어주자고 생각한 거야, 이거."

"응, 그런 것 같아. 굳이 하권에 적어놓은 것도 말이야!"

적어도 상권, 매직 백과 관련된 내용 근처에 실어뒀다면 이런 칼럼이라도 읽었을지도 모른다. 하지만 실제로는 하권.

하권에 실려 있는 것은 레벨 8 이상의 마법과 더욱 고도의 개념 등이다.

그곳까지 도달하지 않은 마법사의 경우, 어쩌면 아예 구입하지 않을 수도 있겠지.

"잘은 모르겠지만 뭔가 괜찮은 내용이라도 적혀 있었어?"

그렇게 의기투합하던 나와 유키를 보고 하루카가 고개를 갸웃거리며 물었다.

"전체적으로 시시한 내용. 다만 일부 조언은 쓸 수 있을지도?"

"일단 시험해볼 수밖에 없겠네. 하루카, 부탁할 수 있을까?"
"응."
사용하는 것은 『라이트 웨이트』와 『익스텐드 스페이스』.
각각에 색깔을 이미지…… 빨간색과 파란색이면 될까.
그것을 휙휙 섞어서 보라색으로 만들어서 흘려 넣는다——오오, 어쩐지 원활한데.
두 가지 마법을 흘려 넣는 것보다 훨씬 편하잖아요. 이건 제대로 되는 게……?
"좋아, 완료——?"
끊기지도 않고 제대로 된 느낌인데, 이건 성공인가?
이제까지 실패가 계속되었던 만큼 불안이…….
"나도 문제없었다고 생각하는데…… 시험해보자."
"그러네."
이번에 만든 것은 편의점 비닐봉투 정도 크기.
일단 근처에 있던 창을 집어넣어 봤다.
"오, 오, 오오오오오! 들어갔어?!"
다시금 보니 엄청난 위화감. 2미터는 되는 창이 작은 주머니로 스르륵 들어가니까.
주머니를 들어도…… 가볍다. 적어도 창이 들어 있을 법한 무게가 아니었다.
"해냈잖아, 나오! 이걸로 엄청 편해질 거야!"
"그러네! 그러네! 얼른 양산하자고!"
손을 맞잡고 기뻐하는 나와 유키. 함께 고생했으니까.

정말이지, 시공 마법은 어렵다.

"기다려. 우선은 어느 정도 들어가는지, 무게는 어느 정도 줄어드는지, 그리고 큰 마법진이라도 할 수 있는지, 양산 전에 할 일이 있잖아? 그리고 『슬로 타임』은 추가할 수 없을까?"

하루카가 찬물을 끼얹는 바람에, 나는 생각에 잠겼다.

"크기 쪽으로는 문제없다, 고 생각해. 그만큼 안정적이었어. 하나 더 추가해서 세 가지는…… 어떨까?"

발동만 한다면 세 가지라도 가능할 것 같기는 했지만, 세 가지를 섞을 수 있을까? 게다가——.

"지금은 파란색이랑 빨간색을 상상했는데, 세 번째는 무슨 색으로 해야 하지? 게다가 어떤 색이 되는데?"

"색의 삼원색을 생각하면 노란색이겠지. 섞으면 검은색…… 그러니까 네 가지 이상 섞지는 못한다?"

"지금의 발동 방법이라면 그렇게 될까……? 다만 기본적으로는 매직 백에만 쓸 거니까 네 번째는 필요 없다고 생각하는데."

적어도 마도서에 실려 있는 마법 중에서는, 네 가지를 부여해서 편리해질 것 같은 마법은 없다.

굳이 한다면 『슬로 타임』을 『서스펜드 타임(시간 정지)』으로 바꾸는 정도이지만, 이건 레벨 9의 마법.

난이도와 실용성을 생각하면 낭비겠지.

"애당초 지금은 세 가지를 부여할 수 있을지가 문제겠지. 시험해보자."

"그러네."

하루카의 그 말에 나는 크게 숨을 내쉬어 마음을 가라앉혔다.
한 번 할 수 있었으니까, 괜찮아. 스스로를 그리 타이르며 천천히 마법을 발동했다.

결론부터 말한다면『라이트 웨이트』『슬로 타임』『익스텐드 스페이스』를 부여한 매직 백을 만드는 것에는 성공했다.
다만 배낭 사이즈가 되면 무리.
최대로도 슈퍼의 비닐봉투 사이즈까지.
그래서 배낭의 부여를 해제하고 그 안에 작은 매직 백을 넣어서 대처하게 되었다.
하지만 실제 사용에는 전혀 문제가 없거든, 이거.
지금의 내가 이 사이즈의 주머니에 전력으로 부여했을 경우, 효과는『익스텐드 스페이스』로 용량이 백 배 이상.『라이트 웨이트』의 효과로 중량 대비 백 분의 일 이하. 양쪽 다 추정치.
방에 있는 물건 중에서 주머니 주둥이보다 작은 걸 골라서 일단 채워봤는데, 전혀 가득 채워지지 않았다는 결과를 바탕으로 예측한 수치다.
그러니까 이제까지는 다섯 명이 애를 써도 두 마리까지밖에 못 옮겼던 오크 고기를 사실상 무제한으로 옮길 수 있게 되었다는 의미.
이거라면 텐트나 조리도구, 하물며 이 여관방에 계속 놔두고 있는 말린 딘들이나 육포도 전부 가지고 다닐 수 있다.
유일한 단점을 꼽는다면『주머니 주둥이로 들어가지 않는 물건은 넣을 수 없다』라는 점이겠지.

아쉽지만 『건드리는 것만으로 수납 가능』 같은 편리함은 없다.

현재 상황에서 이것 때문에 생기는 문제라면 육포를 채운 항아리가 들어가지 않는다는 것인가.

내용물이라면 항아리에서 꺼내어 넣으면 되겠지만 항아리 본체는…….

야외에서 드럼통 목욕, 이 아니라 항아리 목욕을 해보고 싶었지만 한동안은 무리일 듯했다.

일단 『큰 매직 백 제작』을 장기 목표로 두기로 하자.

목욕탕이 있는 집을 얻는 것과 비교했을 때 무엇이 더 빠를지는 미묘하지만.

완전판 매직 백을 얻은 뒤로 우리의 행동은 조금 변화했다.

숲으로 들어가면 사냥감을 찾고, 쓰러뜨리고, 벗긴다. 찾고, 쓰러뜨리고, 벗긴다.

귀환 시간까지 이것을 반복.

운반 가능한 사냥감의 양이나 열화에 좌우되는 일이 사라졌기에 시간을 가득 써서 활동할 수 있게 된 것이었다.

노리는 것은 기본적으로 돈이 되는 오크. 발견한다면 터스크 보어도.

크게 돈이 안 되고 마석 회수에 수고가 드는 고블린 따위는, 바로 근처에 있지만 않는다면 무시.

가끔씩 쓰러뜨릴 때에도 나와 유키가 머리를 날려버렸다.

마석을 간단히 회수할 수 있는 대신, 몇 번에 한 번은 행방불명이 된다지만『시간을 쓰는 것보다는 낫다』라며 그 손실은 허용 범위로 받아들였다.

매직 버섯은 돌아다닌 구역과 비교하면 역시 적었다.

발견하면 당연히 회수하지만 송이버섯만큼 비싼 것도 납득이 갈 만큼 희소했다.

반면에 약초는 시간 대비 돈이 안 되니까 거의 채집하지 않게 되었다.

나츠키의【약학】연습을 위해서 소량만 채집할 뿐.

전투의 비중이 무척 늘어나 버렸는데, 매직 백을 얻기도 했고『가능하다면 캐릭터 레벨을 올린다』라는 방침을 정했기 때문이었다.

이제까지도 캐릭터 레벨을 올려서 안전을 확보했으면 한다, 라는 것은 모두의 공통적인 생각이었지만 안전성의 측면에서 의문이 있었다.

안전을 확보하기 위해서 위험을 무릅쓴다면 본말전도.

하지만 이 시점에서, 비교적 안전하게 사냥할 수 있으면서 돈도 되는 몬스터가 나왔다.

사냥한 뒤에 고기를 방치하게 된다면 주저할 만도 하지만 전부 가지고 돌아갈 수 있는 것이다.

잡지 않을 이유가 있을까? 없지?

그래서 우리는 상당한 숫자의 오크를 사냥했다.

잔뜩 잡았다. 매직 백 증산이 필요해질 만큼.

그리고 오크에게는 재난이었다.

하지만 상대는 몬스터. 그 누구도 불평하지는 않는다.

게다가 조우 빈도가 그다지 변함이 없으니까 좋은 자원이다.

하지만 아무리 그래도 잡은 것을 전부 길드로 가져간다면 성가신 일이 벌어질 것 같다는 생각밖에 안 들어서, 하루에 판매하는 것은 네 마리까지로 제한했다.

처음에는 매직 백 없이 운반이 가능한 두 마리까지로 할까, 그런 이야기도 나왔지만 매직 백을 완전히 숨기는 것은 어렵다——고 할까, 기껏 생긴 이점을 버리게 될 테고 힘드니까 그것 자체는 숨기지 않기로 했다.

하지만 우리가 매직 백을 만들 수 있다는 사실이 알려지는 것은 역시나 곤란하다.

그래서 위장으로 낡아빠진 가방을 하나 조달. 그것을 매직 백으로 가공해서, 디오라 씨한테는 『엘프 스승님한테 빌렸다』라며 전하기로 했다.

문제는 다른 모험가가 매직 백을 노리고서 습격한다든지 그런 위험성인데…… 열심히 퇴치할 수밖에 없겠지.

이 마을은 비교적 치안이 좋으니까 괜찮을 거라 생각하고 싶지만…….

그런 심성이 고약한 사람에 대한 견제로, 랭크 업 역시 열심히 해야 할지도 모르겠다.

하지만 우선은 집. 내 방이 있으면 좋겠다.

그것을 목표로 노력하던 우리에게, 마침내 대망의 소식이 전해졌다.

사이드 스토리 "토미 입지(立志)편"

아즈마 씨——아니, 하루카 씨라고 불러야 할까—— 일행과 헤어진 나는 홀로, 라판이라는 마을로 이어지는 가도를 걷고 있었다.

이쪽 세계로 왔을 때에 함께 있었던 두 사람과 죽음으로 이별한 것이 2주 정도 전.

솔직히 말해서 원래 세계에서는 친한 사이도 아니었지만 며칠은 함께 지냈던 상대.

눈앞에서 죽었을 때는 무척 동요했다.

다만 며칠이 지나서 그 동요가, 지인이 죽었다는 슬픔보다도 의지할 사람이 사라졌다는 불안이 이유임을 깨닫고는 자기혐오로 무척 침울해졌다.

뭐, 그런 자기혐오도 채 하루가 가지 않았지만.

어떤 의미로 **태평하게** 자기혐오에나 빠져 있다가는 굶어 죽는다.

숲속에서 먹을 수 있는 것은 한정적이고 불을 피우는 것은 전혀 성공하지 못했으니까, 식재료는 어디까지나 날로 먹을 수 있는 것뿐이다.

활비비라도 만들 수 있다면 달랐을 테지만 근처에 떨어져 있는 나무를 비비는 정도로는, 불씨는 물론이고 검게 변하지도 않았다고.

그렇게 내 몸은 나날이 약해져서, 끝내는 의식이 몽롱해지며 쓰러져버렸다.

드디어 끝인가~ 같은 생각으로 눈을 감았으니까, 다음으로 눈을 떴을 때는 한순간 저세상에 왔다고 생각했다.
어쩔 수 없지, 눈앞에는 엄청난 미인이 있었으니까.
금세 나가이 군의 존재를 깨닫고 현실이라 인식했지만.
솔직히 그때는 굉장히 안도해서『살았다!』라고 생각했지만, 현실은 무척 힘겨웠다.
하루카 씨가 혼자서 살라며 내쳐버렸으니까.
그때는『어째서 구해주지 않는 거야?!』라고 생각했지만, 냉정하게 생각해보면 당연한 일이다.
하루카 씨 일행도 같은 조건에서 이 세계로 날아와서, 아마도 고생스럽게 생활하고 있다.
그런데도 짐 하나를 더 품는 것은 리스크가 크다.
나가이 군한테 듣고서 깨달았지만, 같은 반이라고는 해도 어차피 남.
생활을 돌봐줄 의리 따윈 없으니까.
가령 원래 세계에서, 같은 반 아이가 우리 집으로 굴러들어 와서 눌러앉았다면 그냥 경찰을 불렀을 거다.
그보다도 힘든 상황인데도 '이유'도 없이 도와달라고 그랬던 내가 비상식적이었다.
불만을 입에 담는 나를 상대로도 하루카 씨 일행은——조금 엄한 소리는 했지만——친절하게 조언을 해주고 마지막에는 돈도 빌려주었다.
대은화 서른 개. 처음부터 가지고 있던 금액의 무려 세 배.

하루카 씨 왈, 가치로 따지면 3만 엔 정도라나.

갚을 방법도 없는데 『여유가 있는 편이 낫다』라며 빌려줬다.

홀로 있는 것은 불안하지만 금전적으로는 남들보다도 네 배 유리한 것이다.

하루카 일행에게 『도움이 될 만한 사람』이 될 수 있을지는 모르겠지만, 적어도 빚진 돈을 제대로 갚고 어떻게든 은혜를 갚을 수 있도록 열심히 하고 싶은데.

◇ ◇ ◇

하루카 씨 일행과 헤어지고 한 시간 정도는 걸었을까?

라판 마을에 도착한 나는 문지기에게 대은화 하나를 지불하고, 모험가 길드가 어디 있는지 물어봐서 그곳으로 향했다.

도중에 가격 조사도 겸해서 가게를 들여다보며 걸었다.

"물가 차이는…… 물건에 따라서 다르네."

단순히 1레아에 10엔이라 생각해서 환산했을 때, 싸다고 느끼는 물건과 비싸다고 느끼는 물건이 있었다.

이것저것 달랐지만 굳이 짚자면 인건비가 싸다고 해야 하나?

현대라면 사람의 손이 닿은 물건일수록 비싸지는 게 보통이지만 이곳에서는 조금 다르다.

조금 극단적이지만, 예를 들자면 설탕 세공.

일본에서 산다면 가격의 대부분은 『인건비』. 이곳이라면 『설탕 가격』. 그런 느낌.

원료의 가격을 바탕으로 생각하면 가공품이 저렴하구나.

노점의 식사 따위도, 양을 생각하면 무척 싸다.

반대로 희소해 보이는 물건——과일이나 향신료 따위는 무척 비싸다.

지금의 소지금으로는 도저히 손을 댈 수 없을 정도로.

"아, 저건 아까 나오 군한테 받은 과일이네……. 하나에 600레아?! 비싸!"

가게에서 발견한 그 과일. 달려 있던 가격은 터무니없었다.

하나에 6000엔 전후의 과일이라…… 일본에서도 먹어본 적 없다고?

하지만 그 가격에 걸맞을 만큼 굉장히 맛있었다. 공복이었다는 사실을 제쳐놓고도.

"아까 세 개나 먹어버렸지……?"

아무런 말도 듣지 않았지만 무척 미안한 짓을 해버린 게…….

잔뜩 가지고 있었으니까 산 게 아니라 어딘가에서 따 왔을 거라 생각하지만, 하루카 씨 일행도 팔기 위해서 따러 갔을 터. 그걸 먹어버린 건 틀림없으니까.

"으으으…… 치료도 받았으니까…… 무척 나쁜 태도였을지도."

무언가 사회 실험에서 본 적이 있는데, 현대사회에서조차 길에 쓰러진 사람을 봐도 대부분의 사람은 무시하는 것이다.

그런데도 하루카 씨 일행은 숲에 쓰러져 있던 수상한 인물——수염 덥수룩한 남자가 수상하다는 자각 정도는 있습니다——을 구조해주었다.

처음에는 같은 반 학생이라 알아차리지 못했으니까, 이런 상태에서도 타인을 걱정할 정도로 다정한 사람들이구나.

"응, 자금에 만나면 꼭 감사 인사를 하자."

――그걸 위해서라도 우선은 자립해야지.

다시금 그 사실을 자각하고, 나는 모험가 길드가 있다는 남문으로 향했다.

이곳 라판 마을은 그럭저럭 넓은 모양이라 상당한 거리를 걷게 되었지만, 모험가 길드는 다가가면 바로 알 수 있을 만큼 주변과 비교해서 큰 건물이었다.

"좋아……!"

조금 두근두근하며 문을 열고 안으로 들어갔다.

생각하던 것보다도 한산하고, 술 취한 모험가 따위도 없었다.

하지만 카운터가 있고 접수 담당 누님이 있는 것은 상상 그대로.

이것이 모험가 길드……라며 내가 감개에 빠질 틈도 없이 고함소리가 들렸다.

"어째서 안 소개해주는 거야!"

"야스에 씨는 전날 일을 도중에 내팽개쳤죠? 가게 쪽에서 불평이 들어왔어요."

"그건……."

"무언가 이유가 있었을지도 모르겠지만, 무단으로 사라지고 사정을 설명하러 오지도 않는다면 딱히 논할 가치도 없어요."

"――윽!"

야스에?

슬며시 그쪽을 살펴봤더니, 아마도 같은 반 아이로 보이는 사람이 누님과 다투고 있었다.

나는 하루카 씨의 조언을 떠올리며 주위를 둘러보고 마주치지 않을 장소로 이동했다.

뭐, 하루카 씨 일행도 바로 알아차리지는 못한 모양이니까 들킬 걱정은 없다고 생각하지만.

나는 원래의 모습과 지금의 차이가 너무나도 크니까.

가까운 점이라면 키가 작다는 것 정도.

그것도 종족적인 이유니까 단서가 될 리는 없고.

"어쨌든 한동안 당신에게 일을 알선할 수는 없어요. 그리고 일하던 곳에는 제대로 사죄하러 가세요. 그러지 않는다면 앞으로는 일체 알선하지 않을 테니까요."

"알았다고!"

쿵쿵 발소리도 거칠게 다가오는 여성에게서 시선을 피하고, 나는 입구 옆의 게시판을 읽는 척했다.

같은 반임을 들키지 않더라도 엮였다가는 귀찮으니까.

"젠장! 기껏 복사한 스킬은 못 쓰지, 알바는 잘렸지! 못 해먹겠네!"

나는 의식하지도 않는지 그런 불평을 흘리며 난폭하게 문을 열고 나가는 야스에 씨.

――야스에 씨라니 누구지?

풀네임을 기억하는 여학생은 몇 명밖에 없으니까 모르겠네.

몇 명이 누구냐고? 그야 귀여운 애들.

남자라면 당연하지 않을까?

하루카 씨라든지, 하루카 씨랑 같이 있는 시도 씨나 후루미야 씨의 이름은 우리 반 남학생이라면 다들 알고 있을 듯하다.

야스에 씨는 모르니까 그런 부류의 여학생은 아니겠지만…… 어쩐지 얼굴은 누구랑 닮은 거 같은데?

종족은 인간이었으니까, 용모 관련 스킬을 찍어서 변했을지도.

——하지만 저 사람, 『복사』라고 그랬지?

응, 그러네. 저게 지뢰구나.

애당초 스킬 이전에 인간으로서 지뢰라는 느낌이 들었다.

아무래도 멋대로 남의 스킬을 복사한 모양이고, 길드 사람과 시비도 붙었다.

알바 일자리를 도중에 내쳤다면 잘리는 건 당연하다고.

이 세계에서는 원래 세계 이상으로 신용이 중요하다는 건 나도 안다.

이력서나 보증인 따위가 없으니까, 신용할 수 없는 사람이 일하는 것은 가게로서도 싫겠지.

그렇게 생각하면 나도 대장간에 제자로 들어가기는 어렵겠네.

제자로 고용한 인물이 강도로 돌변하지 않으리라 확신할 수는 없으니까.

현대에도 자택에 더부살이로 일을 시킨다면, 연줄 채용이라도 하지 않고서는 안심할 수 없다.

"아니, 그런 것보다 빨리 등록해야지."

오늘 숙소도 찾아야 하니까 빨리 등록해버리자.

"누님, 안녕하세요."
"안녕하세요. 어떤 용건이신가요."
곤란한 사람을 상대하느라 조금 지친 표정인 누님에게 말을 건네자 금세 미소로 바뀌어서는 나를 응대해주었다.
"등록을 부탁드려요."
"예, 등록이군요. 300레아입니다."
"여기요."
이미 하루카 씨 일행에게 들었으니까, 나는 곧바로 대은화 세 개를 건넸다.
이 시점에서 이미 네 개를 쓰고 남은 게 여섯 개——만약 하루카 씨가 돈을 빌려주지 않았다면.
응, 무척 빠듯하구나.
"예, 확인했습니다. 설명은 필요한가요?"
"부탁드려요."
누님한테서 모험가 길드에 대한 설명을 들으며 기입했다.
이름과 종족, 자기소개밖에 적을 건 없지만.
『힘이 강하고, 튼튼함에는 자신 있습니다』라고 적어뒀다.
사실은 『대장장이 재능이 있습니다』라고 적고 싶지만, 이 세계의 사람에게는 스킬을 확인할 방법이 없는 모양이라 그건 피했다. 그저 자신감 과잉인 이상한 녀석이 되어버리니까.
그렇게 만든 길드 카드는 무척 단순한 물건으로, 신기한 기능 따위는 전혀 없는 듯했다.
꿈이 좀 깨지네.

이세계 전이라면 어째선지 굉장히 편리한 길드 카드가 있는 것이 정석인데.

“이상인데, 무언가 질문은 있을까요?”

“아뇨, 괜찮아요. 그래서 일을 소개받고 싶은데요.”

“으음, 모험가 의뢰가 아니라 일 말이죠?”

“예.”

솔직히 말해서 나가이 군 일행처럼 마을 밖에서 채집을 하거나 몬스터를 쓰러뜨리거나 하고 싶지만 지금의 내게 가능할 것 같지가 않았다.

소설에서는 이세계로 전이한 소년이 홀로 모험가가 되어 성공하는 게 어느 정도 정석.

하지만 실제로 겪어보니 『그게 무슨 배짱이야?』라며 실감했다.

일본에서도 아무도 없는 산속으로 혼자 헤치고 들어가는 것은 배짱이 필요한 일인데, 위험도가 더욱 높은 이세계에서 그럴 수 있다니…… 이해가 안 된다고.

『그렇게 대단한 일은 아니다』라고 생각한다면, 한번 시골의 산속에서 하룻밤을 지내본다면 괜찮지 않을까? 캠프장같이 정비된 장소는 빼고.

나는 한동안 홀로 숲을 헤매면서 정말로 실감했다.

당분간 서바이벌은 노 땡큐. 현실은 그렇게 무르지 않았다.

“토미 씨한테 추천한다면, 아무래도 육체노동이 될 것 같은데요……. 솔직히 말하자면, 조건이 좋은 일자리는 쟁탈전이 벌어지거든요.”

"그런가요?"

"예. 다들 아침 일찍부터 와서 줄을 서요. 말하기는 좀 그렇지만, 지금까지 남아 있는 일은 아무도 받지 않았던 조건 나쁜 일이라서……."

"내일 오는 편이 더 좋을 일자리를 얻을 수 있다?"

"반드시 그렇다고 이야기할 수는 없지만, 그럴 가능성이 높아요."

그쪽으로는 경쟁인가.

돈이 없다면 당장에라도 일해야 하겠지만 다행히도 3600레아가 남아 있다.

이 돈이라면 며칠 정도는 여유가 있을 터. 조금은 일자리를 골라도 되지 않을까?

"저기, 일을 받으려면 매일 줄을 서야 하나요?"

"아뇨. 일용직이라도 한번 받으면, 그 일자리가 없어지거나 그만두겠다고 이야기하지 않는다면 계속할 수 있어요. 그래서 좋은 조건의 일자리를 찾으려고 다들 필사적이지만요."

그렇구나. 처음으로 어떤 일자리를 찾을 수 있을지가 승패를 가르는 거구나.

매일 일을 바꾼다는 방법도 있을 테지만, 좋은 조건이 아닐 때마다 다시 줄을 서서 다른 일자리를 얻으려고 한다면 과연 신용을 얻을 수 있을까.

"혹시 몰라서 그러는데, 대장장이한테 제자로 들어갈 방법 같은 건 있을까요? 저, 장래에는 대장장이가 되고 싶거든요."

"제자로 들어가는 방법인가요…… 으~음……."

내 말에 누님은 복잡한 표정을 짓고서 신음했다.

"솔직히 말씀드려서, 무척 어려워요. 기본적으로 지인한테 소개를 받지 않는 한 제자를 받아들이는 일은 없으니까요. 일반적으로 친족의 연줄을 이용해서 제자로 들어가는데, 그렇게 물어보신다는 건 그런 연줄이 없다는 거겠죠?"

"예."

애당초 친족, 없으니까요.

제대로 된 지인은 카미야 군, 나가이 군, 그리고 하루카 씨뿐.

제대로 되었다는 조건을 빼면 좀 전의 『야스에 씨』도 있겠지만…… 전혀 의미는 없네.

"방법 중 하나로는, 일용직 일을 계속해서 지인을 늘리고 신용을 얻어서 누군가 대장장이한테 연줄이 있는 사람한테 소개를 받는 방법이 있어요. 상당히 신용을 얻지 않고서는 어렵겠지만요."

성실하게 일해서 지인을 늘리라는 이야기로군요.

보증을 서줄 법한 사람일 테니까 무척 어렵겠지, 역시.

원래 세계에서도 직장 동료의 보증은 거의 안 서줄 테니까.

오히려 우리 부모님한테서도 『보증만큼은 절대로 서지 마라』라고 교육을 받았습니다.

"또 하나의 방법은, 모험가로서 랭크를 올리는 방법이에요. 현 시점에서는 막 등록했으니까 랭크는 없지만, 5나 6이 되면 상당히 신용할 수 있는 인물로 간주되게 돼요. 그렇게 된다면 제자로 받아들여 줄 대장장이도 있을지도 몰라요."

"그런가요……. 감사합니다."

【대장장이 재능】과【대장장이 Lv.3】이 있으니까 제자로 들어갈 수 있다면 일 자체는 그럭저럭 할 수 있을 거라 생각하지만, 첫 허들이 엄청나게 높다.

이거, 아무리 봐도 원래 세계에서 도검 장인이 되는 게 더 편하겠지?

그걸로 생활할 수 있는지는 별개로 두고.

설마 이세계에 와서야 보호자의 고마움을 실감하게 되다니.

역시 사회적 신용은 필요하구나.

"그럼 일은 내일 와볼게요. 그리고 적당한 숙소를 소개받을 수 없을까요?"

"숙소인가요. 어떤 숙소가 좋을까요? 요리, 치안, 설비, 다양한 랭크가 있는데요."

"가능하다면 저렴한 쪽이 좋아요. 그럭저럭 안전하다면 다른 사람이랑 같이 방을 써도 상관없어요."

"그렇다면 이곳일까요. 아침저녁 식사 포함으로, 100레아 정도로 묵을 수 있어요. 정말로 잠만 잘 수 있지만 이상한 곳은 아니니까요."

그러면서 누님은 마을 지도를 펼치고 여관 장소를 가르쳐주었다.

마을 중심에서는 조금 벗어난, 뒷골목에 있는 여관으로 이곳에서도 무척 떨어져 있었다.

지도를 무료로 주지는 않는 모양이니까 조금 복잡한 길을 필사적으로 기억했다.

이름은……『나무 베개』인가. 미묘한 이름. 잠자리는 불편할 것 같네.

하지만 이것으로 전망은 섰다.

"고마워요. 그럼 내일 또 부탁드려요."

"예, 살펴 가세요."

누님의 미소로 배웅을 받으며 나는 모험가 길드를 뒤로했다.

"여관으로…… 가기 전에, 배를 채우고 장을 좀 볼까."

하루카 씨 일행에게 고급 과일로 배를 채운다는 사치를 받기는 했지만, 시간은 이미 점심시간을 크게 지났다.

생각한 것 이상으로 건강한 이 몸은 소화 능력도 발군이라서 공복감도 확실하게 호소했다.

그다지 사치를 부릴 수는 없으니까『뭔가 저렴한 식사라도』라는 생각으로 노점을 살펴봤다.

"가격은 골고루 있지만 고기는 역시 좀 비싸네. 축산업이 없다면 이런 법인가?"

아니, 축산업이 있더라도 간단히 저렴해지지는 않나.

목초로 키운다면 몰라도 곡물을 먹이로 준다면, 그 곡물을 사람이 먹는 편이 효율적.

공업화가 진행되지 않는다면 어떻게 생각해도 저렴하게 고기를 얻을 수 있을 것 같지는 않다.

포유류를 키운다는 것은 효율이 나쁜 모양이라, 유엔에서는『가장 효율이 좋은 단백질은 곤충』같은 말을 하기도 했다. 하지만 아무리 그래도 곤충을 그대로 먹는 것은 힘드니까 사이에 가공

과정 정도는 있으면 좋겠는데.

곤충을 먹이로 줘서 기른 동물이나 물고기라든지. 효율적으로는 어떨까?

……어라? 그러고 보니 비단의 산지에서 누에 번데기를 먹이로 잉어를 양식해서, 그 지방에서는 잉어를 자주 먹는다는 이야기가 있었지?

오—, 참으로 효율적이다. 뽕나무를 길러서 열매는 식용, 잎은 누에한테. 누에는 비단을 만들고 불필요한 번데기는 잉어 먹이로. 잉어는 그대로 식재료로. 낭비가 없다. 낭비가 없다고!

누에 번데기를 먹더라도 생선이라면 그다지 저항감은 없고.

——번데기 그 자체를 먹는 사람도 있는 모양이지만.

“으—, 그런 생각을 했더니 불안해졌어.”

곤충식 자체를 비하할 생각은 전혀 없지만 내가 먹게 된다면 이야기는 다르다.

생리적으로 받아들일 수가 없다.

원래 세계에서도 지역에 따라서는 당연하게 곤충 요리가 나오는 경우도 있으니까, 이 근처 노점에 그런 것이 없다고 단정할 수는 없단 말이지. 봐서 알 수 있는 음식이라면 피할 수 있겠지만.

그리고 봐서 알 수 없다면 오히려 절대로 가르쳐주지 않았으면 좋겠다.

알아차리지만 않는다면 그건 그저 식재료, 이니까.

“하지만 오늘은 빵이랑 과일수로 할까.”

잊고 있었다면 신경 쓰지 않고 먹었겠지만, 지금 이 상태로는 자꾸『여기에는 안 들어 있을까?』라고 생각하며 먹게 될 거다. 그건 좀 피하고 싶다.

노점 중에서도 저렴한, 호밀빵과 과일수 세트가 10레아인 곳을 골라서 구입. 물어뜯었다.

"음…… 배는 채울 수 있겠네."

거의 물인 과일수와 퍼석퍼석하고 밋밋한 호밀빵. 크기만큼은 손가락을 펼칠 정도나 되고 묵직해서, 물과 함께 뱃속으로 넣으면 공복감은 잊을 수 있다.

아마도 종류를 따지자면 흑빵일 테지만 생각한 것보다 딱딱하지는 않으니까, 맛을 참을 수 있다면 그렇게 먹기 힘든 것도 아닌가?

영양가를 생각하면 비타민이 부족할 것 같은 식사지만.

"자, 그리고 갈아입을 옷을 사둬야겠지."

일용직 대다수는 몸을 쓰는 계열이니까 옷이 더러워지는 것은 확실.

작업복을 빌려줄 가능성은 거의 없을 테니까 갈아입을 옷을 준비해두지 않으면 곤란해진다.

나는 노점 사람에게 컵을 돌려주고, 겸사겸사 헌 옷 가게나 잡화점이 어디 있는지 물어보고 걸음을 옮겼다.

헌 옷 가게에서 고른 작업복은 생각보다 더 비쌌다.

세탁을 생각하면 적어도 두 벌은 필요했고, 어느 정도 튼튼해 보이는 옷이면서 내 몸에 맞는 것이라면 거의 선택지가 없었다.

그래도 행운이었던 것은 내 사이즈의 옷이 다른 옷과 비교하면 무척 저렴하게, 처분 가격으로 팔린다는 거겠지.

딱히 종류도 없었으니까 드워프 손님이 거의 없는 걸지도 모르겠네.

뭐, 지금은 실용성만 있다면 디자인 따위는 아무래도 상관없으니까 저렴해서 살았지만.

——아니, 그래도 꽤 비쌌다고?

그 밖에는 잡화점에서 주머니와 속옷도 샀다. 헌 옷과 비교하면 저렴했지만 이 시점에서 소지금은 절반 이하가 되었으니까, 하루카 씨한테 빌린 돈이 없었다면 정말로 막다른 골목이었다.

"그 애들은 어떻게 한 거지? 모두의 소지금을 더해도 나보다 적었을 텐데……?"

돈을 빌려서 소지금이 네 배가 된 나도 간신히 조금 여유가 있는 정도.

그보다 적은 금액으로 3인분을 마련하다니…….

"틀림없이 고생했겠구나……."

그런 것도 생각하지 않고 내가 안이하게 『같은 반이니까 동료로 넣어달라』라고 그랬으니 기분이 상하는 것도 납득이 갔다.

그래, 나는 그때 명백하게 의지할 생각이었으니까. 서로 돕는 게 아니라.

"……응, 열심히 하자."

다시금 하루카 씨 일행의 고생을 떠올리며 방문한 여관은 조심스럽게 말해도 낡았다.

100레아를 지불하고 안내받은 방은 열 명 정도가 새우잠을 잘 법한 방으로, 내 공간은 고작해야 반 평 남짓. 받은 것은 이불 한 장이고, 솔직히 냄새가 났다.

나온 식사도 어떻게든 먹을 수 있는 정도로, 도저히 식사를 즐길 법한 건 아니었다.

——아니, 정말로 그 아이들, 어떻게 했지?

나가이 군이랑 카미야 군은 몰라도, 하루카 씨도 이런 여관에서 묵었나?

곤혹과 의문을 맛없는 식사와 함께 흘려넘기고 얼른 잠자리에 든 나는, 새벽에 가능한 한 일찍 일어나서 걸음을 조금 서둘러 모험가 길드로 향했다.

아직 어스름한 시간임에도 불구하고 길드 앞에는 이미 몇 명이 줄을 서 있었다. 얼른 그 뒤로 붙었다.

모두가 나를 흘끗 쳐다봤기에 애써 붙임성 있는 미소를 지어봤지만 효과가 있었는지 없었는지, 딱히 아무런 말도 돌아오지는 않았다.

그 후로 한두 시간 정도 기다렸을까? 내 뒤에도 상당한 숫자의 사람이 늘어섰을 무렵, 모험가 길드의 문이 열리고 선두에 있는 사람부터 질서정연하게 안으로 들어가기 시작했다.

솔직히 앞다투어 몰려들지는 않을까 생각했지만 그런 일은 전혀 없었다.

줄을 선 사람들의 풍모는 상당히 질이 나쁜——솔직히 말하자면 양아치 같은 느낌이었기에 어떤 의미로 무척 위화감이 드는 광경이었다.

다만 나중에 『소동을 벌이면 곧바로 배제당해서 일을 못 받게 된다』라는 이야기를 듣고 납득했다.

길드도 어떤 의미로 신용 장사다. 그런 부분은 무척 엄격한 모양이라 『모험가 사이의 트러블에는 관여하지 않습니다』 같은 건 없고, 적어도 길드 직원의 눈길이 있는 장소에서 다툼이 벌어진다면 깨끗하게 랭크 하락, 경우에 따라서는 제명되어버린다나.

일종의 인력 파견업 같은 일이니까 당연하네.

문제가 있다면 파견처에서도 불평이 들어올 테고. 그렇게 생각하면 어제 『한동안은 일을 소개하지 않겠다』로 그친 야스에 씨는 따뜻한 대우를 받은 걸지도?

"예, 다음 분~."

일찍 일어나서 줄을 선 만큼 금세 내 차례가 돌아왔다.

앞사람을 흉내 내서, 준비해둔 길드 카드를 카운터에 놓았다.

"부탁드려요."

"안녕하세요. 토미 씨는 임금이 높은 육체노동, 으로 괜찮으신 거죠?"

"예, 근력에는 자신이 있어요."

담당해준 것은 어제도 접수처에 앉아 있던 누님.

팔락팔락 구인표를 넘기고 그 안에서 두 장을 꺼내어 내게 제시했다.

"이쪽은 일이 사흘밖에 없지만 급료가 높아요. 이쪽은 일이 열

흘 동안 있지만 앞에 일보다는 급료가 저렴해요. 어느 쪽으로 하겠어요?"

양쪽 다 공사 현장의 육체노동 같은데, 지금은 일단 전자로.

적어도 숙소 랭크는 조금 더 올리고 싶다. 절실하게.

"이쪽으로 부탁할게요."

"알겠어요. 그럼 여기 구인표를 가지고 현장으로 가세요."

"예."

건넨 구인표를 받아들고 재빨리 물러났다.

뒤에는 무서운 얼굴의 사람들이 죽 서 있으니까 방해를 해서는 안 된다.

마음속으로 벌벌 떨며, 말없이 줄선 사람들 옆을 지나. 나는 현장을 향해 총총히 걸음을 옮겼다.

처음 경험하는 공사 현장의 작업은 조금 힘들었다.

조금? 응, 조금.

솔직히 말하면 주변 사람들과 비교해서 여유가 있었거든.

이게 드워프라서 그런지, 아니면 【완강 Lv.3】【근력 증강 Lv.2】【철벽 Lv.2】라는 스킬이 제 역할을 해주었는지는 알 수 없었다.

낮은 키만큼은 어떻게 안 되니까 그것이 필요한 작업은 못 했지만, 그것을 보충하고도 남을 정도로 가진 근력을 발휘한 덕분인지 현장 감독한테도 칭찬의 말을 받았다.

일의 종류는 다양했지만 그중에서도 높이 평가받은 것이 말뚝 박기.

한번 담당했더니 빠른 속도가 현장 감독의 마음에 들어서, 그 이후로는 모든 말뚝 박기 작업이 나한테 돌아오게 되었다. 마지막에는 『말뚝 박기 프로 아냐?』 같은 소리까지 듣게 되었는데…… 이건 아마도 【대장장이】 스킬의 은혜겠지?

높이 평가해준 것은 기쁘지만 대장장이가 되고 싶은 나로서는 조금 미묘한 기분이다.

그런 일도 해가 지기 전, 조금 어스름해졌을 때 끝이 났다.

임금을 받아서 여관으로 돌아오면 옷을 세탁해서 널고 내일에 대비해서 냉큼 잔다.

세 번째 정도 되니 맛없는 식사도 영양 섭취라 생각해서 참을 수 있게 되었다.

점심은 같이 일하는 사람한테 들은, 조금 괜찮은 노점에서 먹었고.

다음 날도 일의 내용은 거의 변함이 없었지만 조금 익숙해진 덕분에 작업 효율이 상승했고, 동료와의 공동 작업도 원만히 진행할 수 있게 되었다.

그리고 마지막 날.

내 입으로 말하기 그렇지만, 조금 기술이 몸에 붙었을지도? 현장 감독한테도 『다음 공사에도 꼭 참가해줬으면 한다』라는 말을 들었으니까 기분 탓은 아닐 터.

게다가 조금 빨리 일이 끝났음에도 『열심히 해줬으니까』라며 보수에 덤까지 붙여줬으니까 확실하게 평가를 받은 거겠지.
그리고 또 하나. 사흘 동안 함께 일한 덕분에 얼핏 질 나빠 보이는 현장직 사람들과도 친해질 수 있었다.
"토미, 어때? 지금부터 마시러 가지 않겠어?"
그렇게 말을 건네준 것도, 그렇게 함께 일한 동료 중 하나.
일이 끝난 뒤, 싸구려 술을 동료와 함께 아하하 웃으며 마신다.
응, 어쩐지 드워프 같아. 나쁘지 않다고요?
절약은 필요하지만…… 조금 정도는 괜찮겠지?
"좋네요! 그럼——."
"토미!"
내가『가죠』라고 말하기 직전, 등 뒤에서 누군가 나를 불렀다.
"어라? 나가, ……토야 군."
돌아봤더니 그곳에 있던 것은 나가이 군, 이 아니라 토야 군이었다.
그래그래, 토야 군이지. 그리고 카미야 군이 나오 군. 잊지 않도록 해야지.
하루카 씨는 금세 익숙해졌지만…… 아즈마 씨라고 부를 기회가 별로 없었으니까 그럴까?
"할 이야기가 좀 있는데……."
토야 군이 말끝을 가볍게 흐리며 나와 동료 아저씨를 번갈아서 보자, 아저씨는 알겠다는 듯 고개를 끄덕였다.
"어, 나는 괜찮다고. 토미, 기회가 있다면 다음에 또 마시자고!"
"예, 꼭이요!"

내가 그렇게 대답하자 아저씨는 가볍게 웃으며 손을 내젓고, 다른 사람들과 함께 걸어갔다.

"미안해, 방해했나 보네."

"아뇨, 얼굴만 아는 정도니까 신경 쓸 것 없어요. 술은 조금 마셔보고 싶었지만요."

모처럼 판타지 같은 세계에 왔는데 아직 에일을 못 마셨거든.

드워프에 에일, 정석인데.

"그러고 보니 토미는【술고래】를 찍었지. 내가 술 한 잔 사줘도 괜찮은데――."

"정말인가요?!"

"진정해. 너,【술고래】의 단점, 잊진 않았지?"

"어, 예. 취하지 않을 뿐이지 강해진 건 아니다, 였죠?"

"그래. 그러니까 취해서 기분이 나빠질 일이 없는 너는 그 몸의 **적당량**을 알 수 없어."

"그렇네요……."

보통은 이 정도 마시면 기분이 나쁘다든지, 다음 날에 기억이 사라진다든지. 그런 경험을 겪고서 마시는 양을 조절하는 법이다. 들은 바에 따르면. 하지만 내 경우에는 그것이 없다.

과학적 검사가 가능하다면 혈중 알코올 농도를 재는 방법도 있을 테지만 이곳에서는 당연히 무리.

"조금 더 말하자면, 안 취하는데 술을 마시는 의미가 있을까? 주스 마시면 되는 거 아냐?"

"윽…… 아니, 순수하게 술의 맛을 즐긴다고 생각하면!"

취하고 싶으니까 술을 마시는 사람도 있지만 술의 맛을 즐기는 사람도 있다.

취하지 않고 냉정하게 술의 맛을 판단한다, 어른스러워서 괜찮을지도.

"알코올의 맛이야말로 술이라고 생각하지만, 【술고래】의 경우에는 어떤 느낌이지……? 뭐, 됐나. 참고로 에일은 별로였어. 알코올 성분도 거의 느껴지지 않았고."

"어, 그런가요?"

"적어도 맥주 이하야. 맛은…… 상온의 맥주, 그것도 탄산이 빠진 뒤. 그걸 조금 시큼하게 만든 것 같은…… 아니, 조금 다른가?"

"말만 들어서는 맛있을 것 같진 않은데요."

"어, 아니. 맛있다고 생각하는 사람도 있을걸? 술집에서는 맛있게 마시니까. 딱히 나도 원래 세계에서 술을 마셨던 것도 아니고."

으—음, 흑맥주나 크래프트 맥주는 상온으로 마신다고 들은 적이 있으니까 온도 자체는 딱히 문제없잖아?

"뭐, 한번 마셔보면 돼. 우리는 이제 여기서 물만 먹지만. 공짜니까."

"공짜는 크네요……. 하지만 사준다면 마셔보고 싶어요!"

"그럼 우리 여관으로 갈까. 거기라면 요리도 제대로니까."

"예!"

토야 군이 안내한 여관은 내가 있는 여관보다도 마을 중심에 가깝지만, 살짝 골목을 들어가서 알기 어려운 장소에 있었다. 누군가 가르쳐주지 않는다면 알아차리지 못할, 그런 여관.

하지만 그런 장소이면서도 식당이 이미 많은 사람들로 북적이고 있었다.

단골이 많은 걸까, 토박이들이 모이는 걸까?

"뭐, 일단 앉아. 주인장, 이 녀석한테 에일, 나는 물이랑 적당히 먹을 걸로."

익숙한 태도로 카운터석에 앉은 토야 군 옆에 앉자 금세 에일이 나왔다.

조끼에 든 갈색 액체. 이것이 **바로 그** 에일.

맛있지 않다는 말을 들었지만 역시나 기대감에 뺨이 살짝 느슨해졌다.

"잘 먹겠습니다."

"그래. 열심히 마셔."

열심히 마시라니…… 잔을 들고서 한 모금.

……응? 확실히 그렇게 맛있지는 않지만, 말하는 것만큼 맛없지도 않은데?

술답지 않기는 하지만. 아, 그건【술고래】탓일까?

"어때?"

쓴웃음 지으며 그렇게 묻는 토야 군을 보고 나는 고개를 갸웃거리며 대답했다.

"아니, 맛있다고는 안 해도 못 마실 건 아닌데?"

"정말로? 좀 줘봐."

눈을 동그랗게 뜬 토야 군이 내 잔을 받아서 입을 대고 금세 얼굴을 찌푸렸다.

"……역시 못 먹겠다. 뭐야? 종족 특성인가? 아니면 토미의 미각이 이상한가?"

"미각이 이상하다니 너무하네. 하지만, 종족 특성이라니?"

"그렇게 거창한 얘기는 아냐. 예를 들면 엘프는 나무 위에서 균형 감각이 뛰어나다든지, 나 같은 수인이라면 힘이 강하고 후각이 예리하다든지 하잖아. 드워프는 술을 맛있다고 느끼는 걸지도 모르겠다고 생각했는데."

"그거, 그럴듯하네."

알코올이 들어 있다면 그만큼 맛있게 느낀다든지.

"뭐, 마음에 들면 마셔도 되겠네. 딱히 비싼 것도 아니니까 성실하게 일하면 무난하게 마실 수 있어. 멈출 때를 모를 테니까 개인적으로는 사전에 마실 양을 정해둬야 한다고 생각하지만."

"취하지 않는다면 그렇겠네요. 【술고래】, 의외로 의미가 없는 데다가 위험해요."

"그것도 일종의『지뢰』겠네. 스스로 주의할 수 있으니까 낫지만."

"예, 조심할게요."

벌컥벌컥 술을 마시고『이것이야말로 드워프!』같은 일이 가능하더라도, 그러다가 급성 알코올 중독이라도 오면 웃을 수가 없다.

종족 특성으로 알코올에 강하다든지 하면 괜찮겠지만 시험해 보기에는 너무 무섭다.

본래 컨디션의 변화가 위험 신호인데, 그것이 생략된다면 한계를 넘는 그 순간까지 평범하게 마시고, 넘은 순간에 죽을 수도 있을 것 같으니까.

……역시【술고래】는 지뢰였구나.

"그런데 토야 군은 어째서 거기에? 저한테 뭔가 용건이 있었나요? 게다가 꼼짝없이 다른 마을로 갔다고만 생각했는데요."

"그래, 갔지. 용건이 원활하게 끝났으니까 즉각 돌아왔을 뿐이야. 아직 당분간은 이 마을을 거점으로 하지 않을까?"

"아, 그런가요. ……그러고 보니 토야 군, 야스에 씨라는 사람을 아나요? 아마도 우리 반일 텐데."

"야스에? 누구였지? ──그 녀석이 어쨌는데?"

"어, 아뇨. 한 번 가까이서 스쳤을 뿐인데 아무래도【스킬 복사】를 가진 모양이라."

내가 그렇게 말하자 토야 군은 잠시 생각하다가 손뼉을 짝 쳤다.

"혹시 우메조노인가? 풀네임은 기억 못 하지만."

"우메조노 씨? ……듣고 보니 그런 것 같아요. 만난 적이 있나요? 이쪽으로 와서."

"응. 우리 스킬을 복사한 뒤, 시비를 걸고는 달려갔어."

"어, 하루카 씨한테? 배짱 있네."

나라면 무서워서 그런 짓은 못 한다.

특히 며칠 전에 헤어질 때,『적에게는 가차 없다』라며 짓는 미소를 본 지금이라면.

"어라? 하지만【스킬 복사】는 상대의 스킬명과 레벨을 모르면 못 쓰잖아요?"

"그러네. 공손하게도 우리 스킬을 물어봤으니까."

"그래서 가르쳐줬군요. 저기, 그 시점에서 상대가 【스킬 복사】를 가지고 있다는 거, 거의 확신했죠? 특히 하루카 씨라면."

거의 확신을 가지고 물어봤더니 토야 군은 살짝 짓궂은 얼굴로 웃었다.

"정답이야. 하루카한테는 【간파】가 있으니까 당연히 알고 있었어."

"그러면서도 전부 가르쳐줬다는 거네요. 특히 불이익은 설명하지 않고."

"그래. 아니, 스킬 레벨이 없는 건 몇 가지 생략했던가?"

"그래도 【간파】를 가지고 있다는 걸 이야기했다면 상대도 들켰다고 깨달았을 텐데요."

그러면서도 아무런 생각도 없이 복사했다고? 우메노조 씨는.

복사를 가졌는데 순순히 가르쳐준 시점에서 부자연스럽다고 생각하지 않았을까?

아니면 굉장히 어수룩하게 보였나?

"으—음, 하루카는 시험해본 게 아니었을까? 우메조노가 자신의 스킬을 적당히 감추던 건 알았고, 【간파】를 가지고 있다면 태도를 바꿀지도 모른다고 생각한 거지."

"하지만 실제로는 멋대로 복사하고 시비를 걸었다, 그런 이야긴가요."

그 시점에서 순순히 사과했다면 용서해주고 도움을 줬을지도 모르는데.

으~음, 우메조노 씨는 상당한 바보인가? 거짓말이 들켰다는 사실을 알아차리지 못한 건지, 아니면 복사해버리면 어떻게든 될 거라고 생각한 건지…….

"멋대로 복사할 뿐이라면 하루카한테 『아무래도 상관없는 상대』였을지도 모르겠지만, 복사한 뒤에 굳이 시비를 걸고는 도망쳤으니까 말이지……. 뭐, 솔직히 나는 화가 난다기보단 어이없다는 쪽이 강하지만."

"【스킬 복사】의 실체를 아는 사람 눈엔 거의 광대짓이니까 말이죠."

모험가 길드에서도 접수처 누님한테 트집을 잡았고…… 으~음.

"저는 모험가 길드에서 그녀를 봤는데, 여러분이 이 마을을 거점으로 삼는다면 마주칠지도 몰라요. 엮이게 되는 게 귀찮다면 조심하는 편이……."

"그런가, 땡큐. 조금 귀찮네, 길드에는 가끔씩 용무가 있으니."

"여러분에게는 신세를 졌으니까 제가 할 수 있는 일이라면 할까요? 제 얼굴은 모를 테니까요."

"그건 고맙지만, 업무 보고는 우리가 직접 해야 되니까."

"그러네요. 너무 나서는 짓이었어요."

"아니, 마음은 기뻐. 게다가 아무리 우메조노라도 『멋대로 복사한 스킬을 쓸 수 없다』라고 우리한테 불평하는 일은 없겠지."

"아무리 그래도 그럴 일은 없겠죠. 누군가가 가르쳐주지 않는다면 쓸 수 없는 이유도 모를 테고요."

그런 우메조노 씨가, 누군가 【도움말】을 가진 같은 반 아이한테 솔직히 이야기를 들을 수 있을까.

우선 지인이 될 수 있느냐, 라는 근본적인 문제도 있지만.

"뭐, 우메조노 일은 됐어. 그보다도 내가 온 용건 말인데."

"그러고 보니 그런 이야기였죠. 저기, 빚을 진 건 조금만 더 기다려주면……."

임금도 받았으니까 못 갚을 건 없겠지만 갚아버리면 무척 힘들어지거든.

"그건 아무래도…… 상관없지는 않겠지만, 급하게 받지는 않을게. 너를 찾아온 건 일하는 모습을 보려고 한 거야. ——사실은 어제도 보고 있었고."

"어! 그런가요? 전혀 못 알아차렸어요."

어제는 아직 그렇게 여유가 없었으니까 말이지.

"일단 들키지 않도록 했으니까. 성실하게 일하는 모양이던데?"

"예, 저 나름대로 그렇지만요."

어차피 초짜지만 적당히 하거나 게으름을 피울 생각은 전혀 없다.

익숙하지 않은 일이니까 남들 이상으로 일해서 간신히 1인분이라도 하자. 그 정도의 생각으로 일했다.

현장 감독의 평가도 나쁘지 않았으니까 그것으로 충분하다고 생각한다.

"네가 썩어빠졌거나 적당히 일을 하고 있었다면 굳이 엮일 생각은 없었지만, 의외로 성실하게 일하는 것 같았으니까 제안을 하나 할게."

"제안…… 뭔가요?"

"토미. 너, 삽을 만들어볼 생각은 없어?"

한순간 무슨 소리를 하는 것인지 알 수가 없어서 고개를 갸웃거리고, 그 말의 의미를 이해하고 역시나 고개를 갸웃거렸다.

"삽? 저, 삽? 지극히 평범한 그거요? 굴착기 같은 게 아니라?"

"아니, 그야 굴착기를 만들 수 있다면 굉장하겠지만 그건 무리잖아?"

"예, 무리예요."

적어도 유압 시스템이 필요한걸.

이래 봬도 고등학생. 파스칼 씨 어쩌고 하는 유압의 원리 정도는 알지만, 기름이 새지 않는 피스톤이나 호스가 필수니까 간단히 만들 수 있는 물건이 아니겠지.

"그렇지? 지극히 평범한 삽이야. 아까 현장에서도 삽이 쓰이지 않았던 거, 알아차렸어?"

"……그러고 보니 없었네요?"

구멍을 파는 도구는 괭이. 파낸 흙은 삼태기 같은 물건에 담아서 옮겼지만, 거기에 흙을 담기 위해 사용하는 것은 모종삽 비슷한 물건이었다. 어디까지나 비슷한 물건이라서 사용하기 무척 어려웠다.

참고로 JIS(일본 공업 규격)에서는 구멍을 파는 것이 셔블, 눈을 치우거나 흙을 푸는 용도가 스콥으로 구분되지만 지역이나 업종에 따라 다양한 호칭이 있는 모양이라서 이해하기 조금 힘들거든.

"삽, 그러니까 셔블이 있다면 팔릴 것 같지 않아?"

"그러네요, 있다면 작업 효율도 올라갈 테니까 팔리겠죠. 하지만 어떻게 만들죠? 아무리 대장장이 스킬이 있어도 간단히 만들 수는 없다고요?"

게임이라면 철광석을 주워서 용광로에 가공하면 철괴, 그것을 두드리면 아이템으로. 그렇게 간단하겠지만 현실에서 그럴 수는 없다.

철광석을 철로 만들기 위한 용광로와 연료, 철을 가공하기 위한 용광로와 연료, 그 밖의 도구류도 필요하다. 애당초 철광석 자체가 간단히 입수할 수 있을 것 같지도 않고.

그것들을 해결하고 삽을 만들더라도 어디서 파느냐는 문제도 있다.

그냥 노점에서 판다고 해서 팔릴까?

"아무리 그래도 그렇게까지 생각이 없지는 않아. 아는 무기점에 이야기를 하고 왔거든. 철이랑 시설은 거기 물건을 빌릴 수 있어."

"어?! 장인이 그렇게 간단히 빌려주는 건가요?!"

간단히 빌릴 수 없으니까 힘들다고 그러지 않았던가?

"『간단』하지는 않았다고? 그럭저럭 교제가 있던 상대와 교섭해서, 조건을 달아서 인정을 받았으니까."

토야 군은 애매하게 말했지만, 그들의 무기와 방어구를 모두 구입한 무기점에 부탁한 모양이다.

삽 제작에 성공한다면 그것의 판매권 따위도 약속했다든지.

하지만 팔릴지 알 수 없는 물건의 판매권으로 이야기가 통했다니, 단골손님의 부탁이니까 함부로 거절할 수는 없었다는 느낌일지도 모르겠다.

"디오라 씨──길드의 접수 담당분한테 물어봤는데. 토미 너, 대장장이가 되고 싶은 거지?"

그 누님, 디오라 씨라고 하는구나?

토야 군이랑 아는 사이였던 데다가 사전에 알아보기도 했나.

그냥 별생각 없이 일터를 보고 온 건 아니었구나.

"예, 그런데요……. 개인 정보 보호, 없군요."

"뭐, 없지. 보호받기를 원한다면 그러기에 충분한 인물이 될 수밖에 없겠네. 디오라 씨는 너보다 나를 신용……한다고 말할 정도는 아닌가. 그래도 너보다는 오래 알았고 대단한 정보도 아니니까 내가 물어보면 가르쳐줘. 그것뿐이야."

"세, 세상 참 힘드네요……."

"정말로 위험한 정보는 디오라 씨도 안 가르쳐주겠지, 아마도."

"아마도, 인가요."

"알리고 싶지 않은 정보는 흘리지 말라는 거야."

"으으…… 예. 하지만 대장장이가 어쨌나요? 거의 무리라고 그랬는데."

석어도 몇 년 정도는. 모험가 랭크를 올리는 것은 무척 어려워 보이고, 소개를 받을 수 있을 정도의 신용을 일용직 일로 얻어내려면 비슷한 시간이 걸리겠지.

"그래. 성과랑 네가 일하는 모습에 따라서 다르겠지만, 잘만 하면 제자로 들어갈 수 있을지도 모른다고?"

"──예엣!!! 저, 정말인가요?!"

"응. 『고려해보겠다』라고 그랬을 뿐이지만. 네가 성실하게 일하며 재능의 편린이라도 보여준다면 가능성은 있지 않을까?"

"가, 감사합니다!"

"다만! 혹시 제자로 들어가더라도 엉망이거나 게으름을 피운다면 가차 없이 내치겠다고 그랬으니까 조심해라?"

"그래도 기회를 얻을 수 있다는 것만으로 충분해요!"

아직 결정된 것은 아니지만 입구에 들어서지도 못했다는 것을 생각하면, 그렇게 고려해주는 것만으로도 충분히 고마운 일이다.

소개를 받는 것부터가 얼마나 허들이 높은지를 생각하면 아무리 감사해도 부족하겠지.

"뭐, 그것도 삽을 잘 만들면, 말이야. 내일 아침부터 작업을 할 테니까 오늘은 일단 먹고 마셔. 여기 요리는 맛있다고?"

"예, 잘 먹겠습니다! ――어, 정말로 맛있네?!"

여관 주인장이 가져온 요리를 토야 군에게 받아서 한 입 먹은 나는, 저도 모르게 살짝 실례되는 소리를 흘리고 말았다.

노점 식사도 숙소의 식사도 기본적으로는 맛이 없었다.

그러다 보니 식사에 대한 기대치는 최저 레벨까지 떨어졌는데, 이 요리는 무척 맛있다. 게다가 에일도 잘 맞는다.

무심코 꿀꺽꿀꺽 에일을 들이키고 푸하 숨을 내뱉자, 토야 군이 그런 나를 보고 씨익 웃었다.

"그렇지? 현재로서는 이 마을에서 여기보다 맛있는 밥은 만난 적 없어. 게다가 의외로 값도 싸고."

그러고 보니 토야 군 일행은 여기서 묵고 있구나.

'의외로 싸다'라고 그래도, 맛이 이러니 분명 내가 묵고 있는 여관보다는 비싸겠지.

지금 숙소는 조금 익숙해지기는 했지만 역시나 장기체류에는 힘들 것 같단 말이지.

가능하다면 개인실, 가능하다면 이곳 정도의 여관으로 옮기고 싶은데…….

"저기, 토야 군. 여긴 하룻밤에 얼마인가요?"

"여기? 주인장, 여기 1인실은 있나? 있어? 그래서, 얼마? 그래. 방값이 300, 아침저녁 식사가 80이고 뜨거운 물 한 통이 15. 도합 약 400레아구나."

"어, 주인장, 대답 안 했죠?"

토야 군이 물어봐도 카운터 안의 주인장, 전혀 말을 안 했는데.

"여기 주인장은 말이 없으니까. 고개를 끄덕이면서 손가락으로 3을 가리켰잖아?"

아, 그걸로 알았어? 요리랑 뜨거운 물은 알고 있겠구나, 여기서 묵고 있으니까.

단순히 생각하면 지금 묵고 있는 여관의 네 배인데……. 최근 사흘 동안의 일과 같은 수준의 급료를 받을 수 있다면 어떻게든 될 금액이기는 했다.

안심하고 잘 수 있으려면 그 정도는 내야 하나?

"토미, 숙소를 바꾸려고 생각하는 모양인데, 일단 대장장이 쪽으로 결과를 낸 다음에 하면 어때? 제자로 들어갈 수 있는지에 따라서 바뀌겠지?"

"아, 그러네요. ——혹시 제자로 들어갈 수 있다면 더부살이를 하게 될까요?"

"글쎄……. 내가 소개했다고는 해도 간츠 씨——아, 대장장이 이름이야. 그 사람의 입장에서 보면 너는 처음 만나는 남이니까. 평범하게 생각하면 출퇴근 아닐까?"

"그러네요. 갑자기 집에 묵게 해줄 정도로 신용하는 게 아니니까요. 제자의 경우, 급료는 받을 수 있을까요?"

"이 여관에 묵는 정도는 괜찮겠지. 그보다도 잘만 하면 그런대로 괜찮은 대우로 맞이하고, 잘 안 된다면 제자가 될 수는 없어. 그 중간은 없다고 생각해."

"——열심히 할게요!"

"그래, 열심히 해봐. 기운을 낼 수 있게 한 잔 더 살게. 주인장, 이 녀석한테 에일 한 잔 더."

"감사합니다!"

오랜만에 먹은 맛있는 음식과 그럭저럭 맛있는 술.

게다가 사준다고 그러면 당연히 즐겁다.

하지만 내일은 내 인생의 고비가 될지도 모를 중요한 날.

나는 해가 지기 전에 토야 군과의 즐거운 시간을 마무리하고, 내일에 대비해서 여관으로 돌아간 것이었다.

다음 날 아침. 토야 군이 지정한 마을 중앙의 광장에서 기다렸

더니, 그가 찾아온 것은 일용직 일이 시작되는 것과 거의 같은 시간이었다.

"안녕, 기다렸어?"

"아뇨, 그 정도는 아니에요. 여러분은 평소에는 이 정도 시간에 일을 시작하나요?"

"일 자체는 그러네. 오늘은 이런저런 사정이 있어서 휴일이지만."

"……일 자체는?"

"물론 일어나는 건 훨씬 전이지. 아침에 일어나서 한두 시간 정도 훈련, 아침을 먹고 일. 오후부터 저녁 사이에 마을로 돌아와서 저녁식사 때까지 훈련. 식사를 한 다음에는 잔다는 느낌."

"으음, 그건 다들 똑같나요?"

"대략 그런 느낌이야. 나오랑 하루카는 저녁 식사 다음에도 마법 훈련을 하기도 하는데, 나는 마법을 못 쓰니까 저녁을 먹은 다음에는 안 해. 어두워진 다음에 여관 뒤뜰에서 훈련을 하면 민폐잖아?"

나, 아침에 일어나서 식사를 한 다음에 바로 여기로 왔는데.

『토야 군, 늦게 오네』 같은 생각을 살짝 해버려서 죄송합니다.

나보다 훨씬 성실하게 지내고 있었다.

"그럼 갈까. 이쪽이야."

"아, 예."

안내받은 곳은 대로에서 외길로 들어선 곳에 있는 무기점.

안으로 들어가자 그곳에 서 있던 것은 근육질에 덩치 큰 중년 남성이었다.

"여, 토야. 그 녀석이 소개하고 싶다는 녀석인가?"
"아, 안녕하세요."
"안녕, 간츠 씨. 그래, 성실한 녀석이니까 잘 부탁해."
"그건 결과에 따라서. 이봐, 토미라고 했나?"
"예, 잘 부탁드립니다."
"나는 보다시피 인간인데, 문제없겠나?"
"……? 예, 제자로 받아주신다면 전혀 없어요."
역시 종족 사이의 문제 같은 게 있나?
나는 애당초 드워프랑 만난 적이 없으니까 그게 문제가 아니지만.
"흠, 그런가. 뭐, 됐어. 열심히 해봐. 결과에 따라서 고려해주지."
"감사합니다!"
"자세한 이야기는 토야한테 들었어. 괜찮은 걸 만들어봐."
"예!"
"그럼 토미, 가자고. 간츠 씨, 좀 빌릴게요."
"그래, 문제가 생긴다면 폐를 끼친 것까지 포함해서 청구할 테니까 말이야! 하루카 쪽으로."
"간츠 씨, 좀 믿어줘~. 그랬다가는 진짜 끝장이라고."
"핫핫핫, 제대로 쓴다면 문제없어. 여자한테 폐를 끼치지 않도록 열심히 해야지!"
"내 여자가 아니라고!"
그런 거리낌 없는 대화를 들으며 토야 군을 따라서 가게 안쪽으로 들어가자, 그곳에는 내가 상상하던 대장간이 존재하고 있었다.

“스킬로 어떻게든 사용방법을 알 수 있을지도 모르겠지만 일단 설명을 해둘게. 망가뜨려서 하루카한테 청구서가 돌아온다면 진짜 장난이 아닐 테니까.”

“아, 예!”

나는 이미 빚쟁이 상태니까.

토야 군의 이야기를 놓치지 않도록 열심히 귀를 기울였다.

“――그런 느낌이야. 뭐, 그렇게 어렵지는 않지?”

“그러네요. 제철 자체는 여기선 안 하나요?”

“철 상태로 산다고 해. 뭐, 철광석에서 철을 추출하는 경우, 대규모로 하는 편이 효율적일 테니까. 평범하게 생각하면 철광석 산지 근처에서 하겠지?”

“아니, 어떨까요? 이 세계에 고로가 있다고 해도, 결국은 석탄을 산지로 옮길 필요가 있지 않을까요?”

“석탄이라면 운송비가 들지만 마법이라면 어때? 마도구가 있어서 연료를 적게 사용해도 된다면 산지에서 철로 만들어서 운반하는 편이 효율적이잖아?”

“있나요? 그런 마도구.”

“모르지.”

“어어~? ……뭐, 연료나 철광석, 어느 쪽의 산지에서 철로 만드는 편이 효율적이라는 건 확실하겠죠. 혹시 마법을 쓴다고 해도 대량의 폐기물이 나올 테니까.”

제철을 할 때, 연료와 철광석 중에 무엇을 많이 사용하는지는 알 수 없으니까 잘 모르겠다.

원시적인 괴철로 정도라면 개인 대장장이라도 가능하겠지만 그쪽이라도 마을 안에서 할 일은 아니겠지.

"자, 처음으로 만들 건 휴대용 삽이야."

"휴대용, 인가요? 생활용품점에서 파는 그게 아니고요?"

"아니아니, 순서라는 게 있잖아? 우선은 작은 것부터. 가능하다면 자위대가 사용하는 것 같은 접이식이 있으면 좋겠는데……."

"아니아니아니, 그거 적당히 건너뛴 것도 아니고, 워프 수준으로 난이도 높잖아요?!"

"아, 토미도 아는구나?"

"예, 뭐, 일단? 남자니까요?"

자위대가 사용하는 것은 통칭 '엔삐'라고 부르기도 하는 접이식 삽으로, 펼친 뒤에는 나사로 고정한다.

90도 상태로 고정해서 괭이 같은 모양으로도 쓸 수 있다든지 해서 고성능이지만, 그것을 만들기에는 접이식 기구니 나사니, 아무튼 엄청 어렵다.

"그러면 구일본군의 삽은?"

"으—음, 삽 끝이 봉이었던가요?"

"어, 그래. 그걸 만들게."

구일본군 것은 상당히 단순한 삽으로, 간단하게 말하면 자루를 떼어낸 삽날과 목재 막대기의 조합. 사용할 때에는 끼워서 쓴다. 특별한 구조는 전혀 없다.

"구조적으로는 단순하고 사이즈도 작으니까 연습에는 최적이겠지?"

"그러네요."

"좋아, 그럼 해볼까!"

그렇게 말하자마자 용광로의 불을 지피기 시작하는 토야 군.

"토야 군도 만드는 건가요?"

"그야 그렇지. 나도【대장장이】스킬이 있고 고생해서 교섭했거든. 안 하면 손해잖아?"

"과연. 그렇군요."

나도 도와서 용광로 준비가 끝나면 그 안에 철판을 밀어 넣고 데워서 두드린다.

스킬 덕분인지 비교적 원활하게 생각한 그대로 정형되었다.

토야 군은 조금 고생하는 모양이니까 이런 부분이 레벨 차이겠지.

"토야 군, 자루에 쓸 막대기는 있어?"

"어, 그건 준비해뒀어. 여기서 맞춰줘."

그러면서 건넨 것은 길이 60센티미터 정도, 직경은 3센티미터 정도인 튼튼한 막대기.

그 크기를 측정하고 끼워 넣을 수 있도록 가공했다.

"대략 이런 느낌이려나?"

한 시간 정도로 일단 완성. 날 부분을 가볍게 연마하고 막대기를 끼워봤다.

겉모습만큼은 삽이 되었지만…….

"토야 군, 일단 완성했는데."

"오, 벌써 만들었나. 역시 재능에다가 레벨 3, 맞지?"
"응."
"저 문을 통해서 뒤뜰로 나갈 수 있어. 시험해보지 그래?"
"알겠어."
완성된 삽을 들고 나가봤더니 그곳은 잡동사니 따위가 놓여 있는, 아담한 뒤뜰이었다.
마침 잘되었다고 할까, 뒤뜰의 땅바닥은 무척 단단했다.
"얍!"
땅바닥에 박아 넣고 발로 밟았다.
"으응? 으~음."
박히기는 박혔지만 밟은 감각이 어쩐지 불안했다.
조금 더 힘을 실으면 확 구부러져 버릴 것 같은데…….
다시금 자루를 꾹 기울이자 으득, 기분 나쁜 소리까지.
살펴봤더니 아니나 다를까 금이 가 있었다.
"이건 실패네……."
"어땠어?"
어깨를 떨어뜨리고 안으로 들어가자 토야 군이 그렇게 말을 건넸다.
"실패. 이런 느낌. 철이 좀 얇았던 걸까?"
실패작을 건네자 토야 군은 그것을 받아들고 검토하더니 흠흠 고개를 끄덕였다.
"문제는 굵기가 아니라 형상과 제련 방법이 아닐까? 자, 내 거랑 비교하면 중심 부분에 여기. 자루를 끼워 넣는 부분만 튀어나왔잖아? 조금 더 앞쪽까지 깔끔한 형태로 늘이면 대들보 같은 구조가 되어서 강도가 강해질 거라 생각하는데."

"아, 그렇구나……."

예를 들자면 꼿꼿하게 두꺼운 종이보다도 골판지 상자 같이 파도 모양으로 가공하는 편이 강도가 더 강해지는 그런 걸까? 판매하는 삽이 그런 모양인 것에는 이유가 있구나, 역시.

"그리고 여기 흙을 푸는 부분의 형상. 여기도 조금 더 궁리를 해서…… 쪼개졌다는 건 강도보다도 유연성을 늘리도록 만드는 편이 좋아 보이네."

"토야 군, 이래저래 납득할 수는 있지만…… 내 쪽 스킬 레벨이 더 높지?"

이해는 되지만 미묘하게 납득이 안 갔다.

레벨 1과 레벨 3, 게다가 내 쪽은 소질도 가졌는데.

"이건 스킬 레벨과는 별개겠지. 예를 들자면 강성 80%, 인장성 20%인 철이 필요하다면 토미는 그걸 정확하게 제련할 수 있을 거야. 반면에 나는 그걸 목표로 해도 85%에 15%가 될지도 몰라. 하지만 토미가 그걸 목표로 하지 않는다면 아무런 의미도 없겠지?"

"……그런가, 떠오른 형태로 정확하게 제련할 수는 있어도 그 모양 자체가 엉망이라면 의미가 없나."

"그런 점에서 내 기억 쪽이 옳다는 의미겠네. 내 경우에는 바라는 형태 그대로 만드는 데 고생한다지만."

그러면서도 토야 군은 내 기억에 있는 삽과 쏙 빼닮은 형태로 철판 정형을 마치고 날 부분을 공들여서 연마했다.

아니, 어쩐지 그냥 자를 수 있을 만큼 갈고 있는데.

삽이란 건 저렇게 갈 필요가 있는 물건이야?

"아마도 기술만이라면 너는 금세 간츠 씨를 앞지를 거라 생각해. 하지만 실제로 대장장이 일을 해낼 수 있을지는 별개야. 제대로 공부하고, 쓸데없이 우쭐대지 말라고? 그때는 내가 코를 부러뜨리러 올 테니까. 뭐, 나는 서투르니까 코가 아니라 턱뼈가 박살 날지도 모르지만 말이지!"

비유가 아니라 물리인가요?!

"아, 알겠어요. 제 좌우명은 『겸허』. 오늘부터 이걸로 할게요!"

"그래, 그게 좋겠네. 우리 여성진이라면 정신 쪽을 부러뜨리러 올 테니까."

그러고 보니 하루카 씨만이 아니라 시도 씨랑 후루미야 씨도 합류했다던가.

하루카 씨만으로도 오버킬인데…… 응, 절대로 잊지 않도록 하자.

"좋아! 살짝 비뚤어진 것 같기는 하지만 허용범위로 할까. 시험해보자."

그러면서 살짝 기뻐하며 뒤뜰로 나가는 토야 군을 나도 따라갔다.

토야 군은 나와 마찬가지로 땅바닥에 박아 넣고 발로 꾹 밟아서 지레의 원리로 흙을 파냈다.

그리고 흙에서 뽑은 삽을 들고 확인.

보기에는 문제없는 것 같은데……. 토야 군도 납득했는지 고개를 한 번 끄덕이더니 삽을 뒤집어서 땅에 내려놓고 그 위를 퍽퍽 밟기 시작했다.

“어어?! 뭐 하는 거야?”

“아니, 이 정도로 찌그러지면 안 되잖아? 망치……는 역시 좀 그런가. 이 정도면 되나.”

토야 군은 뒤뜰 구석에서 한 아름 정도 크기의 돌을 가져와서는 주저 없이 삽 위에 떨어뜨렸다.

깡, 소리와 함께 돌이 굴러갔다.

이것 참 하드한 제품 시험. 자기 작품에 가차도 주저도 없었다.

삽은…… 괜찮은 것 같네?

“……응, 일단은 괜찮나. 토미, 【근력 증강】을 가지고 있었지? 이거, 있는 힘껏 비틀어봐.”

“이제까지 그걸로 문제없다면 무리라고 생각하는데…… 흐음.”

대각선상으로 들고 있는 힘껏 비틀어봤지만 아니나 다를까 뒤틀리는 기색도 없었다.

“후우……. 괜찮은 것 같아.”

“살짝 망치 자국이 신경 쓰이지만 첫 작품으로는 잘 됐나.”

“아니, 첫 작품으로 성공을 시키다니 굉장해…….”

“그렇지도 않아. 나는 카피했을 뿐이니까. 처음 보고 이 모양에 다다른 거면 굉장하겠지만 견본이 있고, 구조를 알고서는 흉내 낸 것뿐이잖아?”

그 흉내에 실패한 레벨 3이 여기 있습니다만.

내 기억력이 나쁜 건지, 토야 군의 기억력이 좋은 건지.

"철의 두께는 마찬가지인가? 아니, 조금 더 두꺼운 걸까? 이거, 참고로 해도 돼?"

"그래. 같은 모양으로 만든다면 토미 쪽이 더 좋게 만들 수 있겠지."

토야 군의 허가를 받았으니 순순히 모양을 흉내 내서 만들어 봤다.

이번에는 30분도 안 걸렸을까?

힘을 꾹 실어봤더니 처음에 만든 것과는 전혀 다르게 불안한 느낌이 전혀 없었다.

철의 두께는 조금밖에 안 바꾸었는데, 형상과 담금질 방법에 따라서 이렇게까지 차이가 생기나.

시험 삼아서 다시 한번 같은 물건을 만들어봤더니, 거의 같은 물건을 더욱 짧은 시간 만에 만들어버렸다.

"그런 부분은 역시나 스킬의 차이겠네."

"한번 만들면 같은 물건을 만드는 건 간단한 모양이네요. 다만 처음에 어떤 모양으로 만들면 좋을지는 알 수 없으니까, 스킬 레벨이 높더라도 그건 공부가 필요할 것 같아요."

"그야 그렇겠지? 우리 쪽 녀석들도 마법이나 연금술 스킬을 찍었지만 책을 사 와서 매일 공부한다고."

"역시 대단하네요. 저도 열심히 공부를 해야겠어요."

"어려운 점은 책이 비싸다는 거야. 도서관 같은 것도 없고."

"아, 역시 비싼가요?"

"엔화로 환산하면 10만 엔 이상은 각오해야 되겠네. 한 권에."

"우와! 지독해!"

전 재산을 털어도 한 권조차 못 사잖아.

그렇게 생각하면, 그럴 마음만 있다면 돈을 별로 안 들이고도 공부할 수 있는 환경은 귀중했구나.

정작 그때는 깨닫지 못했지만.

"그러니까 사제관계가 있는 거겠지. 그럼 다음은 진짜 목표인 통상 사이즈를 만들자고."

"예!"

진짜 목표, 그러니까 생활용품점 같은 곳에서 팔 법한 삽.

아파트에 살았으니까 우리 집에는 없었지만 사용한 적은 있다.

"단순히 크게 만드는 걸로는 안 되겠네요."

"그야 안 되겠지. 자루 길이가 두 배 정도가 되거든. 지레의 원리로 삽날 부분에 걸리는 힘도 두 배가 된다고?"

같은 굵기로는 구부러질까? 아니, 여유는 있었던 것 같으니까 이건 실험이 필요하겠네.

"자루 굵기는 어떤가요?"

"그건 붙잡기 편한 굵기면 되지 않을까? 자루 단면적은 빈경의 제곱에 비례해. 지금 굵기로도 무척 튼튼하니까 충분한 강도를 얻을 수 있을 거라 생각하는데."

"단면적이 두 배가 되면 강도는 두 배가 되는 건가요?"

"어라, 아닌가?"

"아마도 원형의 경우, 구부림에 대한 강도는 세 배 정도가 되었던 것 같은데……?"

토야 군이 고개를 갸웃거리고, 나는 골똘히 생각했다.

또렷하게 기억나지는 않지만 어디선가 그런 이야기를 들은 기억이.

"하루카 쪽이라면 알고 있을지도 모르겠지만……. 뭐, 그러면 더더욱 괜찮겠지. 난 저 삽자루는 못 부러뜨릴 것 같으니까."

"원래 세계라면 동감이지만 이 세계의 사람들은 신체능력이 높다고요?"

지금의 나나 토야 군도 포함해서 근력이 다른 이 세계 사람을 기준으로 생각했을 경우, 원래 세계의 삽과 같은 강도로 괜찮을까……?

같은 굵기의 자루라면 마구잡이로 쓸 경우에는 부서져 버릴지도 모른다.

"그게 있었나! 그렇다면, 그거야. 자루의 굵기를 결정한 다음에 간츠 씨한테 조언을 얻어서 소재를 생각하는 편이 좋겠어. 이 세계엔 강도가 강한 나무도 있으니까."

토야 군의 이야기로는, 나오 군이 쓰는 창의 자루로 의철목(擬鐵木)이라는 무척 튼튼한 나무를 사용한다나. 다만 조금 고가의 소재라서 일반인이 사용할 삽에는 쓸 수도 없을 것 같다지만.

"일단 앞쪽을 시험 삼아서 만들어볼게요. 그걸로 시험해보죠."

"응, 나도 적당히 만들어볼까?"

모양으로는 조금 전의 물건을 그대로 대형화시킨 것.

철의 두께는 기억에 있는 삽을 떠올리면서 약간 두께를 더해봤다.

이번에는 자루를 고정해버리니까 그걸 커버하듯이 철을 늘여서…… 응. 됐다.

그다지 차이는 없으니까 시간은 별로 안 걸리고 완성……했는데, 벌써부터 수상쩍다.

힘을 꾹 주자 구부러지지는 않았지만 어쩐지 위태위태한 느낌.

"으~응, 기억보다 조금 두껍게 만들었는데도 강도가 생기질 않네……."

"어디어디. 그래, 확실히 조금 두껍지만 철의 품질 차이를 잊은 거 아냐?"

"——아!"

토야 군이 내가 만든 삽을 건드리고 고개를 끄덕이며 그런 지적을 했다.

잘 생각해보면 현대의 공업으로 만든 철은 탄소와 그 밖의 금속 함유물까지 엄밀하게 계산된 철이다.

명백하게 강도가 떨어지는 철을 사용하는 이상, 같은 두께로 잘될 리가 없다.

"일단 처음에는 두껍게 만들어서 테스트해보면 어때?"

"일겠어요."

토야 군의 조언에 따라서 상당히 두껍게 만든 물건을 제작.

날을 고정하고 예정의 1.5배 정도 길이의 자루를 달아서 모든 체중을 실어봤다.

"구부러, 지지, 않나. 토야 군, 해볼래요?"

"응."

나보다도 무거운 토야 군이 반동을 실어서 눌러도 구부러지지 않았다.

강도는 이것으로 충분한 모양이지만, 그래서 무겁단 말이지.

공사에 사용한다면 무게가 피로로 직결된다.

모양 고안은 하루아침에는 불가능하니까, 모양을 바꾸지 않고 어디까지 얇게 만들 수 있을지를 시험했다.

철판의 제련 방식, 담금질 방식 따위를 생각해서 시험하기를 몇 차례.

처음의 절반 정도까지 얇게 해도 실용 수준의 강도는 내는 것에 성공.

거기까지 됐다면 그 후로는 간단했다.

자루 굵기는 자그마한 드워프인 나라도 들기 편한 굵기로 하고, 자루 끝부분도 기억에 있는 역삼각형 같은 손잡이를 만들어서 달았다.

"호오, 괜찮지 않나? 적어도 형태는 완벽해!"

"그렇죠! 얼른 시험해봐요!"

뒤뜰로 나와서 구멍을 파거나, 토야 군이 했던 강도 실험을 하거나.

다행히도 내가 만든 삽은 어느 시험에도 견뎌주었다.

돌을 넘어 바위 수준의 물체를 몇 번이나 떨어뜨린다든지, 솔직히 과도하다는 느낌도 들었지만『공사 현장에서 사용한다면 벌어질 법한 일이겠지』라고 하길래 생각을 바꾸었다.

확실히 내가 일하던 공사 현장에서는 굳이 난폭하게 다룬 것도 아닌데 부서져 버리는 도구도 많았다. 그걸 생각하면 튼튼하고 오래가는 삽은 환영받겠지.

그러니까, 팔린다. 다른 도구보다 조금 비싸다고 해도.

"이건 완성이라고 보면 될까요?"

"그렇지 않을까? 원래 세계에서 그만큼 사용되는 물건이라고? 신뢰와 실적, 완벽하잖아?"

"그러네요. 뭐, 제가 만든 물건이 그렇게까지 완벽한 형태가 되리라고 여겨지지도 않지만요."

대량 생산품은 프레스 가공으로 만드는 걸까?

아마도 컴퓨터로 계산한 최적의 형태 같은 식으로 되어 있겠지.

나는 흉내를 냈을 뿐이니까 노력하면 조금 더 튼튼하게 만들 수 있을지도 모르겠지만…… 간단하지는 않겠지.

"가능하다면 조금 더 가볍게 만들 수 있으면 좋을 텐데요."

"그건 소재를 바꿀 수밖에 없겠지."

"소재? 아, 미스릴이라든지!"

판타지인걸! 정석이지!

내가 그렇게 말하자 토야 군이 딴죽을 척 걸었다.

"삽에 미스릴을 사용하는 녀석이 있겠냐! 아니, 미스릴 자체가 존재하는지 나는 모르지만. 다른 합금? 같은 거 말이야."

"뭔가 좋은 합금이 있나요?"

"그건 모르지!"

자신만만하게 대답하는 토야 군.

"안 되잖아요."

"그건 간츠 씨한테 할 이야기잖아. 일단 내 검이나 나오의 창은 청철이나 황철이라는 걸 사용하는데, 이게 합금인지 다른 금속인지 그것조차 모른다고, 나는."

"그걸 사용하는 건 어떤가요?"

"아니…… 무리 아닐까? 소재의 가격 때문만은 아닐 거라 생각하지만, 우리가 쓰는 무기는 엄청 비쌌다고?"

……그러고 보니 작업 중에 『이 무기점에서 금화 800개 이상은 사용했다』 같은 잡담을 나누었던가. 일본 엔으로 따지자면 800만 엔 이상이지?

방어구도 포함된 모양이지만, 그걸 바탕으로 예상하기에 그런 합금을 사용한다면 삽의 가격은 실용품의 범위로 그치지 않는다.

모양이 삽일 뿐인, 어엿한 무기라는 느낌.

그것도 극에 다다르면 강할 것 같고 좀비 따위는 쓰러뜨릴 수도 있겠지만, 멋있지는 않다고?

"우리의 지식은 여기까지인 모양이네요. 물건은 완성했으니까 이걸 간츠 씨한테 보여주죠. 토야 군이 만든 건?"

"나는 이거야."

토야 군이 보여준 것은 내가 만든 삽보다 큰, 형태도 조금 다른 물건.

"그건 스콥인가요?"

"응. 토미의 공사 현장을 견학했을 때, 파낸 흙을 푸는데 고생하던 모양이었으니까. 삽, 그러니까 셔블도 좋지만 푸는 용도의 스콥도 있으면 편리하겠지? 흙을 파는 용도는 아니니까 얇게 만들어서 그만큼 가볍기도 해."

"셔블로도 대용할 수는 있겠지만…… 확실히 잘하면 세트로 팔 수 있겠네요."

퍼낼 수 있는 흙의 양은 스콥이 더 많고, 가볍다면 피로도 경감시킬 수 있다.

수요는 있겠는데.

얇은 것치고는 의외로 튼튼한 모양이라 흙을 옮기기에 충분한 강도는 있을 듯했다.

"그럼 여기도 자루를 달아버릴까요."

"응, 부탁해. 그게 끝나면 좀 쉬자고. 아무래도 수분 보급이 필요하겠지."

"아, 그러네요. 필사적으로 만드느라 잊고 있었어요."

뜨거운 용광로 앞이다 보니 정신이 들었을 땐 상당한 땀을 흘리고 말았다.

옷은 땀으로 흠뻑 젖고, 의식했더니 목도 무척 마르다는 사실을 깨달았다.

재빨리 자루를 달아버린 참에, 토야 군이 물을 퍼서 돌아왔다.

"자, 도미도 마셔."

"감사합니다."

"슬슬 점심때네."

"아, 벌써 그런 시간인가요."

집중하며 작업해서 그런지 생각보다 시간이 빨리 지난 느낌이었다.

크게 숨을 내쉬고 몸을 푸는 사이, 토야 군이 육포를 꺼내어 씹기 시작했다.

그러고 보니 점심을 준비하지 않았네.

이제까지는 근처 노점에서 먹었지만…… 뭔가 사러 갈까.

그런 생각을 하며 토야 군을 봤더니, 그것을 알아차린 토야 군이 육포가 든 주머니를 건넸다.

"먹을래?"

"어, 괜찮나요? 잘 먹겠습니다."

순순히 손을 내밀고, 씹었다.

"음! 맛있어! 육포는 의외로 맛있는 거네요!"

딱딱하고 짭짤하기만 할 거라고 생각했더니 전혀 그렇지 않고 맛있었다.

원래 세계에서 먹은 쇠고기 육포와는 맛이 전혀 다르지만, 이 맛은 그에 필적했다.

이거 비쌀까?

그렇게 비싸지 않다면 어설픈 노점에 가는 것보다 빵이랑 이걸로 먹는 게 틀림없이 낫다.

"이거, 하루카가 만든 거야. 근처 가게에서 팔던 녀석은 맛없었으니까."

"……아, 그렇군요."

실망했다.

안심하고 먹을 수 있는 음식을 발견했나 생각했는데.

"뭣하면 평범한 육포랑 같은 수준의 가격으로 내줄 수도 있다고?"

“어, 정말인가요?”
“상당한 양을 만들었으니까 조금이라면 문제없겠지. 그래도 고기니까 그렇게 싸지는 않은데?”
“그렇겠죠. 꼬치구이라든지, 좀처럼 손을 댈 수 없었으니까…….”
원래 세계에서도 쇠고기 육포라면 무척 비쌌다.
내 용돈으로는 가볍게 사기에는 조금 주저되는 가격이었지.
하지만 이 맛을 포기하는 건 아까워!
“응, 사도록 하겠어요! ——지갑에 조금 더 여유가 생긴다면.”
“열심히 해. 좋아, 이건 선물이야. 줄게.”
그러면서 토야 군은 들고 있던 주머니를 내 손에 떠넘겼다.
이거, 아직 상당한 양이 들어 있으니까 판다면 상당한 돈 아닌가?
“괜찮나요?! 감사합니다.”
“그걸 먹으면서 열심히 수행하도록 해.”
“수행…… 제자로 들어갈 수 있다고 생각하나요?”
“물건은 문제없잖아. 이걸로도 안 된다면…… 정공법으로 간츠 씨의 신뢰를 얻어내는 수밖에 없겠지.”
“으으으…… 불안해요.”
“아마 괜찮을 거야. ——오, 왔나본데?”
“예?”
그러면서 토야 군이 뒤를 돌아봤지만 아무도 없었다.
하지만 잠시 후에 발소리가 들리고 간츠 씨가 들어왔다.
“여, 어떤 상황이야?”

그런 식으로 가볍게 묻는 간츠 씨를 보고 토야 군은 의미심장한 미소를 짓더니 늘어놓은 삽을 척 가리켰다.

"훗훗훗. 간츠 씨, 완성했다고!"

"뭐?! 벌써?"

"형태는 머릿속에 있다고 그랬잖아? 그러면 그걸 바탕으로 실물을 만들어서 테스트한 뒤 조금 개량하면 될 뿐이야."

"생각은 할 수 있어도 그걸 형태로 만드는 게 어려운데 말이야. 어디어디……."

그러면서 삽을 검토하는 간츠 씨.

"흠. 완성도가 불규칙적인데?"

"아, 이거랑 이게 내 거."

"네가 더 서투른가."

"내 본업은 모험가라고? 이 녀석보다 잘해서 뭐 하게?"

가볍게 그리 말하는 토야 군과, 삽을 비교해보면서 복잡한 표정으로 신음하는 간츠 씨.

"너도 어지간한 수습보다는 낫지만, 토미의 완성도는……. 이봐, 만들어봐."

"아, 예!"

시키는 대로 철판을 두드려서 삽을 만들었다.

뒤에서 간츠 씨가 빤히 바라보니까 긴장은 했지만 이미 몇 번이나 반복한 작업.

실수 없이 삽 하나를 완성했다.

"그렇군, 기술은 있나. 의문은 있지만 토야한테 묻지 않겠다고 약속했으니까 말이지…….”

아, 그런 쪽으로 교섭을 해줬구나. 토야 군, 고마워!

대장장이한테 제자로 들어가고 싶다면서 이미 기술만은 가지고 있다든지, 지극히 수상쩍은 일이니까 추궁을 당하면 위험하다고.

“그럼 그거, 한번 써봐.”

“예!”

뒤뜰로 이동해서 삽 사용법 시범.

사용 자체는 단순하니까 얼마나 튼튼한지를 보여주는 느낌일까?

“흠, 문제는 없겠네. 이쪽은 뭐지? 형태가 다른데.”

“이건 흙을 옮기는 것 전용이야. 이런 느낌으로 쓰지. 여기 작은 건 조립식. 모험가를 상대로 팔 수 있을 것 같지 않아? 적어도 나는 있으면 좋겠어.”

토야 군이 스콥과 휴대형 삽도 소개했다.

“확실히 팔릴 것 같네. 문제는 가격인데…….”

“그게 말이야. 저기, 간츠 씨. 뭔가 튼튼하면서 가볍고 싼 금속은 없을까? 이거, 튼튼하게는 만들었지만 조금 무겁거든.”

“그렇게 딱 맞는 게 있겠냐! 있으면 무기나 방어구에 쓰겠지!”

그야 그렇다.

그런 좋은 게 있다면 철이 아니라 그쪽을 쓰겠지.

“무게는…… 문제없지 않나? 여자들이 쓰는 것도 아닐 테니까. 현장 녀석들이 이 정도 무게로 불평을 할까?”

간츠 씨가 삽을 들고서 그렇게 말했지만 토야 군은 고개를 가로저었다.

"장시간 작업을 하니까 조금이라도 가벼운 편이 낫겠지? 우리 무기에 사용하는 청철이나 황철은 어때?"

"이 멍청이, 청철 쪽이 훨씬 무거워! 무엇보다도 이 철이랑은 가격의 단위가 달라. 적철이라면 네 배 정도로 살 수 있겠지만 가공성이 말이지."

어째 철 종류가 다양한데?

합금, 인가? 아니면 '철'이라는 이름이 붙었을 뿐이지 다른 금속인가?

"청철, 황철, 적철인가……. 그리고 흑철 무기도 팔고 있었지. 그것 말고는 어떤 철이 있어?"

"엉? 그러네, 우리 가게에 있는 건 백철 정도겠네. 가격은 열 배 정도지만 그 녀석은 무척 튼튼해. 가공은 적철 이상으로 힘들지만. 너희 사슬갑옷에도 사용한 소재라고?"

"아, 그래? 그거, 꽤 괜찮았는데. 아직 효과를 발휘한 적은 없지만."

"방어구가 도움이 되는 일이라면 위험한 일일 텐데. 효과를 확인할 기회 따윈 없는 게 나아. 우리 가게로서야 수리하러 오질 않으니 장사가 안 되겠지만! 아하하핫!"

우와, 토야 군 일행, 그렇게나 비싼 소재를 쓴 방어구를 사용하고 있었어?

청철, 황철은 그것보다 비싸다는 거지?

모험가는 돈이 드는구나…….

"뭐, 소재의 가격만 봐도, 평범한 공사에서 쓸 수 있는 수준이 되진 않을 거라 생각하는데?"
"으—음…… 모험가 대상인 휴대형이라면 어때? 조금 비싸더라도, 조금이라도 가볍고 튼튼한 게 더 팔리지 않을까?"
"확실히 모험가라면 돈을 가지고 있겠지만…… 둘 다 두는 것도 방법인가? 돈이 없는 녀석은 무거워도 평범한 걸 살 테니까……. 토야, 너라면 사겠어?"
"아니, 안 사지."
"어엉?!"
토야 군, 방금 하던 얘기가 다 허사가 됐잖아?!
"오히려 지금 만들어봐야겠어! 간츠 씨, 돈은 낼 테니까 백철 나눠줘. 그리고 토미, 휴대형 쪽으로 만들어줘!"
"으음…… 괜찮을까요?"
간츠 씨는 한숨을 내쉬고는 선반 안에서 주괴 하나를 꺼내어 내게 건넸다.
"돈은 됐으니까 만들어봐. 실력도 볼 수 있고, 실제로 어떤 물건인지 만들어본다는 의미도 있으니까."
"간츠 씨, 역시!"
"아첨은 됐어. 토미, 해봐."
"알겠어요!"
간츠 씨한테 백철이라는 금속, 의 주괴를 받아보니…… 명백하게 가벼웠다.
크기에서 느껴지는 인상과는 무척 괴리가 있어서, 알루미늄 정도는 아니지만 철과는 전혀 달랐다.

"그 녀석은 같은 두께라면 철의 두세 배 강도가 있어. 그걸 생각하고 만들어."

"예."

그렇다고 해서 단순히 두께를 절반으로 하는 것만으로는 안 되겠지.

날 부분은 얇게 만들 수 있을 테지만, 어느 정도로 하는 게 좋을지…….

그런 생각을 하며 용광로 안에 주괴를 넣고 달구었다.

그리고 충분히 달구어진 참에 꺼내어 두드렸다.

깡!!!

――단단해!

튕겨 나오는 느낌이 이제까지와는 전혀 달랐다.

철과 같은 감각으로는 모양이 바뀌지도 않을 테니까, 확실히 가공성이 나쁘다는 것도 납득이 갔다.

하지만 완전히 못 다루는 물건도 아니었다.

감각이 시키는 그대로, 그저 달구어서는 두드리기를 반복했다.

시간을 따지자면 이제까지의 두 배 이상은 걸렸으려나?

머릿속에 그리던 형태가 된 참에 손을 멈추고 날을 연마했다.

이쪽도 금속이 단단한 만큼 조금 애를 먹었지만, 망치로 가공하는 것과 비교하면 무척 편했다.

"예! 완성했어요!"

완성된 그것은, 형상은 거의 변하지 않았는데도 무척 가볍고 스테인리스에 가까운 광택이 있었다.

"호오, 보여줘."

나한테서 그 삽을 받아든 간츠 씨는 거기에 힘을 실어보거나 망치로 두드려본 뒤, 납득한 듯 고개를 끄덕였다.

"잘 만들었네. 토야, 어때?"

"이건 좋은데! 꽤 가벼워졌으니까 들고 다니기도 좋겠어. 날 부분도 커버가 필요하다 싶을 정도로 날카롭고…… 하루카한테 가죽으로 만들어달라고 할까."

"이거라면 팔릴지도. 이봐, 토야. 이것들은 우리 가게에서 팔아도 되겠지? 거기 흙을 푸는 녀석도 포함해서."

"그래, 괜찮아. 그 대신에 토미를 부탁할게."

"안다니까. 이봐, 토미. 네 실력은 나쁘지 않아. 하지만 제자가 되고 싶다니까 무언가 배우고 싶은 게 있겠지? 내가 봐줄 테니까 내일부터 와라."

"어, 그럼!"

"제자로 삼아주겠다는 거야!"

조금 부끄러운 듯이 시선을 피하여 억센 말투로 대답하는 간츠 씨에게 나는 깊이 머리를 숙였다.

"감사합니다! 열심히 할게요!"

"그래, 잘해봐. 너라면 평범한 제자보다 빨리 독립할 수 있겠지. 그때는 다른 마을에서 가게를 열어달라고. 제자한테 손님을 빼앗기긴 싫어. 아하하하핫."

내 등을 퍽퍽 힘껏 때리면서 크게 웃는 간츠 씨.

하지만 대장장이인 만큼 등이 엄청 아픈데요.

그런 소리, 입 밖으로 꺼낼 수는 없지만.

"토미, 잘됐네. 열심히 해. 간츠 씨보다 실력이 좋아진다면 주문할게."

"이것 참, 갑자기 갈아타기 선언이야?"

"걱정 안 해도, 우리가 이 마을을 거점으로 삼고 있는 동안에는 간츠 씨한테 부탁하게 되겠지. 아니면 간단히 추월당하게?"

"그럴 리가 없잖아! 풋내기한테 간단히 추월당할 정도로 게으르진 않아! ──뭐, 그럭저럭 실력을 갖춘다면 너희 무기 정도는 맡겨도 되겠지만!"

"그럼 안심이네. 토미, 기술을 팍팍 훔쳐버려."

"하하하……. 하지만, 응. 토야 군, 고마워. 여러모로. 정말로 큰 도움을 받았어."

숲을 홀로 헤매던 그때는 솔직히 '죽음'이라는 것을 의식했다.

하루카 씨 일행과 만나고, 그리고 막 내팽개쳐졌을 때는 조금 응어리──아니, 솔직히 말하면 원한도 품을 뻔했다.

하지만 이 마을에 온 뒤로 며칠.

돈을 빌려준 것이 얼마나 고마운 일인지 실감하고, 치료까지 해준 것을 솔직히 감사할 수 있게 되었다. 그리고 취직까지 신세를 지고.

만난 것이 이 아이들이 아니었다면 어떻게 되었을까?

솔직히 그런 생각은 하고 싶지 않네.

그때 나오 군이 『현실은 헬 모드』라고 그랬는데, 도움을 받지 못했다면 그런 느낌이었을지도 모르겠다. 지금의 싸구려 여관에서조차 과연 묵을 수 있었을까.

"뭐, 잘됐다는 거야! 앞으로도 잘 부탁한다고!"

그러면서 토야 군은 멋진 표정으로 웃고 내 어깨를 찰싹찰싹 몇 번인가 때렸다.

——이리하여 나는 대장장이로서의 첫걸음을 내디뎠다.

육탄전을 치르고 있는 토야 군의 찰싹찰싹은 간츠 씨 이상으로 아팠지만 말이지.

제3화 마이 홈을 향한 첫걸음

"하루카 씨, 잘 풀렸어요. 금화 300개로 파시겠대요."

부탁했던 토지 중개, 그것이 마침내 정리된 모양이었다.

만면의 미소로 우리를 맞이한 디오라 씨를 상대로, 오히려 우리는 불안에 사로잡혔다.

"어…… 그거, 괜찮은 거야?"

시세로는 금화 400개 살짝 아래. 그것이 단번에 금화 300개까지 내려갔다.

하루카가 당황한 듯 되묻는 것도 어쩔 수 없는 일이겠지.

"예. 앞으로 길드에서 중개가 가능한 분은 없지 않을까, 그렇게 이야기했더니 포기——어흠. 결단해주셨어요. 그런 쪽은 거의 길드의 관할이니까요."

멋진 미소로 협박——다시, 설득 내용을 가르쳐주는 디오라 씨.

길드 간부라는 자리는 허투루 얻은 게 아닌가보다.

"정말로 괜찮아?!"

"예. 문제없어요, 정말로. 애당초 무리가 있거든요. 빌릴 사람이 있다면 건물이 사라질 일이 없지 않을까요?"

그러고 보니 거주하는 사람이 사라져서 집이 노후화되어 무너졌다, 그런 이야기를 했지.

"건물이 사라졌다면 이번에는 토지만이라도 빌려주고 싶다는 이야기를 해도, 빌릴 사람을 소개할 수는 없어요."

확실히. 건물이 있는 상태에서도 빌릴 사람이 없었던 장소다.
땅을 빌린 다음에 스스로 집을 지어라, 그런 소리를 해봐야 그걸 받아들이고 빌릴 사람을 찾는 것은 무척 힘들겠지.
"임대료를 금화 두 개라는 싼값에 내놓은 것도, 빌린 사람이 집을 세운 뒤에 적당한 시기를 봐서는 내쫓아서 그 집을 얻으려던 걸지도 모르겠지만……. 길드가 중개로 들어갔는데 그런 짓이 허락될 리가 없죠."
디오라 씨는 어이없다는 듯이 한숨을 내쉬었다.
그 말투에서 미루어보면, 상대는 조금 곤란한 사람이었던 걸지도 모르겠다.
"아, 역시 그런 부분이, 길드를 통해서 진행하는 편이 안심할 수 있는 이유인가?"
"그러네요. 젊은 모험가가 상대라면 얕보고 속이려 드는 사람은 있거든요. 하루카 씨는 신중하게 진행하겠지만 다투다 보면 이래저래 귀찮을 테니까, 길드나 다른 업자를 통해서 진행하는 걸 추천해요."
그런 쪽으로는, 뒷배가 없는 우리는 불리하다.
약간의 수수료로 수고를 덜 수 있다면 그건 필요한 비용이라 결론을 지어야겠지.
"하지만 어째서 사람이 들어가지 않았지? 가격을 내리면 빌릴 사람은 있을 것 같은데."
그런 토야의 의문에 나도 고개를 끄덕였다.
거기에 평범한 집이 세워져 있다면 아마도 우리는 빌렸을 테지.

물론 너무 비싸면 안 되겠지만, 주위와 같거나 조금 비싼 정도라면 기피할 이유도 없다.

"그곳은 넓으니까요. 넓은 정원이 필요 없는 사람에게는『쓸데없이』넓을 뿐이에요. 주변의 좁은 집과 같은 정도까지 내려가면 빌릴 사람도 있었을 테지만……."

소유자로서는『주변보다도 넓은 집인데 같은 임대료로 할 수는 없다』라는 생각이고 그것 자체는 틀린 게 아니겠지만, 빌릴 사람이 없다면 집은 순식간에 황폐해진다.

그리고 소유자가 포기하고 가격을 내릴 무렵에는 수리 없이는 못 살 정도가 되어버려서, 주변보다 저렴한 임대료로도 빌릴 사람이 없다.

그 결과, 황폐화가 더더욱 진행되어 집은 무너진다.

"가장 좋은 방법은 적당한 사이즈로 토지를 분할한 다음, 각각에 집을 세워서 빌려주거나 파는 걸 테지만 거기까지의 결단도 할 수가 없었을 테죠. 돈도 들 테고요. 게다가 그러고도 잘 풀릴지 미묘하거든요."

라판은 안정되어 있는 마을이니까 신규 이주자도 적고 집 수요 자체가 적다나.

어느 정도의 매매는 되고 있다지만 예의 토지는 인기가 없는 구역에 있다.

그런 장소에서 신축 건물을 여럿 팔려고 해도 팔릴 확률은 낮고, 그렇게 된다면 완전히 적자.

디오라 씨는 그런 쪽의 이야기도 하면서,『불확실한 투자를 하는 것보다 확실하게 얻는 돈이 낫겠죠?』라는 방향으로 설득했다나.

——여전히 사실인지는 불명.

디오라 씨의 미소를 봐서는 뒷내용이 있을 것 같지만 엮이지 않는 편이 현명하게 사는 방법이겠지.

"고마워, 디오라 씨. 집도 세워야 되니까 싸게 살 수 있는 건 솔직히 무척 도움이 돼. 나중에 돈이랑 사례, 가져올 테니까 기대해."

"아뇨아뇨, 사례라니~~ 마음만으로 충분하다고요? 마음만으로."

그러면서도 뺨이 풀어진다.

우리가 **교섭**해도 정리가 되었을 것 같지는 않으니까 제대로 된 사례는 필요하겠지.

"아, 확실하게 납득을 받아냈다지만 혹시 무슨 일이 있다면 저한테 말씀해주세요."

……응, 제대로 '사례'를 해서 방패막이로 삼아야겠네.

그런 말을 덧붙인 디오라 씨의 모습에, 우리는 얼굴을 마주하고서 함께 고개를 끄덕였다.

"디오라 씨한테 줄 사례는 50개 정도면 될까?"

일단 여관으로 돌아와서 금화 300개를 분담해서 세고 있는 우리에게 말린 딘들을 준비하던 하루카가 말을 건넸다.

"금화로 100개나 깎아줬잖아? 좀 더 줘도 괜찮지 않을까? 아무리 말린 딘들이 비싸다고 해도 시장 가격은 금화 한 개도 안 된다고?"

"그건 좀. 금화 100개치 물건을 주면 우리한테 이익이 없어요. 디오라 씨도 깎은 돈만큼 그대로 받는 건 불편하지 않을까요?"

유키는 적다, 나츠키는 문제없다는 의견인가.

그런 유키에게 하루카가 충격 정보를 전했다.

"유키. 말린 딘들의 시장 가격, 금화 한 개 정도는 되거든, 사실은."

"어, 정말로?!"

유키가 놀라서 눈을 크게 떴다. 비싸단 말이지, 믿기지 않을 정도로.

물론 맛 역시도 믿기지 않을 정도로 맛있지만.

적어도 나는 원래 세계에서 이런 레벨의 말린 과일을 먹은 적이 없다.

"50개라면 길드 판매가로 금화 40개 정도인가. 나쁘지는 않지만 조금 더 줘도 괜찮지 않을까?"

"찬성. 디오라 씨한테는 평소부터 신세를 졌고, 특히 그 말투가 걸려. 어쩐지 트러블이 예상된다고 할까……."

"그건 부정할 수 없네. 떨떠름하게 판 땅이니까. 그럼 60개로 하자. 나츠키도 그걸로 되겠지? 먹을 수 있는 양이 줄어들겠지만."

"……하루카. 마치 제가 그냥 먹고 싶어서 반대한다는 것 같이 이야기하지 마요."

"아니야?"

"아니에요! ——조금 아쉽기는 하네, 라는 생각은 했지만요."

강하게 부정하면서도 슬며시 시선을 피하는 나츠키.

"응응, 알지~. 단맛은 귀중한걸. 나도 있다면 있는 만큼 먹고 싶어."

"그러니까 아니라니까요! 저, 유키 같은 먹보가 아니에요!"

"어엇! 너무해! 나츠키도 좋아한 주제에! 자자, 이걸 원하잖아~."

"그, 그만해요! 으, 으으, 달아요……."

말린 딘들을 입 안으로 꾹꾹 밀어 넣자 부정하면서도 먹어버리는 나츠키.

"자자~ 전부 먹어도…… 아, 역시 아까워."

그런 소리를 하며, 나츠키가 먹어서 반쪽이 된 그것을 되돌려서 자기가 먹는 유키.

그런 혼돈스러운 상황을 거쳐서 최종적으로 우리는 말린 딘들 60개와 금화 300개로, 넓은 토지를 얻는 것에 성공한 것이었다.

◇ ◇ ◇

"마침내, 우리도 땅을 손에 넣었습니다! 박수! 짝짝짝!!"

디오라 씨에게 지불을 마치고 권리서를 받아서 돌아온 순간, 그런 말을 하며 박수를 치기 시작하는 유키. 그리고 거기 어울려서 함께 손뼉을 치는 우리.

"어떤지 감동이 희박해~!"

기껏 어울려줬는데도 우리의 대응이 불만이었는지 유키가 양 손을 붕붕 흔들며 불만을 드러냈다.

"아니. 『마침내』라고 할 정도도 아니잖아? 아직 일주일 정도밖에 안 지났다고."

"확실히 그렇지만, 그렇기는 하지만! 『위험한 숲을 헤치고, 희소한 버섯을 채집하고, 3미터가 넘는 거대한 몬스터를 몇 마리나 쓰러뜨려서, 그 수입으로 땅을 손에 넣었다』라고 하면 조금 감동적이지 않아?"

"그것만 들으면 그렇지만……. 의외로 오크의 위험성이 낮다는 게 원인일까?"

위험을 뛰어넘어서 손에 넣었다는 느낌이 아니니까 감동도 희박하겠지.

혹시 이게 『모두 같이 일해서, 알바비를 300만 엔 모아서 샀다』 같은 상황이라면 엄청 감개무량했을지도 모른다. ——아니, 평범한 알바라면 그렇게 모을 수도 없나.

고등학생의 아르바이트로 한 사람당 60만 엔이나 버는 것은 무척 힘들다.

"뭐, 경위는 어쨌든 이것으로 우리도 지주야."

"어, 토야는 치질이었어? 나는 아닌데?"

"그래그래, 이쪽 세계에는 비데가 없으니까 큰일이라——아니, 지주라니까!"*

참고로 비데가 없는 것은 사실.

다만 생각한 것보다도 화장실 사정은 나쁘지 않았다.

여관에 있는 화장실은 연금술로 만들어져서 배설물은 자동적으로 소각 처리된다.

*일본어로 지주(地主)와 항문성 질환을 가리키는 치주(痔主)는 발음이 같다.

쓰레기가 사라지는 것은 아니니까 지극히 가끔씩 찌꺼기 처리가 필요하지만, 여관 레벨에서도 일 년에 한 번만 버리면 된다든가 했다.

냄새도 거의 신경 쓰이지 않으니까 우리로서는 무척 도움을 받고 있었다.

반대로 대부분의 일반 가정은 평범한 재래식이라서 역시 어느 정도 냄새는 난다나.

“유키, 땅을 손에 넣은 건 확실히 기쁘지만, 그걸 기뻐하기 전에 집을 지어야지. 연말이 다가오니까.”

“아, 그러네. 그런 쪽은 목수한테 물어봤으니까 간단히 설명할게.”

아에라 씨의 간판 건으로 목수를 방문했을 때에 집 건축에 대해서도 질문을 해두었다나.

우선 일반 서민의 경우, 집을 지을 때에는 세세한 논의를 하는 일 자체가 없다.

애당초 건물의 정확한 도면을 그리지 않고 집 모형을 만들어주지도 않는다.

당연히 컴퓨터상으로 3D 모델링을 볼 수도 없다.

예산과 대략적인 구조, 필요한 방이나 시설을 목수한테 이야기하고 그다음은 그냥 맡긴다.

세세한 장소나 부족한 부분은 목수가 멋대로 만들어준다.

“집을 짓는 즐거움이 줄어들겠지만 어쩔 수 없나?”

설명하면서도 조금 불만스러워하는 유키와 동의하듯 고개를 끄덕이는 나츠키.

"그러네요. 저, 마이 홈을 지을 때에는 자기 취향의 벽지나 인테리어를 고른다든지 시스템키친이나 욕실을 고르는 걸 조금 기대했는데……."

"우리의 경우, 이 세계의 집에 대한 상식을 모르니까. 너무 세세하게 주문을 달다가 오히려 당연히 있어야 될 것이 없는 경우가 벌어질 수도 있으니까 어쩔 수 없겠지."

뭐, 일본에서도 디자이너즈 맨션이니 하우스니, 하면서 살기 힘들어 보이는 건물도 있었다.

보기에는, 혹은 며칠 머무르기에는 재미있을 테지만 일상생활을 무시하고 디자인 특화.

그런 건물이 평범하게 존재했다는 사실이 경이로우면서도 위협적이다.

대부분의 사람이라면 평생에 한 번밖에 못 사는 고액 상품인데.

간단히 『마음에 안 드니까』, 『생활하기 불편하니까』라며 교환할 수도 없다는 걸 생각하면, 손을 댈 수 있는 것은 어지간한 부자나 생각이 없는 사람뿐이겠지.

"어차피 시스템키친 같은 멋 부린 물건은 존재하지 않지만."

"고를 수 있는 건 가구나 커튼 정도야. 돈은 들지만."

"돈을 더 벌어야겠네요. ――집을 지을 만큼의 자금은 아직 모이지 않았죠?"

"그러네……. 유키, 대금은 전부 선불이지?"

"아니. 선불이기는 한데, 보통은 많아도 반 정도라더라?"

"그럼 괜찮겠네. 현시점에서 금화 600개는 낼 수 있으니까 최대 1200개 정도의 예산은 짤 수 있겠어. 매직 백의 오크를 전부 팔면 잔금도 낼 수 있을 테고."

"그러고 보니 오크 저금이 있었구나."

현금 대신에 모으고 있는 오크 고기. 그걸 팔면 추가로 금화 600개는 확보할 수 있다.

혹시 비가 계속 내려서 사냥을 할 수 없더라도 재정적인 걱정은 없다.

물론 그렇게 되면 집의 공사도 진행이 안 될 테니까 지불도 연기되겠지만.

"그럼 가급적 빨리 주문하기로 하고, 어떤 집으로 만들지 다 같이 생각할까."

"그러네요. 저는 희망사항은 크게 없지만, 아에라 씨의 가게 정도는 아니더라도 기능적인 부엌은 필요해요."

"나는 개인실. 사치를 부린다면, 실내에서 훈련을 할 수 있을 법한 장소가 있다면 더욱 좋지만."

"나는——."

그런 식으로 각자가 의견을 내고 채용하거나 기각하며 결정한 것이 이하와 같은 내용이었다.

· 개인실+손님방으로 도합 방 여덟 개
· 연금술 등에 사용할 연구실 겸 작업실이 네 개
· 설비가 갖추어진 부엌
· 식당과 거실, 그리고 응접실

· 목욕통 설치가 가능한 넓은 세탁실

이것만큼은 갖추도록 하고 그다음에는 우리 논의 중에 기각된 요청도 일단 이야기해서, 예산의 범위 안에서 맡기기로 했다.

예산은 금화 1200개. 선금으로 절반, 완성 시에 나머지를 지불하는 계약으로 한다.

잘만 된다면 다소의 예산 오버는 가능하겠지만 상담이 필요.

방 숫자를 생각하면 예산이 적게 느껴지지만 이쪽은 물가가 다르다.

우리의 감각으로 따지자면 식비 따위와 비교해서 주거비가 저렴하거든.

뭐, 우리는 어차피 초짜. 자세한 이야기는 내일, 직접 상담을 해서 이야기를 매듭짓게 될 듯했다.

◇ ◇ ◇

다음 날은 애석한 날씨였기에 사냥을 쉬기로 하고, 여성진은 셋이 함께 목수를 찾아갔다.

나와 토야한테는 자유 시간 지시가 내려졌다.

『따라올래?』라고 묻기는 했지만 패션이나 인테리어와 관련되었을 때에 여성의 활동력에 대해서는, 일본에서 충분히 이해하고 있는 우리.

당연하게도 사양하고 자유 시간을 선택했다.

"자, 토야. 어떻게 할래?"

아침 식사를 마치자마자 희희낙락해서는 나간 여자애들을 배웅한 우리는, 일단 방으로 돌아와서 오늘의 예정을 이야기하고 있었다.

"어떻게 할까……. 모처럼 시간이 생겼으니까 우리가 산 땅 보러 갈까? 거기라면 넓으니까 모의전을 마음껏 할 수 있다고?"

"토야…… 완전히 뇌가 근육이 되어버려서는……. 전에는 조금 더 멀쩡했는데, 종족에 이끌리는 건가?"

내가 그런 소리를 하면서 우는 시늉을 하자 토야가 쓴웃음 지으며 머리를 긁적였다.

"으~~응, 이전과 비교하면 확실히 몸을 움직이는 게 즐거워진 느낌이기는 해. 원래 세계라면 지금처럼 멋있게 검을 휘두르지는 못했을 테니까! 그리고 능숙해진다는 걸 알 수 있는 게 즐거워."

"아, 그건 알겠어. 나도 창을 제대로 다룰 수 있으면 즐거우니까."

남자라면 틀림없이 이해해줄 감각이겠지.

무술 영화 같은 걸 보면 그만 따라 하고 싶어져 버리는 그 감각.

영화나 만화의 등장인물 같은 일이 실제로 가능하니까 힘도 들어가는 법이다.

다만 일부 만화처럼 황당무계한 기술을 쓸 수 있다든지 그런 건 아니지만.

"뭐, 가장 큰 이유가 살아남기 위해서라는 건 변함없지만. 오크가 상대라도 나 혼자서 몇 마리한테 포위당하면 아마도 죽을 테니까."

"우리는 인간이니까 말이야. 검을 휘둘러서 충격파로 『좌아아아악』 같은 건 못 하고."

"그런 건 너희 마법사의 영역이겠지."

"아니— 내 마법이라면 아마도 무리일 거야. 영창 시간도 필요하고."

정확하게 말하면 필요한 것은 발동을 위한 집중이라 영창 자체는 반드시 필요하지는 않다.

일단 마도서에는 영창 주문이 실려 있지만 그것은 마법의 이미지를 고정하기 위한 보조 같은 것이라서 우리는 기본적으로 주문 이름만 영창한다.

사실 그것조차 필요는 없지만, 마법 발동의 방아쇠로서 실수를 없애는 데에는 도움이 된다.

검도에서 『머리이이이!』 같이 외치면서 휘두르는 이미지 같은 것일까.

그렇다고 하루카가 가진 【고속 영창】 스킬은 무의미하느냐고 묻는다면 그렇지는 않다.

재빨리 주문을 영창할 수 있다는 효과가 있는 것은 물론이지만 오히려 그것은 부산물, 주문을 영창하지 않더라도 마법의 구성부터 발동까지의 시간이 짧아지는 것이다——아마도.

어째서 『아마도』냐고 한다면, 비교할 방법이 없으니까.

나랑 유키에 비해서 하루카의 발동이 빠른 것은 분명하지만【고속 영창】스킬과 관계없이 그녀의 기술이 우리보다 위, 그럴 가능성도 부정할 수가 없다.

실제로 연습을 거듭하면서 마법 발동 시간은 단축할 수 있었으니까.

나나 유키한테 【고속 영창】이 생긴다면 알 수 있겠지만, 이건 복사할 수 없는 스킬이니까…….

"그렇게 생각하면 마법이란 건 무척 수수하네."

"분류하자면 우리는 아직 하급 마도사라는 느낌이니까."

그런 분류가 존재하는지는 알 수 없지만 레벨 3으로는 고작해야 그 정도겠지.

"하지만 토야, 수인이라도 딱히 마력이 없는 건 아니잖아? 어쩌면 검에 마력을 실어서 『마법검!』이라든지 『마인(魔刃)! 좌아아아악』 같은 게 가능할지도 모른다고?"

연금술로 만든 마도구 중에는 사용자의 마력을 쓰는 물건도 있는데, 마법을 못 쓰는 인간이나 수인이라도 그런 마도서를 다룰 수 있다.

그러니까 크기에 차이는 있겠지만 마력 자체는 누구라도 가지고 있을 테지.

"으~음, 가능할까? 나, 마력을 느끼지도 못하는데…… 어떻게 하는 거야?"

"아니, 모르겠어. 내 경우, 처음부터 마법을 쓸 수 있었으니까 그걸 발동할 때의 감각으로 『마력』을 파악했고."

만약 갑자기 『마력의 감각을 파악해라』라고 그래 봐야 알 수 없었을 테지.

몇 번이나 마법을 사용하며 어쩐지 『마력』이라는 것을 느끼게 되었으니까『마력을 조작』하는 것이 가능해졌다.
가르쳐달라고 그래도 가르쳐줄 수 있을 만한 것도 없다.
“어떻게든 안 되나?”
“어떻게든, 이라……. 일단 수인이 마력을 사용해서『마법검』 같은 일이 가능한지 조사해보는 게 먼저 아닐까?”
“……그도 그러네. 도서관 같은 건 없고……. 좋아, 곤란할 때는 디오라 씨. 물어보러 가자.”
“바빠 보인다면 그만두라고? 업무 중이니까.”
“나도 알아. 그럼 그것대로 자료실에서 자료라도 읽지, 뭐. 요전에 읽다 만 그거.”
“……그렇구나. 그럼 나도 따라갈까.”
대단한 자료는 없다고 그러지만 적어도 방에서 혼자 머—엉하니 있는 것보다는 유의미하다.
나는 방을 나가려고 하는 토야를 쫓아서 일어섰다.

후둑후둑 떨어지는 가랑비를 맞으며 방문한 길드는 오늘도 한산했다.
뭐, 이 마을의 길드에 사람이 많은 것은 아침저녁뿐. 비까지 더해지면 이것도 필연이겠지.
디오라 씨도 한가하게 카운터에 앉아 있었지만, 우리가 들어오는 것을 눈여겨보더니 가볍게 인사를 하고 싱긋 웃었다.

"안녕하세요, 디오라 씨. 어제는 신세를 졌어요."

"아뇨아뇨. 모험가분의 서포터는 저희 일이니까요. 개인적으로도 부수입이 조금 있었고요?"

"서로 좋은 거래였다, 그런 이야기군요."

"예, 정말로요. ──그래서, 오늘은? 다른 분들이 없으니까 휴일인가요?"

"그러네요. 날씨가 좋지 않으니까요."

"비가 내리면 베테랑이라도 낭패를 보는 경우가 있으니까 괜찮다고 생각해요. 여러분은 돈에도 여유가 있을 테고요. ……그러고 보니 여러분이 오크를 빈번하게 가져오니까 대규모 소굴이 있는 게 아니냐는 이야기가 나오던데, 짚이는 건 있나요?"

디오라 씨의 물음에 나와 토야는 얼굴을 마주 봤다.

대규모인지는 모르겠지만 소굴 자체에는 짚이는 바가 있었다.

우리는 평소에 내【적 탐지】나 토야의 감각을 의지해서 몇 마리 단위로 행동하는 오크 무리를 노리는데, 그것들의 출현 범위를 바탕으로 그들의 소굴이 있는 장소를 추측, 한 번 정찰에 나섰다.

【조용한 걸음】등의 스킬 때문에 나와 나츠키만 향한 그곳에는【적 탐지】의 반응으로 파악 가능한 숫자만으로도 40 이상.

눈으로 확인하지는 않았지만 적어도 오크 수준의 적이 대량으로 존재하는 것만큼은 확실했기에, 우리는 곧바로 물러나서 그곳을 떠난 것이었다.

그 이후로도 오크는 몇 마리나 쓰러뜨렸으니까 전체적인 숫자는 줄어들었을 테지만…….

"디오라 씨, 대규모라면 어느 정도부터인가요?"
"기준은 오크의 상위종이 있는지에 따르겠지만, 숫자로 정해지지는 않아요. 눈대중으로 대략 30마리. 그걸 넘어서면 상위종이 태어난다고 그래요."
"30마리…… 그렇다면 아마도, 있겠네요. 대규모 소굴."
"역시 그런가요. 가져오시는 숫자를 보면 그럴 거라고는 생각했지만……. 토벌 의뢰를 내야만 하겠네요."
디오라 씨가 뺨에 손을 대고 곤란하다는 듯 한숨을 내쉬었다.
"대규모 소굴은 위험한가요? 우리도 오크는 쓰러뜨릴 수 있으니까 그렇게 큰 위협도 아닌 것 같은데요."
"내버려 두면 규모가 확대되어서 숲의 얕은 지점이나 가도에까지 출몰하게 되니까요. 평범한 여행자나 루키한테는 힘든 상대잖아요? 오크도."
응. 무기를 바꾸기 전에 만났다면 우리도 죽었을 테니까.
지금이야 위태롭지 않게 쓰러뜨리고는 있지만, 오크 자체는 초반에 하마터면 죽을 뻔했던 바이프 베어 이상의 적인 것이다. 결코 쉬운 상대가 아니다.
"보험가가 적절하게 오크를 사냥해준다면 문제없겠지만……."
"오크, 인기가 없나요? 저희는 꽤 벌고 있는데요."
"그러네요. 어느 정도 실력이 있고 매직 백도 가지고 있다면 벌 수 있겠지만, 그렇지 않다면 조금 어중간하거든요. 그게, 고기란 건 무겁잖아요. 몇 마리를 쓰러뜨려도 가져올 수 있는 건 한 마리 정도겠죠?"

오크 한 마리한테서 얻을 수 있는 고기는 300킬로그램 정도.

여섯 명 파티가 분담해서 들더라도 한 사람당 50킬로그램 정도는 된다.

완전판 매직 백이 생기기 전에 우리가 두 마리 분량을 가져올 수 있었던 것은 전적으로 배낭과 『라이트 웨이트』 매직 백이 있었기 때문이었다.

"한 마리라면 한 사람당 금화 대여섯 개니까 그다지 수지가 맞지는 않아요. 게다가 오크는 단독행동을 거의 안 하잖아요? 그렇다면 몇 마리를 쓰러뜨려도 한 마리 분량 이외에는 전부 버리게 되니까 모험가의 심정은 무척 복잡하겠죠."

"아~, 그건 확실히……."

어쩔 수 없다는 건 알면서도 가져가면 30만 엔 이상이 될 물건을 버리고 가는 것은 정신적으로 힘든 부분이 있다. 게다가 그것이 목숨을 걸고 쓰러뜨린 것이라면 더더욱.

"하루카 씨가 만든 배낭 덕분에 최근에는 나아지기는 했지만요. 그래도 두 마리가 한계니까요."

모두가 배낭을 가지고 있다면 한 마리 반 정도, 근성이 있다면 두 마리 분량을 가져올 수 있게 되었으니까 오크의 인기가 올라갔다나.

그래도 금화 열 개가 채 안 되지만 『오크라면 어떻게든 쓰러뜨릴 수 있는』 레벨의 파티라면 그렇게 나쁘지 않은 수입이 된다고 한다.

하지만 두 마리는 너무 무리잖아. 여섯 명 파티라면 100킬로그

램은 들어야 한다고?

……아니, 전투를 생각하면 무리도 아닌가? 원래 세계보다 명백하게 신체 능력이 높은 이쪽의 사람이라면.

"그런데 토벌 의뢰를 낸다면 섬멸하러 갈 모험가는 있나요?"

"아뇨. 솔직히 말해서 안 될 거예요, 이 마을에서는. 토벌 보수가 다소 더해진다고 해도 수지가 맞지 않으니까요."

저랭크 모험가라면 소굴 섬멸 자체가 불가능하고 고랭크라면 미묘한 수입.

결과적으로 의뢰를 내더라도 계속 남아버린다나.

"그럼 어떻게 할 건가요? 피해가 나올 때까지는 방치?"

"아뇨. 영주로서도 손실이 발생하게 둘 순 없으니까, 아슬아슬한 시점에는 보조금을 내려서 길드 주최로 토벌을 진행할 거예요."

길드 주최 토벌이란, 길드가 직접 모험가들에게 이야기를 건네어 많은 숫자로 진행하는 토벌이라고 한다.

강제는 아니지만 충분한 인원을 모으니까 위험성이 낮고, 오크의 소굴이라서 섬멸할 때에는 짐을 나르는 부대도 조직되기에 약간의 수수료만 내면 마을까지 운반을 담당해준다.

그래서 충분한 이익이 기대되니까 모험가를 모으는 것은 그렇게 어렵지 않다나.

"사실은 빨리 실행할 수 있다면 좋겠지만, 보조금이 나오지 않으면 적자가 되어버리니까요. 길드로서도 꽤 힘들어요."

한숨을 내쉬는 디오라 씨의 이야기를 듣자니, 영주는 가도만 안전하다면 문제없으니까 숲에 들어간 모험가에게 피해가 발생한 정도로는 보조금을 내지 않는단다.

모험가 길드는 루키 모험가도 지키고 싶지만 완전히 길드만의 지출로 토벌을 진행하는 것은 어렵다. 결과적으로 가능한 것은 주의 환기 정도.

"그렇군요. 그 전에 우리 파티가 섬멸하면 좋겠지만……."

"어, 아뇨아뇨. 그만 푸념이 되어버렸지만, 위험을 무릅쓰지는 마시라고요? 그러다가 여러분한테 피해가 발생하면 본말전도니까요."

"몇 마리씩 유인할 수 있다면 오크 자체는 어려운 상대가 아니지만요. 오크의 상위 개체는 역시 강한가요?"

"그러네요. 오크 리더라면, 오크를 단독으로 쓰러뜨릴 수 있는 모험가가 몇 명 있다면 그다지 위협이 되지는 않아요. 하지만 최상위 개체, 오크 킹이라면 그 정도 모험가는 간단히 쫓아버린다고 해요. 이 부근에서 나온 적은 없으니까 전해 들은 것뿐이지만요."

오크 리더와 비교해도 그야말로 격이 다르게 강하다고 한다.

물론 우리도 오크 킹이 간단히 쫓아버릴 부류의 모험가겠지.

다행인 것은 『이 부근에서는 나온 적이 없다』라는 디오라 씨의 말인가.

"오크 리더는 비싸게 팔 수 있나요?"

그렇게 묻자 디오라 씨는 쓴웃음 짓고, 조금 말하기 어렵다는 듯 입을 열었다.

"어—, 아뇨. 사실은 그다지. 마석과 가죽은 오크의 두 배 이상이지만, 고기의 맛은 거의 같으니까……. 안전성과 이익을 생각한다면 오크를 두세 마리 쓰러뜨리는 편이 나아요."

그러면서 "그 탓에 의뢰를 받아주시지 않지만요"라고 덧붙이는 디오라 씨.

오크의 이익, 절반 이상은 고기 매상이니까 말이지.

몬스터의 강함과 고기의 맛에 상관관계는 없나 보다.

오히려 강해지면 고기가 딱딱해져서 맛이 떨어지지는 않을까?

참고로 가죽이 비싸게 팔리는 것은 통상적인 오크보다도 질기고 튼튼하기 때문.

반대로 말하면 그만큼 공격도 안 통한다는 거겠지.

"역시나 오크 킹 정도라면 마석이랑 가죽도 굉장히 비싸게 팔린다고 해요. 그래도 강함과 균형이 맞는지는 모르겠지만요."

하지만 역시 고기의 맛은 크게 다르지 않다는 모양이다. 다만 운이 좋다면 진귀한 것을 좋아하는 귀족이 비싸게 사주는 경우도 있으니까 살짝 기대는 가질 수 있다든가.

"아, 하지만 소굴 토벌 의뢰가 나왔을 때라면 오크의 마석은 두 배로 매입할 수 있어요. 오크 리더라면 14000레아예요."

"두 배인가요. 비싸다면 비싸지만…… 고기랑 가죽 쪽이 더 이득인데요?"

"그러네요. 오크는 마석보다 고기 쪽이 비싸니까요."

"가죽이랑 고기 매입 가격에 추가는?"

"……없어요."

그렇구나. 의뢰가 남을 수밖에.

이러면 무리해서 소굴 토벌을 노릴 의미는 없으려나? 굳이 이유를 단다면 우리의 경험을 위해서, 정도일까. 신중파인 하루카는 딱히 찬성할 것 같지가 않다.

"그런데 디오라 씨. 다른 이야기를 좀 하겠는데, 나같이 마법을 못 쓰는 사람이 마력을 사용하는 방법은 모르나요?"

이런, 그랬지. 오늘 길드에 온 이유는 그쪽이었다.

토야의 물음에 디오라 씨는 잠시 생각하고 대답했다.

"으—음, 그건 마도구가 아니라 마력에 따른 신체 강화라든지, 그런 이야기인가요?"

역시 있구나, 신체 강화?!

디오라 씨의 대답에 토야의 꼬리가 흥분한 것처럼 붕붕 움직였다.

"——아! 그런 거예요! 길드 직원이니까 디오라 씨라면 잘 알지 않을까 해서."

"저도 그렇게 잘 아는 건 아니라고요? 그래도 괜찮나요?"

"예, 물론이죠!"

"알겠어요. 으—음, 우선은 그러네요……. 몬스터를 계속 쓰러뜨리면 통상적으로는 생각할 수 없는 레벨로 방어력이 올라간다는 이야기는 아시나요?"

"예. 식칼에 찔리지 않는 거죠?"

토야, 그건 하루카가 비유로 든 이야기야.

저것 봐, 디오라 씨도 의아하다는 표정이잖아.

"어째서 식칼……? 어어, 뭐, 요컨대 그런 이야기예요. 어째서 그렇게 되느냐는 이유에 대해, 현재 두 가지 의견이 있어요."

"두 가지인가요? 고작?"

"예. 간단히 말하면 '원리가 있다는 파'와 '원리는 없다는 파'겠네요."

너무 대충이야!

"'없다는 파'는 『몬스터를 쓰러뜨리는 우리에게 내린 신의 포상』이라든지 『몬스터한테서 신기한 힘을 흡수하고 있다』라든지 다양한 이야기를 하지만, 잘 모르겠다는 점에서는 일치하고 있어요."

흐—음, 우리가 말하는 캐릭터 레벨의 원리인가.

하루카가 설명해준 것도 이쪽 파벌이구나.

"'있다는 파' 쪽이 주장하는 것은 『몬스터를 쓰러뜨리며 마력을 다루는 법에 능숙해져서, 무의식적으로 마력을 통해 신체를 강화하고 있다』라는 설명이에요. 하지만 이건 그다지 지지받지 못해요."

"그런가요? 어떤 의미로는 납득이 되는데요."

가능한지 불가능한지는 제쳐두고, 이치는 맞는 것처럼 들렸다.

하지만 그런 내 말에 디오라 씨한테서 돌아온 것은 쓴웃음이었다.

"그렇다면 나오 씨 같은 엘프는 처음부터 인간보다도 아득히 강해야 정상이지 않나요?"

"……아, 확실히."

마력을 다루는 솜씨에서 엘프가 인간 이상인 것은 거의 상식.

"그렇다면 마력에 따른 신체 강화는 부정된다?"

"그게 그렇다고 말할 수도 없어요. 몬스터를 쓰러뜨리니 뭐니

하는 이야기와는 별개로, 명백하게 보통 이상의 신체 능력을 발휘하는 사람은 있고 그걸 마력으로 한다고 말하는 사람도 있어요. 숫자가 적으니까 아무나 할 수 있는 일은 아니겠지만 불가능하지는 않을지도 몰라요."

"그렇군요……. 반대로 말하면, 그렇게 간단히 가르침을 줄 수 있을 법한 사람은 찾을 수 없다고."

"그러네요, 어렵겠죠."

희망이 있는 것도 같은, 없는 것도 같은 미묘한 느낌이었다.

우리도 마력 조작 정도라면 어떻게든 가르쳐줄 수 있을지도 모르겠지만, 그다음은 토야 본인이 시행착오를 거칠 수밖에 없나?

"그리고 또 하나. 이것도 전해 들은 이야기지만 달인 중에는 맨손으로 바위를 부순다든지 검으로 벽을 쪼갤 수 있다든지, 그런 사람도 있다고 해요. 이런 일들도 마력과 관계가 있을지도 몰라요. 검으로 『부순다』라면 모를까, 보통 『벨』 수는 없으니까요."

"가능성은 있다는 이야기군요. 감사합니다."

"미안해요, 크게 힘이 못 되어줘서……."

"아뇨, 참고가 됐어요. 그리고 온 김에 오크 매입, 부탁할 수 있을까요?"

"아, 예. 오늘도 있군요. 그럼 뒤쪽으로."

디오라 씨와 함께 뒤쪽 창고로 이동한 우리는, 낡은 가방에서 네 마리 분량의 오크를 꺼내어 테이블 위에 놓았다.

"……그 매직 백, 상당한 양이 들어가네요?"

"어느 정도가 일반적인지 모르겠지만, 그럭저럭? 비밀로 부탁해요."

"그건 물론이죠. 이래 봬도 길드 직원이니까요."

최근에는 사냥한 오크를 전부 이 가방에 넣어두고 있는데, 현재까지 더 이상 안 들어가는 일은 없었다.

참고로 실제 매직 백은 이 가방이 아니라 안에 붙여놓은 천 주머니 쪽이었다.

처음에는『가죽 가방에 자수를 놓는 것은 어려우니까 마법진은 잉크로 그릴까』라는 이야기를 했지만『그렇게 할 것 없이 천 주머니를 안에 넣으면 되잖아?』라는 이야기가 나와서, 마대를 가방 안에 딱 맞는 사이즈로 다시 만들어서 붙인 것이었다.

"하지만 주의하시라고요? 이 마을에서는 그다지 걱정할 건 없지만, 치안이 나쁜 마을에서 자칫 알려졌다가는 억지로 손에 넣으려는 사람이 나타날지도 모르니까요."

"충고 감사합니다. 그런 경우에는 어떻게 하면 좋을까요? 반격을 해도 될까요?"

"으음, 솔직히 말씀드려서 마을 밖이라면 죽여 버려도 문제는 없어요. 습격했다면 그냥 도적일 테고 목격자도 없으니까요. ……반대로 습격당할 위험성도 높다는 이야기지만요."

마을 밖에서 사람의 생사 따윈 파악할 수 없고, 스테이터스의 상벌란에『살인』이 기재되는 일도 없다. 현상금이 걸려서 수배서라도 붙지 않은 이상, 마을 출입이 제한되는 일도 없다──아니, 조금 더 정확하게 말한다면 제한할 수가 없는 것이다.

소설에 나올 법한, 범죄 이력을 알 수 있는 마도구라도 있다면 편리하겠지만 이 세계에는 존재하지 않는 모양이다.
"마을 안이라면 대처가 조금 어렵겠네요. 기본적으로는 반격해도 문제가 없지만 주위에 피해가 생긴다면 처벌 대상이 돼요. 그리고 누가 먼저 공격했는지 애매한 상황이라면 잘못했다가는 습격을 당한 쪽이 처벌을 당할지도 몰라요. 가능하다면 도망치는 편이 안전하겠죠."
"으~음, 꽤 어렵네요."
"슬럼에라도 접근하지 않는다면 보통은 마을 안에서 습격당할 일은 없지만요."
이 마을에는 슬럼이라고 할 정도로 심각한 장소는 없지만, 다른 마을에는 자칫 발길을 들였다가는 모조리 털리고 길 한구석에 굴러다니게 될 법한 곳도 있다나.
그런 장소라면 취급은 마을 밖과 거의 다름이 없으니까 사양 않고 반격해버리면 된다든지……. 너무 무섭다.
"예, 그럼 이쪽이 고기 대금이에요. 마석 쪽은 일단 돌려드릴게요. 오크 소굴 토벌 의뢰가 나온 뒤에는 두 배가 되니까요. 그때까지 모아두는 편이 이득이에요."
"저기, 괜찮나요?"
우리에게는 고마운 일이지만 길드로서는 손실이 된다.
의뢰가 나오기 전에 쓰러뜨렸으니까 대상에서 제외된다고 그래도 전혀 이상하지 않은데…….
내가 무심코 되묻자 디오라 씨는 한쪽 눈을 감고 짓궂게 웃었다.
"비밀이라고요? 여러분의 오크 고기 덕분에 길드도 무척 벌고 있으니까요. 그것들을 도매로 파는 것만으로도 상당한 이익이 되거든요."

"하하…… 저희도 고기를 팔러 가는 건 귀찮으니까요."

터스크 보어를 사냥하기 시작한 초기에야 우리도 푸줏간에 팔러 갔다지만, 최근에는 오로지 길드에 전부 팔아치우고 있었다.

푸줏간에 팔러 간다면 확실히 조금 비싸게 팔 수 있겠지만 교섭 작업이 필요하고, 오크 정도의 양이라면 한 곳에서는 전부 매입하지 못하는 경우도 있다.

그런 점에서 세세한 교섭 없이 규정된 가격 그대로 전부 매입해주는 길드는, 우리에게도 무척 도움이 되는 존재였다.

"아마도 며칠 안으로는 의뢰서가 나올 것 같으니까 확인해주세요. 의뢰 자체를 한 파티가 맡는 것은 추천할 수 없지만 마석의 이익은 늘어나니까요."

디오라 씨는 그러면서 미소 지었다.

처음 방문한 모험가 길드의 자료실은 솔직히 '자료실'이라는 이름에서는 상상할 수 없는 수준으로 빈약했다.

세 평도 채 안 되는 방에 작은 책상과 의사 네 개.

그 위에 놓여 있는 책자가 불과 네 권.

그것이 전부였다.

책자 제목은 『주변의 생물, 몬스터』『동쪽 숲』『남쪽 숲』『약초, 기타』로 아무런 장식도 없는 내용. 두께도 그다지 두껍지 않았다.

"이건, 생각 이상으로……."

"그렇지? 나츠키는 하루 만에 전부 독파한 모양이더라고?"

"그렇겠네."

열심히 하면 나라도, 읽는 것뿐이라면 어떻게든 될 것 같다.

지식으로 확실히 익힐 수 있을지는 별도의 문제겠지만.

"나도 오늘 중으로는 전부 읽을 거야. 얼마나 기억할 수 있을지는 모르겠지만 그건 【감정】 스킬에 기대해야겠지."

"비망록…… 아니, 일종의 기억 스킬 같은 건가."

한 번 훑어보는 것만으로 【감정】의 표시에 반영된다면 무척 편리하다.

단점은, 대상물을 보고 【감정】해야만 알 수 있다는 점인가.

지식으로 익혀둔다면 『특정한 병에 효과가 있는 약초를 떠올린다』 같은 일도 가능하겠지만 【감정】에 의지한다면 그 약초를 직접 보고 【감정】을 해서 설명문을 읽어야만 알 수 있다.

물론 그것만으로도 충분히 편리하고, 윈도로 표시되니까 잘못 기억할 걱정이 (아마도) 없다는 것은 무척 유리한 점이겠지만.

"그래도 신체 강화, 확실하지는 않지만 희망은 생겼네! 나도 조만간에 『뭐시기 슬래시!』 같은 말로 적을 벨 수 있게 될까?"

"진짜 말하려고? 살짝 부끄러운 기술명을? 굳이?"

"……역시 부끄럽나?"

"토야가 하고 싶다면 나는 말리진 않아. 모험 중에 사용하는 것도 딱히 상관없어. 다만…… 다른 사람들 앞에서 한다면 모르는 척할지도?"

"너무해! 『저런 멋있는 기술을 쓸 수 있는 검사님은 누구야?』가

될지도 모르는데!"

"그걸로 『동물 귀 아내를 겟!』인가? 대체 무슨 상황이냐고, 토야의 타깃이 될 법한 사람 앞에서 쓴다는 건."

"그야…… 정석이라면 마을에서 폭력배한테 습격을 당한 미소녀, 가도에서 도적에게 습격당한 마차와 거기 탄 미소녀, 투기 대회에서 토너먼트를 승리한 나, 그걸 보러온 미소녀라든지?"

"너무 꿈이잖아. 아까 마을 안에서 섣불리 무기를 뽑았다가는 위험하다는 이야기를 들었으면서. 『뭐시기 슬래시!』를 사용했다가 피해가 발생한다면 붙잡힌다고?"

그런 특수한 기술이 필요한 적을 상대하면서 주위에 피해가 발생하지 않도록 대처한다니 아마도 무리다. 그리고 피해가 발생하지 않도록 스마트하게 일을 수습할 수 있는 레벨로 성장했다면 도리어 『뭐시기 슬래시!』 따위는 필요 없겠지.

"마차의 경우에는 어떨까? 정석대로 도울 수 있다고 단정할 수는 없잖아? 토미랑 같이 온 녀석들…… 누구였더라?"

"이것 참, 기억 좀 해줘. 으~~~음…… 타나카랑 타카하시."

"토야도 비슷하잖아. ――그 녀석들의 실패를 되풀이할 것까지야 아니더라도, 제대로 될 가능성이 더 낮겠지."

애당초 도적이 마차를 습격하는 상황이란 어떤 상황일까?

위험한 가도를 가는 상인이나 여행자, 혹은 습격당할 이유가 있는 귀족. 그런 정도일까.

도적도 바보가 아닌――지 어떤지는 미묘하지만, 보통이라면 이길 수 있는 상대가 아니고서야 습격하지는 않을 터.

그런 상황에 우리가 참전해서 어떻게 될까?

인원수 차이가 적다면 사투를 펼쳐서 격퇴할 수 있을지도 모른다.

하지만 우리 쪽에 희생이 나오지 않는다고 할 수 있을까?

설령 습격당하는 것이 미소녀나 어린아이라고 해도 모르는 상대를 구하기 위해서 동료가 희생될 가능성이 있다면 나는 전투를 피한다. 『여자와 아이는 구한다』 같은 영웅주의 따위보다 자기 지인이 소중한 이기주의자인 것이다.

귀족이라면 더더욱 말할 것까지도 없다.

호위를 쓰러뜨리고 표적을 죽일 수 있을 정도의 습격자와 우리가 맞선다면 상당한 확률로 희생이 발생한다.

애당초 갑자기 가세하러 나타난 우리를 귀족이 아군으로 인식해줄지조차 의심스럽다.

역시 클리셰적인 구조를 진행하려면 클리셰적인 치트 능력이 필요하겠지.

"투기 대회도 눈에 띄려면 상위 열 명 수준의 레벨은 돼야 하잖아? 나라 전체에서 그런 레벨이라면 우리한테는 무리 아닐까? 애당초 투기 대회가 있는지조차 알 수 없지만."

"그런 말을 들으면 마음 아파! 장기적으로는 몰라도 젊을 동안에는, 말이지……."

치트가 없는 우리는 평범하게 훈련을 쌓아서 강해질 수밖에 없는 것이다.

수십 년이나 훈련을 거듭한 베테랑이라도 나온다면 그냥 지겠지.

훈련을 계속한다면 이길 수 있게 될지도 모르겠지만 그것이 수십 년 뒤라면 미소녀한테 칭송을 받아서 잘하면…… 같은 토야의 목적에는 합치하지 않는다.

"——아니, 잠깐만 기다려봐? 이 세계는 우리 세계와는 인구가 다르잖아? 그렇게 생각하면『나라에서 최고』도『현 대회 우승』이나『시 대회에서 우승』수준 아닌가? 그렇게 생각하면 가능성도……."

"확실히 그 말만 들으면 가능할 것 같은데……."

시 중에도 인구가 백만을 넘는 곳은 있고 현이라면 수백만. 이 나라의 인구는 모르겠지만 이것들보다 적을 가능성은 높다. 높지만——.

"아니, 무리겠지."

"어째서?"

"우선 경기(?) 인구 비율이 달라. 몬스터가 평범하게 있는 세계라고? 상당한 비율로 싸울 수 있는 사람이 있을 테지."

"뭐, 확실히."

"또 하나는, 사람은 적어지더라도 전체의 레벨이 내려가지 않는다면 관계없잖아?"

예를 들어『인구가 두 배로 늘어나면 가장 강한 사람이 두 배로 강해지는 일』은 없듯이,『인구가 절반으로 줄어들면 가장 강한 사람이 반쯤 약해지는 일』도 있을 수 없다.

인구가 많으면 층은 두꺼워지고 더욱 강한 사람도 나올 거라고는 생각하지만, 적다고 해서 간단하게 상위 입상을 하는 건 불가능하겠지.

"으음. 뭐, 확실히. 현 대회에 전국 우승자가 있을 가능성도 평범하게 존재하니까. 대회 레벨이 반드시 낮을 리도 없나."

팀 전이라면 인구가 많은 편이 강한 녀석을 모으기 쉽다는 점은 있을 테지만.

결국에 노력해서 강해지지 않는다면 투기 대회에서 눈에 띄는 건 불가능하겠지.

그리고 그건 하루아침에 가능한 일이 아니다.

"하지만! 그런 것보다도 가장 꿈 그 자체인 건 전부 『미소녀』라는 부분이야! 그렇게 형편 좋은 일이 있겠냐고!!"

나오는 캐릭터가 전부 미소녀인 것은 더없이 편의주의적인 게임이나 소설뿐이다.

솔직히 말해서 이 세계에 온 뒤로 만난 미소녀는 아에라 씨뿐이었다.

만난 사람 대부분은 아저씨, 아줌마이지 미인 여종업원 따위를 만난 적은 없다.

젊은 점원이 있던 것은 사르스타트의 여관과 이 마을에 있는 조금 고급스러운 카페뿐이고, 그곳의 점원도 미소녀라고 할 수 있을 정도의 외모냐고 묻는다면 살짝 미묘.

디오라 씨는 아직 '누님'의 범주라고 생각하지만 미**소녀** 카테고리에서는 조금 벗어나 있다.

"아니—, 거기선 꿈을 가져야지! 아저씨 무리가 『우오오오오!!』 하면서, 굵직한 응원을 보내는 건 상상해봤자 공허하잖아?"

"현실을 봐. 미소녀 비율은 그렇게 높지 않아. 정석 이벤트로 조우하더라도 그게 미소녀일 가능성은 아마도 1퍼센트 이하야."

오히려 0.1퍼센트라도 많을지도 모른다.

특히 위험한 마을 밖을 다니는 상인 따위에 소녀라는 나이대의 여자가 포함될 가능성은 지극히 희소하겠지. 그리고 그런 여자가 미소녀? 없다고 없어.

"그런가? 이 마을도 귀여운 아이, 평범하게 돌아다니잖아. 우리하고는 인연이 없을 뿐이지. ──나오는 미소녀의 기준이 너무 높다고 생각해."

"그런가?"

딱히 그럴 생각은 없는데…….

"그러네……. 예를 들면 텔레비전에 나오는 수십 명의 아이돌 그룹, 어떻게 생각해? 미소녀인가?"

"어? 으~음, 별로 흥미는 없으니까 자세히 본 기억은 없지만…… 딱히 그렇게 생각하지는 않아."

결코 못생겼다고 할 생각은 없지만 특별히『미소녀!』라고 떠들어댈 정도도 아니라고 생각한다.

애당초 그녀들은『소녀』라고 할 나이일까?

흥미 없으니까 나이도 잘 모르거든.

"그렇게 말하는구나, 역시. 일반적으로는 미소녀의 범주라고, 그 정도는. 취향의 문제는 있더라도."

"그런가……."

그런 시선으로 텔레비전에 비치는 아이돌을 본 적 자체가 거의 없으니까 말이지.

솔직히 크게 흥미가 없고, 가수 같은 경우에도 노래가 좋다면 외모는 별로 신경 쓰지 않는다.

오히려 앨범에 동봉된 책자에서는 가사밖에 안 보니까 노래와 가수의 얼굴이 일치하지 않는 수준이다.

딱히 상관없잖아? 노래를 듣고 싶은 거니까.

"나오는 그거야. 근처에 하루카가 있다는 게 문제. 그리고 유키랑 나츠키도. 평가가 그녀들 기준이 되어 있어."

"그런 건…… 아니라고는 못 하겠네. 하지만 그건 토야도 마찬가지잖아."

옛날부터 알고 지내며 가족이나 마찬가지인 내가 봐도 하루카는 미소녀라고 할 수 있을 외모라고 생각한다.

유키와 나츠키의 경우에는 그건 마찬가지.

무의식적으로 비교하는 게 아니냐고 그런다면 부정할 수는 없다.

하지만 그런 식이라면 같이 있는 경우가 많은 토야도 똑같을 테지.

"나는…… 뭐, 그건 그래. 그 애들은 귀엽지. 하지만 그건 옆으로 제쳐두고, 다른 아이도 귀여워. 다른 범주야."

"그건 뭐냐고……. 뭐, 아무래도 상관없는 일인가. 그런 것보다도 자료를 읽어야지. 바보 같은 이야기를 하려고 여기 온 게 아니잖아."

"그도 그러네? 어째서 이런 이야기가……. 아, 신체 강화 이야기부터던가."

"그래, 토야가 『신체 강화로 강해져서 여자한테 인기를 얻고 싶다』 같은 소리를 시작했으니까."

"미묘하게 달라……."

토야는 살짝 불만스럽다는 표정을 지었지만 요점은 맞다.

뭐, 동기는 어쨌든 『뭐시기 슬래시!』를 익히려고 노력하는 것 자체는 아무 문제도 없으니까 열심히 해달라고.

하지만 신체 강화가 마력에서 유래된 것이라면 오히려 나랑 하루카 쪽이 더 습득하기 쉽지 않을까?

설마 마법을 못 쓰는 토야에게 마력 조작에서 지지는 않겠지.

기초 근력에서는 크게 지고 있으니까 마력으로 끌어올려서 조금이라도 대항할 수 있도록——응? 근력을 끌어올려?

"저기, 토야. 나 지금 문득 떠올랐는데, 토미가 가진 【근력 증강】은 일종의 신체 강화 아닌가?"

"……그러게?! 마력을 사용하는지는 모르겠지만, 몇 배나 더 힘을 낼 수 있는 건 확실하잖아? 잠깐 가서 물어볼까?"

일어서려던 토야의 손을 잡아당겨서 앉혔다.

"잠깐잠깐, 진정해. 토미는 일하고 있을 텐데. 기껏 취직했는데 방해할 생각이야?"

"이런, 그랬지. 우리처럼 자유업이 아니구나."

"자유업…… 참으로 미묘한 울림이야……."

제대로 돈을 버는 자유업도 있고…… 아니, 그런 게 대부분이겠지만 일하지 않는 백수도 스스로를 '자유업'이라 주장하는 모양이라 미묘한 말이었다.

"토미도 슬슬 '졸음의 곰'으로 숙소를 옮길 테니까 그때라도 물어볼까."

"어, 그래?"

처음 들었다. 애당초 나는 처음에 헤어진 뒤로 만난 적이 없지만.

토야 쪽은 일을 소개하고 삽을 만든 뒤로도 몇 번 정도는 만난 모양이다.

"응. 지금 있는 곳은 꽤나 지독하다고 그래서. 조금 여유가 생기면 옮기고 싶다고 했거든. 역시 식사가 힘든가 봐."

"일본인한테는 힘들지, 이 세계의 식사. 아, 아에라 씨 가게라든지 우리 여관이라든지, 맛있는 곳도 있나."

"하지만 토미는 에일을『그럭저럭 마실 수 있다』라고 그랬어."

"어, 진짜로? 그걸?『무리하면 마실 수 있다』가 아니고?"

마시라고 그러면 마시겠지만 돈을 내서 마실 생각은 안 드는 음식이었는데.

같은 돈을 낸다면 물을 사는 편이 그래도 낫다.

그리고 '졸음의 곰'에서는 물을 공짜로 받을 수 있으니까 에일을 살 이유는 전무했다.

"지금 여관의 식사는 맛이 없고 '졸음의 곰'에서 먹는 식사는 맛있었다고 그러니까, 취향의 문제나 종족 차이 아닐까."

"드워프니까…… 그럴 것 같기도 하네."

드워프에 대한 내 이미지는『알코올이라면 메틸이라도 마셔버리겠다!』같은 느낌이다.

"뭐, 캐릭터 메이킹 그대로 행동할 수 있는 모양이니까 그 녀석에게는 나쁜 일이 아니겠지. 그 얼굴로 『에일은 못 마셔. 물로 부탁하지』라는 건 좀, 그렇지?"

"【술고래】를 찍었을 정도니까. 온다면 나도 이야기를 들어볼까. 신체 강화, 가능할지도 모르니까."

"나오가 배워준다면 나도 고맙지. 토미보다도 가르쳐달라고 하기 편하니까."

"가능하다면 노력해볼게. ——그럼 이제 자료를 읽을까."

"어, 그래."

그러면서 토야가 손에 든 것은 『남쪽 숲』의 자료.

흠. 『동쪽 숲』은 이미 읽었나.

그럼 나는 『주변의 생물, 몬스터』로 해볼까.

하지만…… 자료실이라는 이름 그대로, 정말로 '자료'구나.

십몇 장의 종이를 끈으로 묶었을 뿐인 간소한 물건.

전부 수기이고 팔락팔락 훑어본 느낌으로는, 사진은 물론이고 일러스트조차 없었다.

조심스럽게 말해도 '책자'. 절대로 '책'이 아니다.

조금 빈약하지만 뭐, 없는 것보다는 낫겠지.

일단 첫 페이지를 펼쳐봤다.

【몬스터란】

몬스터란 체내에 마석을 가진 생물의 총칭입니다.

사람에게는 해악이니까 발견한 경우에는 토벌할 것을 바랍니다만, 피아의 전력을 분석하여 때로는 철수하는 용기를 가지는 것도 중요합니다.

몬스터와 기타 동물의 차이는 마석 외에도 몇 가지 있습니다.

하나는 투쟁심.

많은 경우, 동물은 자신에게 위험이 없는 한 습격하지는 않습니다만 몬스터는 다릅니다. 사람을 보면 먼저 습격을 가합니다.

명백하게 상대의 숫자가 많을 경우에는 도망치기도 하지만 고위 몬스터가 아니라면 전력 분석을 거의 하지 않으니까 단순히 동료가 많으니까 안심, 그렇게 생각하다가 허를 찔릴 수 있습니다.

또 하나는 구역.

동물은 자신의 영역에 같은 종의 동물이 들어오면 쫓아내려고 하지만, 몬스터의 경우에는 같은 종의 몬스터로 무리를 만드는 경우가 많은 것으로 보입니다.

동물과는 반대로 다른 종의 몬스터가 자신들의 영역으로 침입한다면 격퇴하려고 합니다.

그래서 한 구역에서 여러 종류의 몬스터와 만날 기회는 그리 많지 않습니다.

복수의 몬스터가 공존하는 경우, 그 몬스터들의 생태가 크게 다르든지(지상에서 활동하는 몬스터와 하늘이나 땅속에서 활동하는 몬스터 등), 먹이로 삼는 것이 다르든지, 그런 이유가 있습니다.

다만 던전 같이 특수한 환경에서는 이것들이 적용되지 않으니까 주의가 필요합니다.

【몬스터로 돈을 번다】

몬스터에서 확실하게 돈이 되는 것은 마석입니다.

대부분의 경우에는 심장 근처나 몸의 중심 부분, 드물게 머릿속에 있기도 합니다만 채집에 기술이 필요 없고 자리를 차지하지 않으며 보존도 간단하니까 꼭 확보하는 것을 추천합니다.

오크 따위처럼 고기나 가죽이 팔리는 몬스터도 존재합니다만 해체 기술이 필요하니까 경험자에게 배워두는 편이 좋겠죠.

어떤 부위가 돈이 되는지 모른다면 기껏 쓰러뜨린 몬스터도 대부분을 그냥 버리게 될 수 있습니다.

금전적인 여유가 있다면 몬스터 사전 따위를 구입해서 예습을 해두도록 합시다.

이런 예습은 토벌 후의 금전적인 부분만이 아니라 토벌 시의 안전성 향상으로도 이어집니다.

몬스터 때문에 무언가 피해가 발생했을 경우, 혹은 발생할 것으로 예상되는 경우에는 길드에 토벌 의뢰가 붙는 일이 있습니다.

그 경우에는 통상적인 판매 이익 이외에 토벌 보수가 지불됩니다.

토벌 증명은 마석으로 대응되는 경우도 있습니다만 토벌 증명 부위를 요구하는 경우도 있으니까 의뢰 내용 확인은 중요합니다.

흠흠.

모험가에게는 상식일지도 모르지만 이런 설명이 제대로 있다는 것은 고맙네.

나머지는 이 부근에 서식하는 몬스터와 동물 해설인가.

일단 오크를 읽어볼까. 지금 가장 관계가 있는 상대이고.

【오크】

멧돼지가 커져서 이족보행을 하는 것 같은 몬스터.

몸길이는 3미터를 넘고 옆으로도 두껍다.

몸통박치기를 제대로 당한다면, 평범한 인간이라면 즉사할 것이다.

움직임은 그다지 빠르지 않지만 거구에서 펼쳐지는 그 공격은 무겁기에, 받아내는 것보다도 피하는 것을 염두에 두고서 대처해야 한다.

마석 외에도 가죽과 고기를 팔 수 있어서, 쓰러뜨릴 만큼의 실력이 있고 거구를 옮길 수만 있다면 효율 좋은 사냥감이라 할 수 있다.

상위종으로 오크 리더가 존재하고, 오크가 수십 마리 이상의 소굴을 만들면 탄생한다고 알려져 있다.

일반적으로 체격은 통상적인 오크의 1.5배 정도.

혼자서 대처할 생각이라면 오크 네 마리를 동시에 가뿐히 상대할 수 있을 정도의 실력이 필요하다.

통상적으로는 여럿이서 둘러싸고 공격을 피하면서 조금씩 깎아내는 편이 안전할 것이다.

더욱 상위종으로 오크 캡틴, 오크 제너럴, 오크 킹이 존재한다.

체격은 그다지 변화가 없지만 강함은 각각 네 배씩 올라간다고 생각하는 편이 나을 것이다.

얕보고 섣불리 손을 댄다면 간단하게 다진 고기가 되어버릴 것은 틀림없다.

다소 랭크가 높은 파티로 대처할 수 있는 것은 오크 캡틴까지, 그 이상의 상위종이 나올 경우에는 재빨리 철수를 고려해야 한다.

외견적인 차이는 적으니까 상위종을 발견했을 경우에는 거느린 오크의 숫자, 그리고 엄니 크기를 주시해야 한다. 기본적으로 상위종일수록 엄니가 크다고 한다.

참고로 오크 제너럴 이상이 되면 오크 캡틴 이하의 하위 종을 거느리는 경우가 대부분이니까 상위종이라는 사실은 바로 알 수 있다.

반대로 말하면 토벌 시에는 여러 상위종과 대치하게 되지만.

그리고 오크 킹과 만난 적이 있는 모험가에 따르면, 『한번 보면 위압감으로 바로 알 수 있다. 오크 제너럴 이하와 착각할 일은 일단 없다』라고 이야기했다.

다만 이 모험가는 오크 킹과 만나서 생환할 수 있는 레벨이니까 저랭크 모험가가 상대의 강함을 판단할 수 있는지는 분명치 않다.

오크 상위종은 네 종류나 있나.

네 배씩 강해진다는 건…… 오크 킹은 통상적인 오크 256마리 만큼이나 강하다고?!

응, 혼자서 쓰러뜨릴 수 있을 적이 아니겠네.

원거리부터 마법으로 저격을 되풀이하면 어떻게든 될지도 모르겠지만, 어지간히도 장소가 좋지 않고서야 제대로 쓰러뜨리기 전에 접근해서는 나를 다진 고기로 만들어버리겠지.

지금의 우리라면 전원이 덤벼서 오크 리더까지는 쓰러뜨릴 수 있을까?

……아니, 나츠키라면 혼자서도 이길 수 있을지도 모른다.

통상적인 오크라면 일격으로 쓰러뜨리고, 아무리 네 배 강하더라도 한 마리라면 포위당할 위험은 없을 테니까.

방법에 따라서는 오크의 소굴도 어떻게든 되나……?

이어서 다른 몬스터도 읽었지만 실려 있는 숫자가 의외로 적어서 금세 다 읽어버렸다.

이건 이 근처에는 몬스터가 적다고 생각해야 할지, 아니면 처음에 적혀 있었던 것처럼 『직집 몬스터 사전을 사서 공부해라』라고 생각해야 할지…….

일단 훑어본 것뿐이라서 특징적인 부분 말고는 기억나지 않지만 【감정】을 가진 토야가 있으니까 세세한 내용은 그때마다 물어보면 되겠지.

『주변의 생물, 몬스터』를 덮고 토야에게 시선을 향했더니, 처음에 들고 있던 『남쪽 숲』은 전부 읽었는지 지금은 『약초, 기타』를 읽고 있었다.

나는…… 『동쪽 숲』인가. 지금 들어가고 있는 장소니까.

【동쪽 숲】

이 마을 주변에서는 루키에게 적합한 사냥터입니다.

가도 옆으로는 몬스터가 출현하지 않아서 비교적 안전하게 약초 채집이 가능합니다.

이따금 터스크 보어가 출현합니다만 눈을 떼지 않고 천천히 떨어지면 공격당하지는 않습니다. 다만 새끼를 키우는 시기나 흥분했을 때에 운 나쁘게 마주치면 돌진하니까, 그때는 포기하고 싸웁시다.

제대로 쓰러뜨린다면 고기와 가죽으로 돈을 받을 수 있습니다. 몬스터가 아니니까 마석은 없습니다.

안으로 들어가면 고블린이나 홉고블린, 오크 등이 출현합니다.

고블린이나 홉고블린은 루키라도 위협이 되지 않는 몬스터입니다만, 오크와 대치하는 경우에는 어느 정도 수준의 무기를 준비해야겠죠.

루키가 싸구려 무기를 사용하더라도 공격이 전혀 통하지 않습니다.

고블린들의 영역과 오크의 영역 경계는 분명하지 않으니까 부주의하게 안으로 들어갔다가 오크에게 살해당하고 마는 루키는 끊이지 않습니다. 최소한 터스크 보어를 일격으로 쓰러뜨릴 수 있게 될 때까지는, 몬스터가 있는 영역으로 들어가지 않도록 하는 편이 낫겠죠.

그곳에서 더욱 안쪽으로 들어가면 산맥 기슭에 펼쳐진 숲에 다다릅니다.

이 부근은 오거 등등 루키로서는 꼼짝도 할 수 없는 몬스터가 출현하게 됩니다.

그곳으로 들어갈 수 있을 만큼의 역량이 있다면 그대로 남쪽 숲으로 사냥터를 바꿉시다.

그게 더 안전하게 벌 수 있습니다.

이곳에서 서쪽으로 뻗어 있는 산맥을 따라서는 탐색이 진행되지 않았으니까 웬만큼 자신이 없는 한 들어가는 것은 추천할 수 없습니다.

출현하는 몬스터에 대한 정보는 거의 전무하지만 오거를 쓰러뜨릴 수 있는 모험가가 행방불명이 되었다고 한다면, 그곳의 위협도는 이해할 수 있지 않을까요.

흠. 오크의 영역 이후로는 당분간 들어가지 않는 편이 낫겠네.

그다음 페이지는 구역 단위로 잘 자라는 약초 따위의 설명이 이어지고…….

아, 오크 범람에 대한 기술을 발견.

【오크 범람】

동쪽 숲에서는 몇 년에 한 번, 오크 범람이 발생합니다.

토벌되지 않은 오크가 집단을 이루어 소굴을 만들고 세력을 확대, 가도 주변까지 모습을 드러내는 현상입니다.

이 시기에는 가도 옆의 숲이라도 위험하니까 루키는 게시판에 붙는 주의 정보를 잘 확인해서 징조를 놓치지 않도록 합시다.

또한 숲 가장자리에서 오크를 발견했을 경우에는 반드시 길드에 보고합시다.

그것이 자신들의 목숨을 지키는 길입니다.

오크가 토벌된다면 범람은 일어나지 않지만, 운반이 어렵기 때문에 오크는 그다지 인기가 없습니다.

매직 백을 가진 모험가라면 모쪼록 열심히 토벌해주었으면 합니다.

오크 범람이 확실해지면 모험가 길드 주최로 토벌이 진행됩니다.

그때는 오크 운반에 보조가 있으니 쓰러뜨릴 수 있을 만큼의 실력을 가진 모험가는 참가를 추천합니다.

실력만 있다면 상당한 수입을 예상할 수 있겠죠.

디오라 씨의 설명과 같은 내용이네.

——그보다도 이거 설마 디오라 씨가 쓴 건가?

설명문이 이 마을을 전제로 하는 데다가 참으로 손수 만들었다는 느낌이 넘쳐나는 책자니까.

쓸데없이 어렵게 적혀 있지 않으니까 알기 쉬워서 좋다.

그 밖에 신경 쓰이는 부분은…… 그레이트 샐러맨더가 실려 있네.

【노리아 강】

라판 마을의 동문으로 나가서 반나절 정도 걸어가면 사르스타트라는 마을이 보입니다.

이 마을 옆을 흐르는 강이 노리아 강입니다.

라판 동쪽에 있는 숲은 이 강 옆까지 이어집니다.

수심은 깊고 강폭도 있으니까 걸어서 건너는 것은 어렵습니다.

헤엄쳐서 건너는 것도 추천하지 않습니다. 운이 나쁘면 몬스터에게 습격을 당할 위험성이 있습니다.

그냥 사르스타트의 나루터를 이용하죠.

이 강을 상류 방향으로 하루 정도 걸어가면 강폭이 좁아지고 맑은 물로 바뀝니다.

이 부근에는 그레이트 샐러맨더가 서식하고 있습니다.

그레이트 샐러맨더는 식재료로 귀하게 여겨지니까 포획할 자신이 있다면 토벌에 나서는 것도 괜찮겠죠. 동물이니까 그다지 위험하지는 않습니다.

다만 쓰러뜨린 뒤에는 그 자리에서 얼리지 않으면 매입할 수 없으니까 그것이 가능한 마법사, 혹은 쓰러뜨린 상태 그대로 운반 가능한 매직 백이 필요합니다.

서식 장소까지 왕복한다면 이틀 이상인가.

이러고서 장수도롱뇽 한 마리당 금화 스무 개니까, 좀 그런데? 오크 쪽이 더 돈이 된다.

다른 목적이라도 없다면 갈 의미가 없겠네, 이건.

맑은 물이라고 적혀 있으니까 맛있는 민물고기라도 낚을 수 있으려나?

사르스타트에서 먹은 민물고기는 조심스럽게 말해서 쓰레기였지만, 산천어나 은어 같은 물고기라도 잡을 수 있다면 소금구이로 먹어도 맛있을지도 모른다.

안타깝게도 자료에, 생선에 대한 정보는 실려 있지 않나.

"나오. 나는 전부 읽었는데, 너는?"

그런 생각을 하고 있었더니 책자를 테이블에 내려놓은 토야가 그렇게 말을 건넸다.

"『남쪽 숲』이랑 『약초, 기타』는 아직이야. 그것 말고는 대략 읽었는데."

"그런가. 어떻게 할래? 슬슬 점심시간인 것 같은데……."

"어떻게 할까. 여자애들, 돌아왔으려나?"

점심 식사는 딱히 어떻게 하자고 정하지는 않았지만, 돌아왔다면 아에라 씨 가게에 먹으러 가는 것도 괜찮겠지.

사치를 부릴 생각은 없지만 우리는 연일 너저분한 오크를 잡고 있다. 그 정도 힐링을 원하더라도 충분히 용납된다고 생각한다.

"반나절이나 있었으니까 주문은 끝났을 것 같지만…… 집, 이니까."

"그러네."

일본이라면 집을 세우는 논의가 반나절 정도로 끝날 리가 없다.

하지만 이 세계에서는 세세한 부분은 목수에게 맡기니 길게 논의할 내용도 없을지도 모른다.

"……일단은 한번 돌아갈까. 여기서 생각해봐야 소용없으니까."

"그래. 없으면 둘이서 먹으러 가자. 맛있는 밥을."

그러면서 함께 고개를 끄덕인 우리는, 자료를 테이블 위에 정리해두고 길드를 뒤로했다.

여관으로 돌아와서 여성진의 방을 방문했더니 세 사람은 이미 돌아와 있었다.

역시 그렇게 세세한 논의는 없이 우리 쪽의 희망 사항과 예산, 그리고 간단한 질문에 대답하는 정도로 주문은 끝나버렸다고 한다.

"그래서 날짜는 얼마나 걸려?"

"날씨에 따라서도 다르다지만 두세 달. 늦어도 해가 바뀌기 전에는 완성된대."

해가 바뀌기 전이라면 이미 네 달도 채 안 남았다.

커다란 집이라는 것을 고려하지 않더라도 무척 빠르다.

"선금을 턱 지불했고 예산이 그렇게 빡빡하지 않은 것, 그리고 돈을 못 낼 것 같지는 않다는 게 높은 평가였나 봐."

"선금은 제쳐놓고, 돈을 못 낼 것 같지는 않다는 건?"

우리가 모험가라는 건 알더라도 수입을 알 수 있을 정도로 유명하지는 않을 텐데.

"아에라 씨의 가게랑 관계있는 모양이던데? 자신들이 손을 댄 가게니까 이따금 먹으러 간다는데, 우리가 고기를 판다는 것도 알았대."

"고기 가격을 생각하면 회수는 어렵지 않다고 생각했나."

실제로 필요한 만큼의 고기는 가지고 있으니까.

"나오 군이랑 토야 군은 뭘 했나요?"

"우리는 길드에 가서 디오라 씨한테 이야기를 듣거나 자료를 읽거나, 그랬어."

이야기가 나온 김에 오크 소굴이나 범람에 대한 이야기도 전해뒀다.

나츠키는 자료를 읽은 만큼 범람에 대해서는 조금 생각하던 모양이지만, 마석의 매입 가격이 오른다는 것이나 길드 주최 토벌 등에 대해서는 몰랐나 보다.

하루당 네 마리의 마석을 가져간다고 치면 금화 열두 개가 늘어나는 셈이니까 가르쳐준 디오라 씨에게는 감사할 따름이다.

"저기저기, 그보다 나 지금 배고픈데. 너희도 안 먹었잖아?"

꼬르륵 소리와 함께 말로도 공복을 호소하는 토야를 보고 여자애들이 쓴웃음을 지었다.

"그래. 너희가 돌아온 다음에 먹자고 생각했으니까."

"그럼 아에라 씨 가게에 가지 않을래? 오늘의 메뉴는 돈가스가 나온다던데?"

"그래? 잘 알고 있네?"

"어제 납품할 때, 살짝."

그 가게에는 정기적으로 고기를 전달하고 있는데, 어제 납품을 담당한 것은 나. 그때 아에라 씨한테 『내일은 돈가스로 할 테니까 괜찮다면 드시러 오세요』라고 권유를 받았던 것이다.

아에라 씨가 나눠준 소스는 이 방의 구석에서 숙성되어 이미 먹을 무렵이었지만, 부엌이 없는 우리가 돈가스를 만들 수도 없으니…….

모처럼 먹을 기회가 생겼으니까 놓치고 싶지 않다.

"돈가스인가……. 나도 또 먹고 싶을지도."

"반대할 이유는 없네요."

"그럼 서두를까. 오늘의 메뉴가 다 팔릴지도 모르니까."

"그래! 아, 그리고 토미도 불러도 될까? 괜찮으면 사주고 싶은데……."

토야는 곧바로 벌떡 일어났지만, 그런 말을 덧붙이고는 지갑을 든 하루카를 살폈다.

토야가 부르고 싶다는 건 아마도 신체 강화에 대해서 물어보고 싶기 때문이겠지.

지금은 일을 할 시간이겠지만…… 토미한테도 점심시간 정도는 있겠지.

"토미를? 한 끼 사주는 것 정도는 괜찮지만, 갑작스럽네?"

"아니, 아까 디오라 씨한테 이야기를 들으러 갔다고 그랬잖아? 사실은 그래서 말이지——."

토야는 그러면서 마력을 사용한 신체 강화나 마법검에 대한 이야기, 그리고 토미의【근력 강화】가 관련이 있지는 않느냐는 예상 등등을 여자애들에게 전했다.

그 이야기를 들은 세 사람은 함께 생각에 잠겼다.

토야 정도의 신체 능력이 없는, 그리고 마법은 쓸 수 있는 멤버들에게 마력으로 신체를 강화할 수 있다면 그건 꼭 얻고 싶은 기술이다.

"……그렇구나. 우리도 배울 수 있다면 점심값 정도는 값싼 대가야."

"으~음, 가능하다면 복사할 수 있을까? 그리고 내가 배운다면 가르쳐주기도 편하잖아?"

"오오! 확실히 그건 괜찮을지도!"

마법을 쓸 수 있고, 마력 조작에 익숙하고, 게다가【스킬 복사】가 가능한 유키라면 딱 맞았다.

문제는 토미에게 유키를 지도할 만큼의 시간이 있을까…….

"토미, 이 여관으로 옮기고 싶다던데? 며칠 치 숙박비를 부담해주고 그걸 대가로 유키한테 가르쳐달라고 할까?"

내가 그렇게 제안하자 하루카는 고개를 끄덕이면서도 의문을 던졌다.

"며칠 치 정도라면 상관없는데, 그 이후로는? 『이제 배웠으니까 그만 원래 여관으로 돌아가도 돼』라는 건 아무리 그래도 가엽잖아?"

"아, 그건 괜찮은데? 옮기는 건 거의 확정일 테고, 숙박비를 낼 정도의 급료는 받고 있을 테니까. 그리고서 며칠 치 숙박비가 굳는다면 토미로서도 고마운 일이겠지."

"그럼 그 방향으로――일단은 권유하러 가볼까."

"오케이! 그럼 내가 다녀올게. 아에라 씨 가게 앞에서 만나자!"

말하기가 무섭게 방에서 뛰어나가는 토야.

그 뒷모습을 지켜보던 우리는 얼굴을 마주 보며 가볍게 웃고는 천천히 여관을 나섰다.

아에라 씨 가게 앞에서 기다리기를 잠시.

토야가 드워프 한 사람――토미를 잡아끌듯이 종종걸음으로 다가왔다.

전력 질주가 아닌 것은 체격이 전혀 다른 토미에 대한 배려일까.

의외로 제대로 된 생활을 하는지 이전에 만났을 때보다도 혈색이 좋아서 건강해 보이고, 머리카락이나 수염도 제대로 정돈되어 있었다.

뭐, 그때는 며칠이나 숲을 헤맨 모양이니까 그것도 당연하겠지만.

"미안해, 기다렸지?"

"아니, 생각했던 것보다 빨랐을 정도야. 안녕, 토미."
"오랜만이에요, 하루카 씨랑 나오 군."
"응, 오랜만이야. 갑자기 불러서 미안해."
"아뇨, 사준다면 언제든지 올게요. 그리고, 후루미야 씨랑 시도 씨, 겠죠?"
"그 모습으로는 처음이네요, 토미 씨. 나츠키로 부탁할게요."
"나도 유키로 불러. 그건 그렇고 멋지게 변했구나~."
"하하하, 그러네요. 말하지 않으면 몰랐을 거예요."
감탄한 것 같은, 그러면서도 조금 어이없다는 기색이 섞인 듯한 유키의 목소리에 토미도 쓴웃음 지었다.
거의 변하지 않은 유키와 나츠키, 종족은 다르지만 인상이 남아 있는 나와 하루카와 토야와 다르게 토미는 원래 모습과 전혀 다르니까 말이지.
"뭐, 오늘은 맛있는 걸 먹을 수 있을 테니까 기대해."
"그렇게 서두를 붙이면 기대가 엄청 커질 텐데, 괜찮겠어요?"
"괜찮아. 확실히 보증할게!"
싱긋 웃는 토미에게 나는 힘차게 고개를 끄덕이며 엄지를 척.
가게 문을 열었더니 만면에 미소를 지은 아에라 씨가 맞이해주었다.
"아! 와주셨네요, 나오 씨――랑 여러분. 그리고…… 그쪽 분은 처음이시죠?"
아에라 씨는 도중부터 의아하다는 듯한 표정으로 바뀌어서는 토미에게 시선을 향했다.

"이 녀석은 우리 지인. 여섯 명인데 자리 있어?"

"예. 저기 안쪽으로 부탁드려요. 바로 의자를 가져올 테니까요."

아에라 씨가 가리킨 쪽을 봤더니 테이블이 딱 하나 비어 있었다. 그 밖에는 카운터도 포함해서 전부 차 있으니까 오늘도 가게는 성황인 듯했다.

"아, 의자는 우리가 가져갈게. 으음……."

"감사합니다. 저기서 가져가세요."

살펴보니 벽 쪽으로 의자 몇 개가 놓여 있었다. 요전에 왔을 때는 없었으니까 다섯 명 이상으로 테이블을 사용하는 고객용으로 새로이 구입한 것일지도 모르겠다.

거기 있는 의자 두 개를 나와 토야가 들고서 테이블로 이동, 모두 함께 자리에 앉았다.

"이번에도 오늘의 메뉴면 될까요?"

"응. 그걸로 부탁해."

"알겠습니다. 조금만 기다려주세요."

주방으로 돌아가는 아에라 씨를 지켜보던 참에, 토미가 자세를 바로하고 깊이 머리를 숙였다.

"하루카 씨, 나오 군. 그때는 구해줘서 고마워요. 그리고 그때 빌려준 돈, 정말 큰 도움이 됐어요. 그게 없었다면 솔직히 무척 힘들었을 거예요. 갚도록 할게요."

정중한 인사와 함께 하루카에게 건넨 것은 금화 세 개.

그때 빌린 돈과 같은 액수였다.

"돈, 여유는 있어?"

"예. 토야 군 덕분에 정식으로 일자리를 얻을 수 있었으니까 괜찮아요."

"그래. 그럼 이건 받아둘게."

갚을 것을 반쯤은 기대하지 않았던 돈이고 지금 우리 입장에서는 금화 세 개 정도라면 그다지 큰돈도 아니지만, 제대로 갚으려고 하는 성실함에는 호감이 갔다.

하루카도 그렇게 생각했는지 부드럽게 웃더니 순순히 받아서 지갑에 넣었다.

"저기…… 오늘 식사 권유를 한 이유는 들었어? 그보다도, 이야기했어?"

하루카의 물음에 나란히 고개를 가로젓는 토미와 토야.

"토야……. 뭐, 됐어. 우선은 식사를 할까. 왔나 본데."

그러는 하루카의 시선을 따라서 등 뒤를 돌아보니 양손으로 쟁반을 든 아에라 씨의 모습이.

"기다리셨죠. 오늘의 메뉴예요."

재빨리 늘어놓은 접시를 보고 토미가 눈을 크게 떴다.

"이건…… 돈가스인가요!"

"응. 허들은 넘을 수 있겠어?"

"가볍게 뛰어넘었어요! 게다가 어쩐지 맛있어 보이는 소스까지 뿌려져 있고!"

빵과 스프도 있지만 메인은 역시 돈가스겠지.

한 입 사이즈보다도 조금 더 큰 것이 한 사람에 두 개.

다만 나와 토야, 그리고 토미의 접시에는 돈가스 세 개가 놓여 있었다.

"아에라 씨, 이건?"

"토야 씨, 지난번에는 조금 부족하던 모양이었으니까……. 여러분한테만 드리는 덤이라고요?"

잘 보고 있었다.

타깃이 되는 고객층이 다르니까 어쩔 수 없는 부분도 있을 텐데.

"고마워! 엄청 기뻐!"

아에라 씨가 장난스럽게 웃자 토야는 솔직하게 기쁨을 드러내고 하루카는 조금 미안하다는 표정을 지었다.

"미안해요, 괜히 신경 쓰게 만들어서."

"아뇨아뇨, 괜찮아요. 여러분이 고기를 공급해주시는 덕분이니까요. 그럼 맛있게 드세요."

그러면서 아에라 씨가 멀어지기가 무섭게 토미가 포크를 붙잡았다.

"머, 먹어도 될까요?"

"응, 괜찮아. 그보다도 토야는 이미 먹고 있는데?"

"으응? 아니, 그게 말이지. 돈가스를 뜨끈뜨끈, 바삭바삭할 때 안 먹으면 죄악이잖아?"

"죄악인지는 모르겠지만 바삭바삭한 게 맛있지. 응~~♪"

이미 돈가스 하나가 사라진 토야와 반 정도 먹고 있는 유키.

"그렇지? 그럼 먹자고."

"예, 잘 먹겠습니다."

"잘 먹겠습니다! ——마, 맛있어! 소스도, 진짜 소스야!"

돈가스를 입에 넣은 토미의 눈가에서 눈물이 빛났다.

에일을 맛있게 마시는 감각이라도 이쪽 요리는 맛이 없다고 생각했나보다.

"아니, 진짜라니…… 기분은 알겠지만. 소스 브랜드에 고집이 없다면 충분히 돈가스 소스로 쓸 수 있는 맛이지?"

"충분 정도인가요! 지금이라면 돈가스에 야키소바 소스를 뿌려도 불만은 없어요! 그런데 이 소스는 돈가스에 딱이잖아요!"

돈가스에 맞는 소스 맛에는 각자 취향이 있을 테지만, 이 마을에서 일주일이나 살다 보면 그런 취향 따윈 아무래도 상관없게 된다.

그만큼 지독한 요리의 비율이 높은 것이, 이 마을.

다른 아이들은『넣는 재료를 조금 더 궁리해서 맛을 조정해도 괜찮을지도?』같은 소리를 했지만, 지금 토미의 입장에서는 이 상태로도 충분히 훌륭한 돈가스 소스겠지.

"――식사를 하면서 얘기할 생각이었지만 아무래도 다 먹은 다음에 하는 게 낫겠네."

"그러네요. 제대로 대화하기 위해서라도."

쓴웃음 짓는 그녀들의 말에 나도 고개를 끄덕였다.

지금 이야기해도 요리 쪽에 너무 집중해서 귀에 안 들어오겠지.

"그러네. ……그런데 돈가스, 더 먹을 사람 있어?"

아에라 씨로서는 토야한테만 더 주는 건 그렇겠다면서 남자 셋에게 하나씩 추가해줬을 테지만, 이쪽으로 와서 나는 종족의 영향인지 식사량이 조금 줄어들었다.

특히 오늘은 움직이지도 않았으니까 두 개로도 충분. 그래서 누군가 먹고 싶은 사람이 없는지 물었더니 두 명이 손을 들었다. 재빨리 손을 든 것이 유키, 조심스럽게 든 것이 나츠키.

토야도 돈가스를 입에 넣은 채로 원한다는 눈빛을 보냈지만——무시.

"그럼 반반씩."

"아, 고마워요."

"고마워!"

자른 돈가스를 두 사람의 접시로 옮기고 나는 천천히 식사를 진행했다.

이윽고 모두가 식사를 마치고 식후의 차를 즐기던 참에, 간신히 차분하게 대화를 나눌 수 있는 상태가 되었다.

"정말로 맛있었어요. 잘 먹었습니다. 이런 소스, 있었군요. 돈가스도."

"돈가스…… 정확하게는, 오늘은 오크가스지만, 이건 우리 여자애들이 가르쳐준 요리야."

"아, 역시. 그럼 소스 쪽도?"

"아니, 소스는 원래 있던 거야. 하지만 인스필 소스라고 '엘프 비전'이라는 모양이니까, 이 마을에서는 이 가게에서만 나오지 않을까?"

실제로는 엘프의 가정에서는 평범하게 만드는 소스라고 하지만, 그다지 알려지지는 않은 모양이니까 비전 같은 음식이겠지.

현재는 필요 없지만 홍보에는 조금 정도 '부풀리는' 것도 중요하다.

"……그러고 보니 점원분, 엘프였죠. 돈가스에 정신이 팔려서 크게 신경 쓰지는 않았는데……. 다른 요리도 굉장히 맛있었어요."

"내가 아는 것 중에서는 최고야. 이 마을에서."

기본적으로 우리는 음식을 굳이 찾아다니지는 않는다지만 식당에 대한 정보를 모으지 않은 것은 아니었다.

나츠키, 유키와 합류하기 전에 첫 휴가에서 방문한 카페도 그러는 사이에 알게 된 가게 중 하나.

무척 평판이 좋다고 들었지만 그럼에도 아에라 씨의 요리에는 전혀 상대가 안 되는 것은 물론, 가격은 저쪽이 더 비싼 것이다.

우리 같은 서민이 들어갈 수 없는 고급스러운 가게는 어떤지 모르겠지만, 현실적인 선택지로서는 이 마을에서 이곳 이상의 가게는 아마도 없다.

"하지만 비전 소스라면 팔지는 않겠네요? 이게 있다면 맛이 좀 없는 요리라도 먹을 수 있게 될 것 같은데."

그런 토미의 말에 우리는 얼굴을 마주 보고 고개를 가로저었다.

우리 소스를 나누어줘도 될 것 같기도 하지만, 아무래도 이 소스는 지나치게 굉장하다.

적당히 과일과 채소를 넣는 것만으로 간단히 늘어나 버리니까, 제작 방법과 맛이 알려진다면 순식간에 퍼질 것은 상상하기 어렵지 않다.

아에라 씨 가게의 이점이 하나 사라져 버리는 건 싫다. 호의로 소스를 나누어받고 제작법도 배운 우리로서는 쉽게 누설할 수는 없었다.

“여러분, 돈가스 완성도는 어땠나요?”

그때 다가온 아에라 씨가, 주문한 차를 내려놓으며 조금 걱정스럽게 물었다.

“무척 맛있었어요. 평판도 좋나요?”

“예! 덕분에 최근에는 밤 시간 예약도 들어오게 되었어요. 이익도 충분히 나오고…… 이것도 여러분 덕분이에요. 정말 감사합니다.”

눈부신 미소로 아에라 씨가 머리를 꾸벅 숙였다.

역시 귀여운 아이는 미소가 좋구나.

처음에 내가 가게에 들어왔을 때에는 거의 울고 있던 것을 떠올리고 살짝 감개무량했다.

——뭐, 실제로는 나보다도 연상이지만.

“그건 아에라 씨의 맛있는 요리가 있기 때문이에요.”

“그래그래. 우리는 살짝 조언을 했을 뿐이니까.”

“하지만 그 조언 덕분에 가게가 계속될 수 있었어요. 아, 답례라고 할 정도는 아니지만 이 차도 서비스로 드릴 테니까 느긋이 드세요.”

우리가 사양할 틈도 없이 아에라 씨는 재빨리 오늘의 메뉴 접시를 회수하더니 총총히 주방으로 돌아갔다.

테이블 숫자는 많지 않아도 혼자서 꾸려나가는 이상, 점심시간은 역시나 바쁘겠지.

“여러분, 저분에게 뭔가 했나요? 돈가스를 가르쳐준 것 말고도.”

“음……. 토미, 이 가게를 보고 어떻게 생각해?”

"굉장히 좋은 가게네요. 깔끔하고 마음 편하고, 이 찻잔도 도자기고요. 저, 이쪽으로 와서 도자기 식기는 처음 봤어요."

직접적으로 대답하지 않고 그렇게 물어봤더니 돌아온 것은 그런 대답.

토미가 말했다시피 구워낸 식기는 깨지니까 저렴한 식당에서는 전혀 사용되지 않는다.

컵도 나무, 조금 나은 곳은 금속.

빵 같은 경우에는 식기도 사용하지 않고 테이블에 그대로 두는 곳조차 있다.

"그 밖에는?"

"그 밖에, 인가요? 좀 전의 엘프 씨가 귀엽다?"

응. 그렇지. 하지만 그게 아니야.

"그건 동감이지만, 가게가 아니잖아?"

"그리고…… 평범한 카페 같은데…… 평범? 아뇨, 평범하지는 않네요, 이 가게. 『일본에서는』 평범할지도 모르겠지만요."

퍼뜩 깨달은 듯이 고개를 든 토미의 말에 나는 수긍했다.

"그래. 아마도 같은 반 누군가가 어중간한 조언을 한 것 같아. 그러다 막다른 곳에 몰려 있던 아에라 씨와 우연히 알 기회가 생겨서, 우리가 이 세계의 상황에 맞도록 조금 조언을 한 거야."

"그래서였군요. 확실히 일본의 카페를 그대로 가져와도 잘 될 리가 없네요. 누군지 모르겠지만 곤란한 사람이네요."

"이 세계의 상식이라는 게 있으니까 말이지. 무상으로 했다면 몰라도 제대로 돈은 받고서 도망쳤어."

"으아, 그건 무척 악질이네요."

가게가 영업을 개시하기 전에 모습을 감추었다고 하니, 의외로 실패할 것 같다고 인식했던 걸지도 모른다. 그렇다면 더더욱 악질이지만.

"직접 관계가 없더라도 동향이라는 것만으로 어쩐지 죄책감이……. 하지만 여러분 덕분에 그녀는 가게가 번창해서 행복, 저도 맛있는 걸 먹을 수 있어서 행복. 여러분은……."

"우리한테도 이익은 있어. 아에라 씨도 가볍게 말했지만 우리한테 고기를 사주고 있으니까 말이지."

그 밖에도 귀여운 엘프를 도울 수 있었고, 맛있는 식사를 먹을 수 있게 되었고, 인스필 소스까지 받았고.

수고는 좀 들었고 웨이터 흉내까지 내는 신세가 되었지만 수지는 대폭 플러스였다. ——도망친 토야한테는 언젠가 갚아주겠어.

"그렇군요. 그럼 불행 중 다행이네요. 그 같은 반이라는 사람이라면 짚이는 바는 있지만……."

떨떠름한 표정으로 생각에 잠긴 토미는 무언가를 떨쳐내듯이 고개를 내젓고 이야기를 바꾸었다.

"그런데 식사에 초대해준 거엔 이유가 있다고 그랬죠?"

"응, 너한테 물어보고 싶은 게 좀 있거든."

"신세를 졌으니까 웬만한 일이라면 대답하겠지만……."

대답할 수 있을 법한 일이 있던가, 라는 듯 고개를 갸웃거리는 토미.

"네가 가진 스킬, 【근력 증강】에 대해서 가르쳐주지 않을래?"

하루카의 그 말에 토미는 조금 놀란 듯이 눈을 몇 번 깜박거렸다.

제4화 새로운 힘, 그리고 강적

“【근력 증강】말인가요? 확실히 레벨 2로 가지고 있지만…… 솔직히 잘 몰라요. 캐릭터 메이킹에서 찍었을 뿐이니까.”

토미는 그러면서 의아하다는 듯 고개를 갸웃거렸다.

나도【적 탐지】의 원리는 무엇이냐는 질문을 받아도 잘 모르니까, 비슷한 거겠지.

“그건 대답할 수 있는 범위면 충분해. 우리는,【근력 증강】스킬은 마력을 통해서 성립되는 게 아니냐고 예측했는데, 어떻게 생각해?”

“그렇군요……. 평범하게 생각하면 근섬유가 같은 굵기인데도 근력만 두 배, 세 배라는 건 이상하니까요. 그걸 마력으로 보조한다는 사고방식인가요. 이치에 맞는 것 같기는 하네요.”

“그렇지? 토미, 마력을 써서 그래?”

토미의 말에 토야가 기대하듯이 몸을 내밀었지만 그는 곤란하다는 듯 고개를 가로지었다.

“솔직하게 말해서, 모르겠어요. 저는 마법을 못 써서 마력이 무엇인지도 파악할 수 없으니까요. 스테이터스로 마력 잔량 같은 걸 알 수 있다면 좋겠지만…….”

“마력을 모두 사용하면 근력이 떨어진다든지, 그런 실감은 없어?”

“지치면 힘은 떨어지지만 그게 마력이 사라졌기 때문인지, 아니면 단순히 지쳐서 그런지는…….”

"알 수 없다, 인가."

"예."

토미가 고개를 끄덕이고 우리는 생각에 잠겼다.

지치면 완력 등등이 떨어지는 것은 필연.

그것이 단순한 육체적 피로인지 마력 소비 때문에 더 이상 강화를 할 수가 없어서 그런지, 마력을 인식할 수 없는 사람에게 물어봐야 구별이 가지는 않겠지.

엄밀하게는 마력 소비에 따른 피로와 육체노동에 따른 피로는 다르니까, 마력만 쓸 수 있다면【근력 증강】으로 마력이 소비되고 있는지 인식할 수 있겠지만…….

역시 마법을 쓸 수 있는 유키가 복사를 사용할 수밖에 없나?

토미가 『가르칠』 수 있는지가 문제지만.

"……그러고 보니 저는【철벽】도 쓸 수 있어요."

"응?"

우리가 한참 고민하던 그때, 문득 떠오른 것처럼 토미가 그런 소리를 입에 담았다.

"생각해보면 이것도 신기하지 않나요? 제 피부가 단단해지는 것도 아닌데 대미지를 쉽게 받지 않게 된다니."

"그러니까【철벽】도【근력 증강】처럼 마력으로 피부를 강화하는 걸지도 모른다고?"

"예. 부드러운데 무기가 박히지 않는다니, 평범하게 생각하면 말도 안 된다고요?"

――그거, 캐릭터 레벨이 올라간 경우랑 비슷한데.

다른 사람들에게 시선을 향하자 다들 그런 생각에 이르렀는지 흠흠, 고개를 끄덕였다.

"토미는 몬스터를 많이 쓰러뜨리면 신체가 강화되어서 보통은 박힐 법한 공격도 안 박히게 되는 현상은 알아?"

"아뇨, 처음 들었어요. 【철벽】 같은 거군요?"

"그러네. 우리는 편의상 캐릭터 레벨이라고 부르는데, 이 현상 자체는 이 세계에선 일반상식이야. 다만 그 원인은 불명. 일부 사람들은 『마력으로 강화할 수 있게 된다』라고 생각하는 모양이던데."

"【철벽】도 같은 원리……?"

"그럴지도 모르지."

이 현상이 없다면 토미의 【철벽】이나 【근력 증강】을 다루는 건 어려워졌을 테지.

날붙이가 박히지 않는 인간이라니 그냥 공포의 대상이다.

방송국도 어쩌고튜브도 존재하지 않는 이 세계, 그런 깜짝 인간에게 볼일이 있는 것은 종교적인 이러쿵저러쿵이다. 잘 풀릴 경우에는 떠받들어주고 잘못 풀릴 경우에는 이단 판정, 생명의 위기가 기다린다.

"어, 하지만 말이지? 【철벽】이라면 검증할 수 있지 않나? 딱 같은 정도의 힘으로 계속 때리다 보면 마력이 끊어진 시점에서 대미지가――."

유키가 『좋은 생각이 떠올랐어!』라는 듯 그런 자비도 없는 소리를 했지만 토미는 눈을 크게 뜨고서 필사적으로 고개를 내저었다.

"예에?! 유키 씨, 대미지는 없어도 살짝 아프다고요? 게다가 마지막에는 대미지를 받는다고요?"

"괜찮아, 하루카가 치유할 수 있으니까!"

싱긋 웃는 유키의 머리를 하루카가 철썩 때려서 말렸다.

"치유한다고 괜찮은 일이 아니잖아. 미안해, 토미. 그런 부탁은 안 할 거니까 걱정할 것 없어."

"예."

"그 대신, 아니 이렇게 말하긴 그렇지만——."

토미는 안도의 한숨을 내쉬었지만, 이어지는 하루카의 말에 살짝 경계하는 표정으로 바뀌었다.

"아, 무슨 말도 안 되는 이야기는 아니야. 유키한테 【근력 증강】, 그리고 가능하다면 【철벽】을 가르쳐줬으면 해."

"으음…… 가능하다면 가르쳐주는 것 자체는 상관없지만 어떻게 가르쳐주면 될지……."

"그렇게 어렵지는 않을 것 같은데? 유키는 【스킬 복사】를 가지고 있으니까."

"어! 그 지뢰 스킬을?!"

믿을 수 없다, 그런 표정으로 토미가 쳐다보자 어째선지 유키는 자랑스럽게 가슴을 폈다.

"핫핫핫, 바로 그렇다! 나는 지뢰를 가졌도다! 자랑은 아니지만 나츠키가 없었다면 끝장이었지!"

"자랑스럽게 가슴을 펴지 마!"

무심코 딴죽을 넣어버렸잖아.

"아니아니, 자랑하는 건 스킬이 아니라 친구 나츠키야! 나츠키, 알려뷰~."

유키가 끌어안자 "예예"라면서 익숙한 태도로 쓰다듬는 나츠키.

"뭐, 그러니까 유키가 상대라면 크게 고생하지 않고도 가르쳐 줄 수 있을 거야. 실제로【스킬 복사】는, 배웠다는 사실이 있다면 익힐 수 있는 모양이니까."

"그런가요? 알겠어요. 반드시 익힐 수 있다는 보장이 없어도 괜찮다면."

"그건 물론이지. 괜찮아."

애당초 어떻게 가르치는지가 애매한 스킬이다.

우리도 반드시 익히도록 만들라고 무모한 소리를 할 생각은 전혀 없다.

"다만 일이 있으니까 시간은 크게 못 낼 것 같지만요."

"그래서 제안. 토미는 우리 여관 '졸음의 곰'으로 옮길 예정이지?"

"예. 조금 여유가 생겼으니까 슬슬 옮길 생각이에요. 토야 군한테 들었나요?"

"응. 그러니까 숙박비, 아침저녁 식사도 포함해서 일주일 치를 우리가 부담할 테니까. 일이 끝난 뒤, 밤에 비는 시간에 유키한테 가르쳐주지 않을래?"

"으음…… 그렇게까지 안 해도 가르쳐주는 건 상관없는데……. 신세를 졌으니까요. 상당한 액수죠?"

"1인분 정도라면 괜찮아. 다들 납득했으니까."

하루카의 시선을 받고 나란히 고개를 끄덕이는 우리.

솔직히 말해서【근력 증강】이나【철벽】을 배울 수 있다면 금화 몇 개 정도는 값싼 대가다.

게다가 실패하더라도 지인에게 원조했다고 생각하면 크게 부담스럽지도 않은 액수에 불과하고.

"그런가요? 그럼 신세를 질게요."

우리의 얼굴을 한 번 둘러본 토미는 머리를 숙였다.

◇ ◇ ◇

토미는 그날 중으로 숙소를 나와서 '졸음의 곰'으로 옮겼다.

간츠 씨의 가게는 해가 져서 작업장이 어두워지면 끝나는지, 조금 어스름할 정도의 시간에는 이미 여관으로 찾아왔다.

더부살이가 아니니까 잡무를 맡기지도 않아서 정시에는 돌아온다나.

급료는 그렇게 높지는 않지만 이곳으로 여관을 바꾸어도 조금씩 저축할 수 있는 정도는 되어서, 사르스타트에서 유키랑 나츠키가 일하던 곳처럼 열악한 노동 환경은 아닌 듯했다.

그래도 곧바로 여관을 바꿀 수 없었던 것은 우리한테 빌린 돈을 빨리 모으기 위해서였다니 참으로 의리가 깊다.

바로 그날 밤부터 유키를 상대로 교육이 시작되었지만 그 방법은 조금 미묘.

우리도 같이 이야기를 들었는데『꾸구국 힘을 실어서』라든지『흠! 하는 느낌으로』라든지, 들어도 전혀 알 수가 없었다.

이 설명을 듣고 우리가【근력 증강】과【철벽】을 배우는 것은 거의 불가능하겠지.

나중에 복사한 유키한테 배울 수 있을지 말인데…… 무척 불안하다.

애당초 가르치는 게 어려워 보이는 스킬인 만큼,『알기 쉽게 가르쳐줘』라고 말하기도 어렵다.

유키도 시키는 대로 하고는 있지만, 과연 제대로 될까?

——그런 생각을 했지만【스킬 복사】는 위대했다.

첫날에 유키는【근력 증강】과【철벽】유효화에 성공. 가르치던 토미를 깜짝 놀라게 만들었다.

이제는 지뢰인【스킬 복사】따위가 아니라【스킬 복사】선생님이라고 불러야 할지도 모르겠다. 환경 의존성이 조금 심각하지만.

자, 그런 위업을 달성한【스킬 복사】선생님——다시, 유키 선생님을 둘러싸는 모임을 객실에서 개최한 우리. 안타깝게도 내일도 빨리 일하러 가야 하는 토미는 제외되었다.

한바탕 일을 해낸 그는 조금 석연치 않다는 분위기였지만, 그래도 자기 방으로 돌아가서 이미 잠들었다.

밤은 이르지만 아침도 이르거든, 이 세계의 일은.

"그래서 유키, 어떤 느낌이야? 역시 마력을 사용하는 거야?"

"으~음, 그러네……."

팔짱을 끼고서 잠시 신음하던 유키는 천천히 일어서더니 옆에 앉아 있던 나츠키를 공주님처럼 훌쩍 안아들었다.

자그마한 유키가 나츠키를 가뿐하게 안아드는 모습은 살짝 위화감이 느껴지는 그림이었다.

"우왓, 뭐, 뭔가요?"

"가볍게 검증 중……."

놀란 나츠키가 자기 머리를 끌어안는 와중에도 유키는 눈을 감고 고개를 갸웃거리며 그대로 스쿼트까지 시작했다. 확실히 【근력 증강】의 효과가 발휘되는 모양이었다.

"……응. 마력은 사용해. 하지만 방출하는 건 아니고 순환한다는 느낌? 어렴풋이 새어나가는 느낌도 있으니까 계속 사용하다가는 마력이 떨어

질지도 모르겠지만, 마법을 사용하지 않는다면 괜찮지 않을까?"

유키는 응응, 하고 납득한 듯 고개를 끄덕이고서야 간신히 나츠키를 침대에 내려놓았다.

나츠키는 "정말이지!"라며 숨을 내쉬고는 침대에 제대로 앉았다.

얼굴이 어렴풋이 붉어진 것은 부끄럽기 때문일까.

그건 그렇고 마력을 순환시킨다, 인가. 토미의 『꾸구국』보다는 훨씬 알기 쉽다.

『꾸구국』 같은 소리를 들을 바엔 『구글링』 쪽이 그나마 제대로 된 조언을 받을 수 있을지도 모르겠다.

――아니, 그건 아니네. 뭐시기 지식인 같이 **아는 척**하는 정보밖에 못 얻을 것 같으니까, 응.

"나처럼 마법을 못 쓰는 녀석이라도 가능할 것 같아?"

"토미가 가능했으니까 괜찮을 거라 생각하는데. 마력이 떨어지

는 문제에 대해서는 모르겠지만.”

“토야는 일단 마력을 파악하는 연습부터 해야겠네. 【철벽】도 같은 느낌이야?”

“으~~응…….”

내가 그렇게 묻자 유키는 또다시 팔짱을 끼고서 방을 둘러봤다.

“뭔가 적당한 공격을──.”

그렇게 말을 꺼낸 유키에게 재빨리 반응한 것은 나츠키였다.

“어머, 공격인가요? 맡겨요.”

얼른 침대에서 일어나서는 방 한편에 세워둔 창을 손에 들고 날막이를 걷어냈다.

그리고 창끝을 유키에게 향하고──싱긋 웃었다.

“각오는 되었나요?”

“스톱, 스톱! 안 됐어! 전혀, 안 됐어! 창끝은 필요 없으니까!”

유키는 황급히 손을 내젓고 나츠키한테서 거리를 벌리더니 벽에 달라붙었다.

나츠키가 손에 든 것은 최근에 내가 사용하는 싸구려 창이지만 그래도 멧돼지 정도는 가볍게 찔러 죽일 수 있다. 【창술】 레벨 4인 나츠키가 사용하면 오크도 상대할 수 있을지도 모른다.

“그런가요? 필사적으로 버텨보면 단숨에 【철벽】이 레벨 2가 될지도 모른다고요?”

“리스크가 커!”

“그러고 보니 최근에, 제 【빛 마법】도 레벨 2가 되었어요.”

“찌를 생각 밖에 없잖아?! 누가 헬프!”

“괜찮아, 유키. 나는 알다시피 레벨 3이니까.”
“그건 고마운 일이지만, 그쪽이 아니야—!”
“괜찮아요, 위험한 곳을 노리진 않을게요. 그럼 갑니다!”
자세를 확 낮추고 창을 든 나츠키와, 그것을 보고 절레절레 고개를 내젓는 유키.
으음, 말려야 하나?
“잠깐만!!”
그러면서 유키가 눈을 꽉 감은 순간, 나츠키는 창을 빙글 돌려서 손잡이 끝부분을 유키 쪽으로 향하더니 슬쩍 다리를 걸었다.
“꺅! 왓!”
다리가 걸린 유키는 균형을 잃고 그 자리에 엉덩방아를 찧었다.
“아프——지는 않아. 하지만! 엄청 무서웠다고?!”
유키는 충격에 눈을 뜨고 곧바로 일어서더니 쓴웃음 짓고 있는 나츠키에게 따져들었다.
“아무리 그래도 다치는 수준까지는 안 해요. 하지만 눈을 감으면 안 된다고요?”
“몬스터가 상대라면 안 감아! ……아마도.”
“정말로? 눈앞으로 칼끝이 들이닥쳐도?”
“으, 응…….”
그다지 자신이 없는지 유키는 목소리가 살짝 작아지더니 시선을 피했다.
“자자. 그래서 어땠어?”
나는 달래듯이 유키의 어깨에 손을 얹어서 침대에 앉혔다.

내버려 두면 이야기가 진행될 것 같지 않았다.

"아프지는 않았으니까 성공하기는 했어. 순간적이었지만 몸 표면으로 꽉 굳어지는 것 같은? 어쩐지 그런 느낌."

몸 표면을 마력으로 코팅하는 이미지인 걸까?

"하지만【철벽】하고는 이미지가 조금 달랐어요."

나츠키가 말하자 하루카도 동의하듯 고개를 끄덕였다.

하지만 유키는 의미가 잘 이해되지 않는지 고개를 갸웃거렸다.

"어, 뭐가?"

"유키, 간단히 넘어졌잖아. 너 자신은 대미지를 안 입더라도 파티의 방패라고 생각하면 그래선 안 되겠지."

"간단히 배제당해버려요."

"아, 그런가!"

방패 역할로서 생각한다면 간단히 튕겨 나가 버리는 것은 치명적인 결점이다.

유키의 체중이 가볍고 자세도 나쁘다는 원인은 있을 테지만, 역시나【철벽】자체는 방어력을 높이는 효과밖에 없겠지.

"내가 사용한다면【근력 증강】하고도 합쳐서 단단히 버틸 수 있도록 하체를 단련해야겠네."

"토야 말고는 피탄 시의 대미지 경감. 그걸 노릴까."

일격을 견딜 수 있느냐, 그것만으로도 생존율은 무척 다르겠지.

"모두가 습득하는 편이 낫다는 건 분명해. 무언가 깨달은 게 있다면 가르쳐주고, 얻을 때까지 열심히 연습하자."

우리에게 생존율 향상은 최우선사항이다.

하루카의 그 말에 우리는 진지한 표정으로 고개를 끄덕이는 것이었다.

◇ ◇ ◇

다음 날부터는 또다시 오크 사냥……이었으면 좋겠지만, 최근에는 숲을 돌아다녀도 적당한 오크를 발견하는 것이 조금 힘들어졌다.

이미 50마리 정도는 잡아서 그런지 집단의 숫자가 열 마리 전후까지 늘어난 것이었다.

처음에는 두 마리 정도, 가끔씩 한 마리를 발견한 적도 있었는데 점점 숫자가 늘어나서 이제는 그런 숫자. 오크 쪽도 지혜가 있다는 의미겠지.

하지만 이전에 정찰한 소굴도 생각한다면 이래저래 해서 백 마리 정도는 있다는 뜻이겠는데?

그렇다면 오크 리더는 거의 확정, 어쩌면 오크 캡틴도 있을지도 모른다.

소굴로 가지만 않는다면 상위종과 조우하진 않을 거라 생각했는데, 여러 상위종이 있다면 밖으로 나오는 경우도 고려할 수 있으니까…… 우리도 방심할 수는 없겠네.

"저기, 우리는 상당한 숫자의 오크를 사냥해서 해체했지?"

"응? 그러네. 그런데?"

"아니, 팔리지 않는 부위는 그 자리에 방치했는데도 그걸 다시

본 적이 없구나 싶어서. 같은 장소도 돌아다녔는데. 뭐가 그걸 처리했지?"

오크를 찾아서 숲을 돌아다니는 도중, 주변을 둘러보던 유키가 문득 떠오른 것처럼 그런 소리를 입에 담았다.

"이 숲이라면 나이트 울프, 그리고 벌레 정도겠네요."

"늑대? 있어? 본 적 없는데."

"있다는 모양이에요. 완전히 야행성이니까 숲에는 낮에 들어오는 우리가 만날 일은 거의 없지만, 해체한 잔재를 청소해주는 고마운 존재예요. 썩은 내장을 안 봐도 되니까요."

그러고 보니 전날 읽은 자료에 실려 있었던 것 같다.

해체 작업을 한 다음 날에 같은 장소를 돌아다녀도 남아 있는 흔적이라고는 핏자국 정도가 고작.

그건 그 늑대가 원인——아니, 그 늑대 덕분이었나.

확실히 어지간한 공복 상태가 아니라면 여럿이서 행동하는 사람을 덮치는 일은 없다고 적혀 있던 것 같다. 익조(益鳥)가 아니라 익수(益獸)라고 해야겠네. 우리한테는.

"숲의 청소부인가. 잘못해서 우리가 이 숲에서 쓰러진다면——."

"청소당해 버리겠죠, 우리가."

"그건 싫네."

늑대한테 으적으적 마구 뜯어 먹히는 자신의 시체. 상상했더니 무척 우울해졌다.

——응. 익수에서 평범한 짐승으로 격하야.

"저로서는 깔끔하게 먹힌다면 그래도 그쪽이 나을지도 모르겠네요. 썩어서 문드러진 자기 시체를 남에게 보여주고 싶지 않으니까요."

"그렇구나, 그렇게 생각할 수도 있나."

나도 썩어 문드러진 내 시체를 누군가 보는 건 싫을지도 모르겠다. 여자라면 더더욱 그렇겠지.

어차피 죽었으니까 사라져버리는 편이 낫다는 사고방식도 조금은 이해할 수 있었다.

"물론 평범하게 매장을 해주는 게 가장——아니, 죽지 않는 게 가장 좋지만요."

"그래. 불길한 소리는 하지 말자. 나는 오래오래 살고 침대 위에서 죽을 예정이니까. 나츠키는 내가 간병해줄게."

"제가 늙어서 죽을 때 말인가요. 아직 상상도 안 되지만, 하루카는 엘프니까요. 평범하게 생각하면 저보다도 오래 살겠죠. 아는 사람에게 간병을 받을 수 있다면 조금 안심이에요."

"아니, 하지만 말이지, 이 세계의 엘프는 인간의 두 배 정도 수명이라고? 의외로 우리 쪽이 오래 살지도? 왜냐면【스킬 강탈】이 있으니까."

"아, 수명을 나누어준 보너스 캐릭터!"

그러면서 양손을 탁 맞대는 나츠키.

확실히 실체 자체는 그 말 그대로지만, 사실은 남의 스킬을 멋대로 빼앗으려고 했던 저급한 녀석들이니까 말이지? 사신이 지뢰를 달아둔 덕분에 문제없었을 뿐.

어쩌면『악인에게만 사용하자』같은 생각을 하던 녀석도 있었을지 모르겠지만, 나츠키랑 유키를 상대로 사용한 녀석은……
뭐, 보너스 캐릭터 취급이라도 괜찮을까.

"그러네. 【스킬 강탈】을 사용한 녀석이 엘프였다든지 그러면 내가 간병을 받을 가능성도 있나. 잘 부탁한다고? 인간인데 그런 수명이라면 무척 눈에 띌 테지만."

"그런 걱정이 있었나요. 엘프 이상으로 오래 사는 인간이라면 조금 귀찮아질 것 같네요."

"음—, 엄밀한 호적이 있는 것도 아니니까 적당히 이사를 다니면 괜찮지 않을까? 애초에 수십 년은 더 뒤의 일이니까 그때 생각하면 될 것 같은데."

조금 곤란하다는 표정을 지은 나츠키와 낙관론을 늘어놓는 유키.

하지만 의외로 유키의 말이 맞을지도 모르겠다.

일본에서 200년을 산다면 금세 들켜서 총리 같은 사람이 장수를 축하하러 찾아오든지 연구실 같은 곳에서 이야기가 들어올지도 모르겠지만, 이쪽의 경우에는 나이는 어디까지나 자기 신고.

땅에 얽매이지 않는 모험가라면 적당히 마을을 계속 이동하면 그만이다.

간단히 리셋할 수 있다는 점에서는, 어떤 의미로 이상한 사람이라도 편하게 살 수 있는 세계일지도 모르겠다.

"문제는 결혼을 못 한다는 거겠네. 아무리 그대로 빈번하게 이혼할 수는 없으니까."

"그 부분은 무언가 생각을 해둬야겠네요. 종족의 문제니까——."

"으—음, 방법이 없는 건 아니지만——."

무언가 소곤소곤 대화를 시작한 두 사람을 보고, 홀로 대화에 참가하지 않고 주위를 경계하던 토야가 불만스러운 목소리를 높였다.

"이봐—, 너희들. 지금은 사냥 중이라고? 경계 좀 하시지?"

"그건 그런데, 오크가 전혀 나오질 않으니까. 그렇지?"

"그래, 전혀 없네."

대화를 나누면서도, 나도 적 탐지 자체는 항상 하고 있었다.

멧돼지나 고블린은 가끔씩 걸리지만 표적인 오크는 전혀 없는 것이었다.

"조금 더 소굴로 접근해볼까?"

"그러면 열 마리 정도는 되는데?"

이제까지 가장 많았던 그룹이 여섯 마리.

나와 하루카, 유키의 원거리 공격으로 두 마리를 쓰러뜨리고 접근전으로 상대한 것은 네 마리.

이때는 조금 여유가 있었으니 일고여덟 마리까지라면 어떻게든 될 것 같지만, 열 마리라면 역시나 위험하다는 느낌이었다.

"숲속이니까 열 마리라도 괜찮을지도 모른다고요? 쉽게 포위당하지는 않을 테니까요."

"확실히 입지에서는 오크 쪽이 불리하겠네."

3미터를 넘는 오크와, 2미터가 채 안 되는 우리.

숲속의 기동력에서는 명백하게 우리가 우위에 있다.

가로폭도 전혀 다르니까 우리가 빠져나갈 수 있는 나무 사이라도 오크는 못 지나가는 상황은 흔하게 있고, 오크가 곤봉을 휘두를 만큼의 공간도 좀처럼 확보할 수 없다.

어느 정도 제한을 받는 것은 우리도 마찬가지지만, 찌를 수 있는 무기와 원심력으로 두들기는 목적인 그냥 나무는 취급 용이성이 다르다.

"오크 소굴, 가능하다면 박살내고 싶지만……."

"적어도 서른 마리 이상 있겠지? 공격 측이 압도적으로 유리한 지형이라도 아니고서야 무리겠지."

높은 절벽 위에서 일방적으로 저격할 수 있다든지 그런 지형이 있다면 가능성도 있을 테지만 이 부근은 기본적으로 평지다. 하루카는 자주 나무 위에서 저격을 하지만, 오크가 접근해버린다면 그것도 안전하다고는 할 수 없다.

"열 마리 정도의 그룹을 유인해서, 물러나면서 싸우는 걸 시험해보지 않을래? 이제까지는 준비 상태로 기다리다가 쓰러뜨렸잖아? 우리는."

지금의 사냥 방식은 내가 발견한 오크 그룹에게 조금씩 접근하다가 상대가 우리를 알아차린 시점에서 정지, 그 자리에 매복한다.

원거리 공격이 닿을 거리가 되면 나와 유키, 하루카가 저격하고 남은 적과 접근전에 들어간다는 패턴이었다.

토야와 나츠키는 두 마리씩 맡아도 상대할 수 있고 나와 유키가 한 마리면 여유도 있으니까, 이제까지는 큰 부상을 당하지도 않고 안전하게 계속 사냥했다.

그 패턴이 무너진 이상, 위험성은 올라갈 테지만…….

"물러나면서 싸운다는 건, 우리의 저격으로 숫자를 줄이면서 물러난다는 의미인가?"

"그래. 소굴에서 너무 가까운 장소에서 전투를 벌여봐야 원군이 올 가능성도 있잖아?"

"그런 걱정도 있었지. 잘만 하면 어떻게든 될 것 같기도 한데…… 토야의 의견, 어떻게 생각해?"

하루카의 물음에 적극적으로 찬성론을 꺼내지는 않았지만, 현재로서는 진척이 없다는 것 또한 틀림없다. 일단 한번 시험해보기로 했다.

"그럼 나오. 적 탐지, 부탁할게!"

"알았어. 소굴로 접근하게 될 테니까 신중해야 된다?"

조금 전까지와는 다르게 모두가 진지한 표정으로 입을 다물고 소굴이 있는 방향으로 조금씩 전진했다.

이윽고 소굴에서 300미터 정도까지 접근했을 때, 내 탐지 범위에 적이 나타났다.

숫자는 열한 마리. 반응은 오크, 인데…… 조금 신경 쓰이는 것이.

"한 마리, 어쩐지 강해 보이는 반응이 있는데."

"상위종, 오크 리더인가? 아니면 그 이상인가?"

"그러니까 자료에 따르면 오크 캡틴은 열여섯 마리만큼 강하다고 했지? 그렇게까지 강하지는 않다고 생각해."

"오크 리더인가……. 전투는 피해야 한다고 생각해?"

반응으로 측정할 수 있는 대략적인 강함으로는 오크 네 마리만큼은 강하지 않은 것 같기도 했다.

아직 내 경험이 얕으니까 확실하다고 할 수는 없지만.

【적 탐지】로 알 수 있는 것은 『어쩐지 그런 것 같다』에 불과하니까.

"저는 해야 한다고 생각해요."

"나츠키…… 조금 의외인데?"

나츠키가 창을 붙잡고서 그리 말하자 하루카는 조금 놀란 표정으로 쳐다봤다.

살짝 무모한 쪽인 토야와 중도인 나랑 유키, 조금 신중한 쪽인 나츠키와 가장 신중한 하루카.

우리 파티는 그런 느낌이었다.

그런 나츠키가 역대 최다, 그리고 강적이 섞여 있는 적과의 전투를 주장했으니까. 나로서도 조금 예상 밖이었지만 그렇게 말할 만큼은 이유가 있었나보다.

"만약 이걸 쓰러뜨리지 못한다면 당분간은 오크를 쓰러뜨릴 수 없을 거라 생각해요. 아마도 이 이하의 그룹으로는 행동하지 않을 테니까요."

"그건, 그럴 수 있겠네. 그만큼 쓰러뜨렸으니까."

"오크 리더는 제가. 부상을 당할 위험성도 있겠지만, 골절까지라면 치료할 수 있는 거죠?"

"그래, 부위 결손만 피한다면 어떻게든 될 거야."

부상, 인가.

강한 적과는 상대하지 않는다는 하루카의 방침 덕분에 이제까지 당한 부상은 고작해야 타박상과 찰과상 정도. 자상은 풀에 피부가 베인 정도. 이쯤에서 부상을 당하는 경험도 필요한가?
——죽지 않는다면, 이라는 전제는 있었으면 좋겠는데.
적당히 조절해주는 연습 상대가 어디 없을까.
"……나도 반대하지는 않겠지만 준비는 해두고 싶네."
"그러네, 피할 수 있는 부상은 피하고 싶어."
"그렇다면 함정을 파죠. 다행히도 저희와는 체격이 다르니까 함정을 만들기도 편해요."
함정이라고 그래도 만들 수 있는 것은 구멍 정도. 유키의 마법이 대활약했다.
오크는 그렇게 똑똑하지 않으니까 간단히 나뭇가지나 잎으로 가리는 것만으로도 아마 못 알아차릴 것이다.
잘못해서 우리가 떨어지지 않도록 만드는 장소도 궁리를 했다.
구체적으로는 오크가 지나갈 수 있을 만큼 폭이 있는, 나무들 사이.
우리는 폭이 좁은 장소를 골라서 다닌다면 실수할 걱정도 없다.
또한 구멍만이 아니라 지면에 살짝 융기도 만들면서 접근하자——【적 탐지】로 확인할 수 있는 오크의 진로가 바뀌었다.
"알아차렸어."
"그럼 조금 전진해서, 설치해둔 함정으로 유도하자."
매복하기 적당한 장소까지 나아가서 오크가 다가오기를 기다렸다.
그리고 보이는 오크 집단.
우리는 곧바로 공격을 시작했고, 내 마법이 오크의 머리를 날

려버렸다.

일단은 『파이어 애로』지만 위력을 높게 조정했으니까 급소에 맞으면 오크도 한 방.

유키는 아직 연습 중이라서 성공률은 반반 정도이지만 이번에는 무사히 성공했는지 다른 오크 한 마리가 쓰러지고, 한 마리는 머리에 화살을 맞고 그 자리에 몸을 웅크렸다.

전투 시의 우선순위나 노리는 대상은 미리 정해두었으니까 표적이 겹치는 일도 없다.

평소라면 여기서 오크를 기다렸다가 대치하겠지만 이번에는 후퇴를 선택.

쓰러진 오크가 방해되어서 뒤따르는 오크가 걸음을 멈춘 사이에 서둘러 물러났다.

"흩어져서 쫓아온다!"

토야의 말에 흘끗 돌아보니 시체를 피해 좌우로 갈라진 오크들이 쿵쾅쿵쾅 무거운 발소리를 울리며 쫓아오고 있었다.

가장 뒤에 보이는 한층 더 커다란 오크가 틀림없이 오크 리더겠지.

여기서 보는 것만으로도 상당한 박력이 있었다.

――나츠키, 진짜로 저거랑 대치하려고?!

적어도 위험해지면 엄호할 수 있도록, 접근전이 벌어지기 전에 몇 마리는 더 쓰러뜨리고 싶다.

잠시 달려가다가 함정을 만들어둔 장소를 지나간 지점에서 정지, 좌우로 펼쳐진 오크의 양쪽 끝을 노리고 공격했다.

나는 한 마리를 더 쓰러뜨렸지만 유키 쪽은 미처 쓰러뜨리지 못하고, 그곳으로 하루카의 추가 공격이 들어갔다.

"한 번 더 물러날까?"

"싸우자!"

하루카의 구령에 우리는 무기를 들었다.

일렬로 쫓아와 준다면 상대하기 편했을 테지만 역시 그렇게 풀리지는 않나.

옆으로 펼쳐져 있으니 자칫하면 뒤로 돌아서 들어올지도 모른다.

그렇게 된다면 가장 뒤에 있는, 근접 전투를 못 하는 하루카가 위험하다.

"다시 한번! 『파이어 애로』!"

선두에서 달리는 오크에게 다시 마법을 날렸지만 머리를 노린 그 공격은 살짝 빗나가서 왼팔을 공격하는 것으로 그쳤다.

"젠장!"

"나오 군, 진정해요."

냉정하게 그리 말을 건넨 나츠키는, 함정에 다리가 처박혀서 균형이 무너진 오크의 머리에 담담한 표정으로 창을 찔러 넣어서 숨통을 끊고 있었다.

나츠키는, 전투 중에는 거의 표정이 변하지 않는구나…….

"저는 오크 리더를 제압할게요. 뒤를 부탁해요."

"그래!"

쓰러뜨린 오크를 짓밟고 전방으로 달려나간 나츠키는 함정을 뛰어넘어, 바로 옆까지 들이닥친 오크 리더의 다리를 창으로 베었다.

반면에 토야 쪽은 내가 팔을 날린 오크의 목에 검을 휘두르고 바로 뒤의 두 마리에게 향했다.

"내가 나츠키를 엄호할게! 유키, 나오, 나머지 두 마리는 괜찮겠어?!"

"어떻게든 할게!"

내가 왼쪽으로 전개, 유키가 오른쪽으로 전개. 그리고 나머지 두 마리가 있는 곳은 오른쪽이었다.

유키는 철봉을 들고 그리 외쳤지만 조금 불안했다.

나는 아직 희미하게 숨이 붙어 있는, 팔이 없는 오크의 머리를 창으로 찌르고 서둘러서 유키 쪽으로 향했다.

유키가 대치하는 오크는 몸에 화살이 두 개 박혔고 얼굴이 반쯤 그을린 상태였다.

그 오크를 유키가 철봉으로 견제했지만, 오크의 키에 반도 채 안 되는 유키는 간단히 박살 날 것 같아서 보는 것만으로 무서웠다. 하지만 멀쩡한 오크는 한 마리 더 있었다.

"큭, 『파이어 애로』!"

뒤에서 들이닥치는 오크에게 속도를 우선시해서 『파이어 애로』를 날렸지만 팔에 막혔다. 치명상은 아니지만, 속도를 떨어뜨리는 것에는 성공했다.

"유키! 괜찮아?!"

"버틸 수 있어! 하지만 빠른 엄호 부탁해!"

오크와 유키 사이로 미끄러져 들어가서 창을 들며 말을 건네자 돌아온 것은 그런 대답이었다.

곤봉을 철봉으로 제대로 흘려내고 있지만 마법을 사용하거나 치명상을 줄 여유는 없겠지.

애당초 철봉을 이용한 공격으로는 토야조차 바이프 베어에게 대미지를 줄 수 없었다.

그 이하의 근력밖에 없는 유키가 그 이상으로 강한 오크를 쓰러뜨릴 수 있을 리도 없다.

"어떻게든 버텨줘!"

창을 들고, 거의 멀쩡한 오크를 노려봤다.

괜찮아, 스킬 레벨을 생각하면 쓰러뜨릴 수 있어. 【창술 Lv.2】와 【창술 재능】을 믿어라, 나.

조금 전의 공격을 내가 날렸음을 알아차렸는지 조금 경계하듯 곤봉을 양손으로 드는 오크.

그러지 말라고, 한 손으로 휘둘러도 힘으로는 간단히 질 테니까.

뒤에 유키가 있으니까 섣불리 피할 수도 없다.

"지금은, 선수필승!"

오크의 왼쪽으로 파고들듯이 재빠르게 이동, 창으로 찔렀다.

창끝이 살짝 박혔다고 생각한 순간, 곤봉을 왼손으로 바꿔 든 오크의 팔이 내려왔다.

"큭!!"

오크의 팔꿈치에 닿자 우둑하는 가벼운 소리를 내며 간단히 부러지는 창 자루.

그리고 아래에서 위로 후려치는 곤봉.

순간적으로 몸을 비틀어 왼팔을 방패로 삼았지만 그곳에서 울리는 기분 나쁜 소리와 함께 내 몸이 떠올랐다.

"——윽!"

새어 나오려는 비명을 꾹 누르고 시야에 들어온 나뭇가지를 얼른 붙잡고서 몸을 나무 위로 끌어올렸다. 상당히 아크로바틱한 동작이었지만 그건 어떻게든 성공해서, 무방비하게 오크 앞으로 떨어지는 것은 회피했다.

——엘프라서 다행이야! 균형 감각이 없었다면 아마도 떨어졌겠는데, 이거.

오크 쪽도 내 동작이 예상 밖이었는지 곤봉을 든 채로 한순간 동작이 멈췄다.

"『파이어 애로』!"

오른손을 내밀어 마침 딱 적당한 높이에 있는 오크의 머리에 혼신의『파이어 애로』를 날렸다.

그리고 천천히 뒤로 쓰러지는 오크에게서 유키 쪽으로 황급히 시선을 옮기자…… 어라?

자그마한 유키가 오크의 공격을 제대로 계속 막아내고 있는데?

가볍게 들어 올린 것만으로 나무 위까지 날아갈 정도의 위력이었다.

밑으로 휘둘렀을 때의 위력은 분명히 그 이상.

기술적으로는 가능해도 유키의 완력을 생각했을 때는 힘들 것 같은데?

게다가『퍽, 퍽』상당히 그럴듯한 소리가 나고——아니, 그게 아니지!

“유키! 『파이어 애로』.”

정신을 차린 나는 유키에게 말을 건네고서 오크를 향해 마법을 날렸다.

불행 중 다행으로 나무 위에서 이동할 수 있으니까 사선은 열렸다.

유키가 물러난 순간에 오크에게 도달한 『파이어 애로』는, 살짝 빗나갔지만 목을 반 정도 날려버리며 멋들어지게 피 분수를 만들어냈다.

여태껏 머리를 날렸을 때도 꽤나 화려하게 피가 튀었지만 그때는 앞에서 공격해서 그런지 바로 뒤로 쓰러져서 괜찮았다.

하지만 이번에는 어중간했던 탓에 쓰러질 때까지 시간이 걸려서, 주변이 성대하게 피로 더러워졌다.

“고마워! 하지만 더러워!”

피를 뒤집어쓴 유키한테서 감사와 푸념이 동시에 날아왔다.

“미안해! 용서해줘!”

이런 말을 하면 그렇지만, 눈앞에서 오크의 머리를 날려버린 나는 유키보다도 지독한 상황이니까!

솔직히 말해서 팔은 아프고, 피는 불쾌하고, 마력을 쓸데없이 사용한 탓인지 기분도 좀 나쁘고. 위기에도 냉정하게 필요한 만큼의 위력을 발휘하지 않고서는 위험하겠는데, 이건.

전장을 둘러보니 토야는 이미 한 마리를 쓰러뜨리고 두 번째와 어려움 없이 교전 중이니까 이건 방치.

문제는 오크 리더와 대치하는 나츠키와 하루카였다.

숲속인 만큼 거구인 오크 리더는 싸우기 힘들지 않을까 생각했지만 그렇지는 않았다.

오크 리더는 평범한 오크가 드는 것보다 더욱 굵은 곤봉을 휘둘러서 자잘한 나뭇가지라면 간단히 털어버리고, 가느다란 나무라면 억지로 부러뜨렸다.

나츠키도 오크 리더의 다리에 상당한 대미지를 주고 있지만 치명상과는 거리가 멀고, 부러져서 흩어진 나뭇가지 탓에 움직임도 정교함이 부족했다.

엄호에 나선 하루카는 현재 뒤에서 따라온 오크――처음에 하루카가 공격을 가한 오크다――와 대치하고 있었다. 오크의 몸엔 화살이 몇 개나 박혀 있지만 나무들 탓에 급소인 머리가 멀쩡하다.

조금 물러나면 사선도 열리겠지만 그러면 오크가 나츠키 쪽으로 향할 수도 있고, 그렇다고 접근전이 가능한 것도 아니다. 그런 상황이었다.

"유키!"

나는 동작으로 유키에게 그 오크를 공격하라고 지시, 내 쪽은 오크 리더를 공격하기로 했다.

움직임은 오크보다 조금 빠른 것 같지만 그렇게까지 큰 차이는 아니었다.

다만 나츠키의 공격에 대응하는 모습 따위를 봐서는, 그저 날뛰기만 하는 오크와 다르게 리더는 전투 방식에서 어느 정도 기량이 엿보였다.

"위력은 같은 정도, 속도를 올려서……."

마법은 이미지.

나는 살짝 집중해서, 오크 리더의 시선이 반대쪽으로 향한 순간에 『파이어 애로』를 날렸다.

속도로는 통상의 약 1.5배.

머리를 노린 그 공격은 오크 리더가 순간적으로 든 왼팔에 박혔다.

"큭!"

팔을 반 정도는 도려냈지만 머리는 멀쩡.

"그오오오오오아아!!"

아픔에 비명을 터뜨리고 내게 분노한 시선을 보내는 오크 리더.

그 뒤에서 오크를 처리한 토야가 칼을 휘둘렀지만 오크 리더는 개의치 않고 이쪽을 향해 걸음을 내디뎠다.

위험해. 왼팔을 당한 탓에 나무에서 내려갈 수가 없다.

뛰어내리려고 해도 주위는 발을 디딜 곳이 마땅치 않다. ……오크의 시체를 발판으로 쓸까?

"나오! 동시에!!"

그 목소리에 고개를 들자 상처 입은 오크를 어떻게든 정리하고 활을 든 하루카와, 시선을 이쪽으로 향하고서 오크 리더에게 한 손을 내밀고 있는 유키의 모습이 있었다.

"그래!"

대답한 뒤로 정확하게 3초.

상황에 따라 타이밍을 잡는 방법도 이미 사전에 정해뒀다. 용의주도한 하루카에게 진심으로 감사한다.

나와 유키의 『파이어 애로』와 하루카의 화살이 오크의 머리로 향하고, 동시에 나츠키도 달려들었다.

토야가 등 뒤에서 공격을 가해서 오크 리더의 주의를 끈 순간에 머리로 공격이 집중, 순간적으로 얼굴을 감싼 오른팔의 틈을 꿰뚫고 나츠키의 창이 오크 리더의 목에 박혔다.

창을 꾹 비튼 다음에 옆으로 뽑아낸 나츠키가 뒤로 크게 물러나고 오크 리더의 상처에서 피가 뿜어 나왔다.

그럼에도 오크 리더는 손에 든 곤봉을 들어 올렸지만, 그것을 휘두르지는 못했다. 거구가 천천히 앞으로 쓰러졌다.

하루카는 방심하지 않고 주위로 시선을 움직이더니 내 쪽을 올려다봤다.

"나오, 원군은?"

"탐색 범위에는 없어."

내 대답을 듣고 간신히 하루카는 안도한 듯 숨을 내쉬었다.

"일단은 안심이지만 서둘러서 저쪽에 남겨둔 두 마리의 소재를 회수하자. 여기 오크도. 신중함보다는 속도를 우선으로."

사냥감을 가로챌 몬스터 따위는 없다고 생각하지만 오크한테 들켰다가는 위험하다.

서둘러야만 한다는 건 알지만…….

"어— 미안한데 먼저 치료부터 해줄래? 조금, 아파. 이 팔로는 해체도 못 하고."

나무 위에서 스스로도 적잖이 한심한 목소리를 내며 부러진 왼손을 내밀자, 그것을 본 아이들의 안색이 변했다.

"나오 군! 괘, 괜찮아요?!"

"괜찮기는 한데, 아파."

전투 중에는 아드레날린이 분비되었는지 그렇게까지 아픔을 느끼지는 않았지만, 끝나고서 조금 진정되자 욱신욱신 통증이 울렸다.

골절을 당한 적은 있지만 이렇게까지 화려한――명백하게 관절이 아닌 곳에서 팔이 구부러진 상태는 처음이었다.

"빨리 내려와!! 치료할 수가 없잖아!"

"그건 알지만……."

어떻게 내려가지? 뛰어내릴까? 틀림없이 울리겠는데, 이 팔에.

하지만 시원스러운 느낌으로 날려버렸는지 오른팔만으로 내려가기에는 조금 높다.

"자, 내 어깨를 빌려줄 테니까."

"어, 미안해."

나뭇가지 아래까지 와준 토야의 어깨에 발을 얹고 신중하게 내려가서 지면에 발을 붙였다.

안도의 한숨. 하지만 사소한 움직임에도 아프다.

"완벽하게 부러지면 이렇게 되는구나~~."

내 팔을 신기하게 쳐다보는 토야. 확실히 좀처럼 볼 수 없는 모습이지만――.

"토야, 그럴 여유가 있다면 나오의 뼈를 올바른 위치로 고쳐줘."

오크의 피범벅인 내게 『퓨리피케이트』를 걸면서 하루카가 그렇게 말하자 토야는 곤혹스럽다는 듯이 내 팔을 봤다.

"어, 내가? 이런 쪽으로는 잘 모르는데……. 이대로는 치료 못해?"

"위치는 돌려놓는 편이 확실히 빠른 것 같아. 자기 팔을 만져봐서 참고로 해."

하루카의 재촉에 토야가 자기 팔의 뼈를 만진 뒤, 쭈뼛쭈뼛 내 팔을 붙잡으려고 했지만……. 어, 이걸 꾹 잡아당겨서 뼈 위치를 교정하는 거야? 그거 엄청 아프겠지?

"저기, 하루카. 진통 마법 같은 건 없어?"

"나는 몰라. 울어도 되니까 참아."

"아니, 참기는 하겠지만……."

냉정한 표정으로 냉정한 소리를 했다.

옛날에 마취 없이 금이 간 뼈를 교정했을 때는 눈앞이 새하얘질 정도로 아팠는데……. 그 이상인가……. 진짜로 기절할지도.

"저기, 제가 할게요. 토야 군보다는 뼈의 구조를 잘 파악하고 있을 테니까요."

"어, 그래? 그럼 부탁할게."

자청하고 나선 것은 나츠키. 나로서도 토야한테 벌벌 떨면서 받는 것보다는 나츠키가 그래도 낫다.

"그럼, 나츠키. 부탁할게."

"예. 울어도 된다고요?"

그러면서 장난스럽게 미소 짓는 나츠키를 보고 나는 남자의 긍

지로 이를 꽉 악물었다.

"아니, 참을게."

"그런가요. 하루카, 준비는 됐나요?"

"언제든지."

나츠키는 하루카가 그렇게 말하면서 고개를 끄덕이는 것을 확인하고 내 팔에 살며시 손을 얹었다.

그리고 다음 순간――.

"――으으윽?!?!"

단숨에 나츠키의 손이 움직이고, 나를 꿰뚫는 아픔. 눈앞이 반짝반짝하고 미묘하게 눈물이 흘러나왔다.

목소리만큼은 어떻게든 억눌렀지만 비지땀이 뿜어 나오는 것은 막을 수 없었다.

그 한순간 뒤에는 급속하게 통증이 가시고, 기분 나쁘게 검붉은 색으로 변해 있던 내 팔은 똑바로 돌아와서 원래의 색깔을 되찾았다.

"괜찮나요?"

"어, 어어……. 나츠키, 가차 없구나?"

"천천히 해봐야 아픈 게 길어질 뿐이니까요. 고칠 수 있다는 사실을 아니까 아픈 건 짧은 게 낫잖아요?"

"……부정은 못 하겠네."

천천히 뼈 위치를 바로잡는다고 해서 아픔이 덜하지는 않겠지.

이론상으로는 나도 알겠지만, 저런 수완과 기개는 못 따라 할 것 같다.

"나츠키, 굉장해! 나는 무리거든, 그건."

"그래. 정말로. 낫는 속도와 마력의 양을 생각하면 한순간에 거의 완벽한 위치로 되돌렸잖아?"

"일단 무도를 조금은 경험했으니까요."

놀란 듯이 말하는 나츠키와 안도해서 평온한 표정이 된 하루카의 칭찬에, 나츠키는 조금 부끄러운 듯이 말했다.

지금 하루카가 쓸 수 있는 치유 마법이라면, 부위가 사라지지 않는 한은 대량의 마력으로 어지간한 부상은 고칠 수 있다나. 다만 부러진 뼈의 위치를 치유 마법으로 보정하는 것에는 한계가 있어서, 어설픈 마법사가 치료하면 미묘하게 삐딱한 상태로 이어져서 장애가 남는 경우도 있다나 보다.

그럴 경우에는 다시 한번 부러뜨린 다음에 고위 치유사에게 부탁하게 된다니까…… 오한이 든다.

"나츠키가 있다면 우리도 안심이야! 문제는 나츠키가 골절을 당했을 경우인데."

"……하루카, 유키, 가르쳐줄 테니까 기억해달라고요. 안 그러면 만에 하나의 일이 벌어졌을 때 제 손이 미끄러질지도?"

잠시 생각에 잠긴 뒤, 두 사람을 보면서 싱긋 미소 짓는 나츠키. 미소에 박력이 있었다.

"으, 응! 물론이야! 시간 날 때 가르쳐줘. 죽을 각오로 배울 테니까!"

"나도 배워두는 편이 낫겠네. 빛 마법을 쓸 수 있는 건 나랑 나츠키뿐이니까."

고개를 열심히 끄덕이는 유키와 천천히 끄덕이는 하루카.

뭐, 둘 다 머리는 좋으니까 금세 배울 수 있겠지.

우리의 참가는——사양하는 게 낫겠다.

여성의 골격이라든지 부끄러울 것 같고.

"자, 또 큰 부상을 당한 사람은…… 없네. 그럼 빨리 해체를 진행하자."

"그러네. 아무리 그래도 오크랑 한 번 더 싸우는 건 사양이야. 분담은…… 나, 하루카, 나츠키가 저쪽의 오크를 먼저 해체, 토야랑 유키는 여기를 담당. 괜찮을까?"

"적 탐지를 생각하면 그게 맞겠네. 최대한 빨리 해달라고."

"여긴 양이 너무 많은걸."

"그래, 무리하지 말고 적당히 해줘."

살짝 떨어진 장소에 쓰러져 있는 오크 두 마리까지 이동해서 우리는 해체를 진행했다.

스킬 레벨 때문에 담당은 하루카가 한 마리, 나와 나츠키가 한 마리.

역시나 열 마리 이상 해체하니 정신적으로도, 기술적으로 무척 익숙해져서 처음과 비교가 안 되는 속도로 작업이 진행되었다. 그래도 몇 분으론 부족하지만.

"이러면 오크를 통째로 넣을 수 있는 매직 백이 필요하겠는데. 그게 있다면 위험한 장소에서 서둘러 해체할 필요도 없을 테고."

"이게 들어가는 주머니라니, 크레인으로 들어서 옮기는 컨테이너 정도 크기는 필요하지 않을까? 배낭 사이즈도 아직 완전판은 성공하지 못했는데?"

『무리겠지?』 같은 시선을 보냈지만 나도 그런 쪽은 생각하고 있었다.

"어디까지나 목적은 사냥감을 안전한 장소까지 이동시키는 것뿐이야. 주둥이는 넓지만 바닥은 엄청 얕게, 부가하는 것도 『라이트 웨이트』와 『익스텐드 스페이스』만으로 한정한다면 아마도 될 거야."

"그래? 그럼 시험해볼까. 우리가 주머니를 꿰매서."

역시나 그런 특수한 모양의 주머니는 팔지 않을 테니까 직접 만들 수밖에 없겠지.

"가능하다면 가죽이 좋을 것 같은데. 여기만 봐도 나뭇가지가 흩어져 있잖아? 그런 땅바닥에 펼치고 그 위로 오크를 굴리는, 그런 방식이 될 것 같으니까 찢어지면 곤란해."

혹은 오크를 위에서 덮든지.

적어도 들어서 주머니에 넣는 방식은 불가능하다.

"으~음, 자수는 무척 힘들겠지만 검토해볼게."

"저도 도울 테니까요. 최근에 【재봉】 스킬을 얻었거든요."

"나츠키는 원래부터 재봉을 잘했으니까. 좋아! 나는 끝났는데 그쪽은?"

"여기도 이미 끝났어."

해체해서 가죽 위에 늘어놓은 지육을 가방 안에 던져놓고, 먹을 수 없는 내장이나 뼈를 근처에 투기. 마지막으로 가죽을 말아서 가방에 밀어 넣으면 작업 완료다.

처음에는『기분 나쁘다』같은 생각을 하던 해체 작업도 최근에는 고기가 맛있게 보이니 빨라졌다. 역시나 익숙해지는구나.

물론 살아있는 오크를 보고『맛있어 보이는 고기!』라고 생각하게 된 건 아니다.

“그럼 서둘러 돌아가자. 나오, 주위에 적은?”

“현재로서는 없어. 오크 말고도.”

전투로 그럭저럭 소음이 발생했을 테지만 다른 오크가 정찰하러 오는 기색도 없었다.

우리에게는 솔직히 고마운 일이다. 안 들린 걸까, 문제가 없다고 생각한 걸까, 아니면 원군을 보낼 만큼의 지능이 없는 걸까?

우리가 토야와 유키한테 돌아오자 오크 두 마리는 거의 처리를 끝낸 상태였다.

나머지는 오크 여섯 마리와 오크 리더. 분담해서 처리를 진행했다.

【해체】스킬은 모두 가지고 있지만 역시나 가장 빠른 것은 레벨 2가 된 하루카.

나머지 사람끼린 거의 차이가 없지만 힘이 있는 토야가 살짝 빠르려나.

하루카가 두 마리를 처리하는 사이에 우리가 한 마리씩 처리하고 오크 리더 해체로 넘어갔다.

머리 두 개 정도는 크지만 오크는 오크, 해체도 어렵지는 않다……고 생각했는데 무척 힘들었다.

"이거, 참치용 식칼처럼 커다란 나이프가 필요하겠는데."
오크 리더는 거구인 만큼 살도 두꺼웠다.
지금 사용하는 해체용 나이프의 날 길이로는 짧다는 뜻이다.
"내 검 쓸래?"
토야가 검을 내밀었지만 하루카가 쓴웃음 짓고 고개를 가로저었다.
"그거, 거의 날도 안 세웠잖아."
토야의 검은 중량을 중시한 물건이라서 힘을 실어 휘두르면 잡아 찢는 정도는 가능하지만 고기를 슥 베는 것은 불가능했다.
일본도라도 있으면 그걸 썼겠지만 그것도 실전에선 미묘하댔지.
쓴다면 공격은 전부 피하며 무기끼리 부딪치지 않고 단단한 부분은 피해서 베어내는 식으로 하든지, 찌르기를 메인으로 하든지…….
어차피 전투가 종료된 뒤에 매번 칼을 손질할 수도 없으니, 그야말로 마법의 아이템 같은 칼이라도 없다면 이런 곳에 사용하는 건 무리다.
"매직 백이 있으니까 해체용으로 긴 나이프를 사도 괜찮을지도 모르겠네. 이번에는 이걸로 최대한 할 수밖에 없지만."
"그러네. 솔직히 기름기로 끈적끈적해져서 힘들어."
나이프를 넣고, 살점을 잡아당겨서 더더욱 나이프를——그렇게 반복하지 않고서는 잘리지 않을 정도로 두꺼웠다. 팔 굵기만으로도 품에 가득 들어갈 정도나 되니까 간단하지 않다.
"……바람 마법으로 슥삭 자를 수는 없을까?"

"쓸 수 있는 건 하루카뿐이니까, 하루카가 열심히 해볼 수밖에 없겠네요."

"물 마법으로 워터 커터 같은 건?"

"물 마법도 지금 쓸 수 있는 건 하루카뿐이야. 나도 일단 소질은 가지고 있지만."

"애당초 워터 커터는 깎아낸다는 느낌이잖아? 두꺼운 걸 슥삭 자르는 용도에는 안 맞는다고 생각하는데."

일본에서 공업용으로 사용되는 워커 커터는 고압으로 물, 혹은 물에 무언가 입자를 섞어서 뿜어내고 소재를 깎아서 자른다.

마모되는 칼날이 없으며 열을 발생시키지 않고서 단단한 물체를 자를 수 있다는 장점은 있지만, 공기 저항 등의 영향으로 분출구에서 떨어질수록 자르는 것은 어려워진다.

마법의 효과로 『물이 확산되지 않고 항상 계속 가속한다』라면 또 다르겠지만.

"적어도 해체를 목적으로 한다면 다양한 날붙이를 준비하는 편이 훨씬 낫겠네. 들고 다닌다는 문제가 사라졌으니까."

"그러네. 사둬야 했어. 오크 때도 조금 귀찮았으니까."

오크 해체에도 나이프 날 길이는 조금 문제가 되었지만, 한 사람이 한 번에 해체하는 것은 한 마리 이하였으니까 다들 불만을 꺼내지 않고 작업했던 것이다.

하지만 이번에 하루카는 이미 오크 세 마리를 혼자서 해체, 마지막이 오크 리더니까 불만을 흘리는 것도 당연하겠지.

"뭐, 조금만 더하면 되니까 힘내자고."

"응, 그래."

대화를 나누면서도 우리의 손은 계속 움직여서, 다섯 명 전원이 매달린 오크 리더는 얼마 지나지 않아 지육으로 모습을 바꾸고 전부 매직 백에 들어갔다.

가죽은 다른 오크보다 멀쩡해 보였지만 다리 부분에 나츠키가 남긴 상당한 숫자의 자상이 있었다.

이것이 평가에 어떤 영향을 미칠까. 아무리 그래도 나츠키한테 『쓰러뜨리는 방식에 문제가 있었다』 같은 소리를 할 수 있을 리는 없다.

약간의 돈보다는 목숨이 더 중요하니까.

"좋아. 그럼 얼른 철수하자. 적어도 오크의 영역에서는."

큰 부상을 당한 것은 나뿐이었지만 다들 강적을 상대했으니 지친 모양이었다.

누구도 반대하지 않고, 우리는 총총히 그 자리를 뒤로했다.

전투와 해체를 끝낸 우리는 그대로 숲 밖까지 이동했다.

강적과의 전투로 찾아온 피로감으로 『안심할 수 있는 장소에서 쉬고 싶다』라며 모두의 의견이 일치한 것이었다.

모두가 내게 보내는 시선에 걱정스러운 기색이 섞여 있었으니까, 내가 큰 부상을 당한 것이 가장 큰 이유일지도 모르겠지만.

"이것 참— 무사히 살아남았지만 생각했던 것 이상으로 강적,

이었네.”

숲에서 충분히 떨어진 것을 확인하고 토야가 땅바닥에 털썩 주저앉았다.

“그러네요. 숲속에서 오크 리더를 상대로 단독으로 싸우는 건, 조금 버거워요.”

“움직이기 힘들어 보였지, 나츠키.”

그다지 움직이지 않고 곤봉을 휘두르는 오크 리더와 달리 나츠키는 그것을 피하면서 공격을 가해야만 했다. 누가 더 불리한지 따지자면 틀림없이 나츠키겠지.

주변의 나무들로 거구의 오크 리더가 제한을 받지는 않을까 생각했는데 딱히 그렇지도 않았고.

“나오는 큰 부상을 당했으니까 말이지. 부상자가 더 이상 나오지 않았던 건 다행이지만.”

“윽!”

아픈 곳을 찔려서 무심코 말문이 막혔지만 나한테도 하고 싶은 말은 있었다.

“아니, 격파 수는 내가 1위라고? 세 마리는 확실히 처리한 데다 두 마리는 반죽음이었으니까. 개인적으로는 토야의 활약이 적다고 생각하는데! 두 마리밖에 상대하지 않았잖아!”

“아니, 그건…… 부정 못 하겠네.”

토야가 세 마리를 맡아줬다면 조금 더 여유가 있었고, 두 마리뿐이라고 해도 재빨리 쓰러뜨렸다면 조금 더 빨리 나츠키 엄호로 들어갈 수 있었을 터.

"나도 그 생각은 조금 했어. 토야의 기량이라면 조금 더 할 수 있었잖아?"

"두 마리 동시에, 그게 역시나 힘들었어. 익숙하지 않으니까."

"그건 그렇겠네. 여관 뒤뜰에서는 무리였지만 모처럼 땅도 샀으니까, 다음부터는 여럿이 상대인 모의전을 해볼까?"

"그러네. 자유롭게 쓸 수 있으니까 말이지."

이제까지는 할 수 없었던 전투 방식도 우리 땅이라면 스스럼없이 할 수 있다.

유키의 말대로 앞으로의 상황을 생각한다면 여럿이 상대인 훈련도 필요하겠지.

"그런데 나오는 왜 다쳤어? 나, 못 봤는데."

"어— 가장 큰 원인은 창이 부러졌기 때문이겠네."

"그러고 보니 안 들고 있었네?"

"미, 미안해요! 제가 비싼 창을 써서——."

나츠키가 미안하다는 듯이 머리를 숙였지만 나는 황급히 고개를 가로저어 부정했다.

"아니아니, 그건 전혀 문제없어. 그보다도 나츠키가 그 창을 썼다면 진짜 문제가 생겼을 것 같고."

오크를 상대로도 그다지 박히지 않았던 창이다.

오크 리더가 상대라면 전혀 대미지를 줄 수 없지 않았을까.

"게다가 나도 부러진 뒤의 대응이 조금 나빴던 것 같으니까. 다만 조금 더 제대로 된 창과 대체할 무기는 준비해두는 편이 나을지도 모르겠네. 나만이 아니라."

"나도 활 이외의 무기를 연습해야겠어. 이번에는 조금 곤란했거든."

하루카는 활을 사용해서 접근전에 가까운 행동을 하며 오크 한 마리를 끌어들였지.

빠른 움직임과 활 실력이 있기에 성립되었지만 상당히 위태로운 느낌이었다.

적어도 하나 더, 전위가 있으면 안심이겠는데…… 응? 혹시 내 역할?

남녀평등을 기조로 하는 나라도 하루카한테 나보다 앞에 서라고 그러기는 힘드니까.

엘프, 인데 말이지. 토미는 아니지만 어쩐지 이미지와 다르다.

"나츠키는…… 특별히 할 말은 없어. 열심히 했다고 생각하니까."

"그런가요? 결국에 엄호가 없었다면 쓰러뜨리진 못했을 테고……."

"이번에는 장소가 문제였어. 돌아서 파고들 수 없는 상태에서 정면으로 도전했는데 이 정도면 충분하다고 생각해."

오히려 잘도 그만한 배짱이 있구나 싶다.

그런 거구 앞에 서서 엄청난 기세로 쏟아지는 커다란 곤봉을 피하고 창으로 공격을 가했다.

스친 것만으로 박살날 수 있는 상황에서 냉정하게 행동한 거니까.

"그러고 보니 유키는 강력한 오크의 공격을 잘 받아냈지?"

"어, 응. 그건 확실히 【근력 증강】 덕분이겠네. 보통은 힘으로 밀릴 상황에서도 어떻게든 해냈으니까. 다행히도【철벽】이 활약할 상황은 없었지만 상당한 효과는 있을 것 같아, 마력으로 신체 강화."

"나도 배웠다면 골절을 당하지 않고 무사했을까?"

"아니, 그렇게까지 뚝 부러지는 상황이라면 글쎄? 레벨 1 정도로는 무리 아닐까?"

그런가. 하지만 열심히 배우자. 무척 아팠으니까."

"하지만 역시 부상은 위험해. 게임으로 비유하자면『HP가 2할 감소』같이 표현될지도 모르겠지만, 나오처럼 한쪽 팔이 부러진다면 나는 공격력이 아예 사라진다고? 부상을 당해서 겁먹은 직후에 추가로 공격을 당했다면 죽을 수도 있고……. 나오, 잘도 살아있네?"

"그래, 무척 운이 좋았어……."

조금 감탄한 것 같은 하루카의 말에, 나는 그때의 위기 상황을 떠올리고 한숨을 내쉬었다.

운 좋게 나뭇가지를 붙잡지 못했다면 위험했을지도 모른다. 무척 진심으로.

"결론적으로는 조금 더 훈련하지 않는다면 우리로서는 오크 열 마리를 상대하는 건 위험하다는 거네."

"오크뿐이라면 괜찮지 않을까? 오크 리더가 없다면 여유가 있었을 것 같으니까."

"미안해요. 제가 싸우자고 그랬는데 나오 군이 큰 부상을……."

시무룩하게 고개를 숙여버린 나츠키에게 황급히 말을 건넸다.

"어, 아니, 나도 각오했으니까 딱히 나츠키가 잘못한 게 아니라고? 단순히 오크만으로 열 마리라면 대응할 수 있었다는 것뿐이지."

"그래. 이번에도 방법에 따라서는 부상을 당하지 않고 넘어갈 수도 있었잖아?"

"그건…… 부정할 수 없네."

사용하기 편하니까 『파이어 애로』 일변도가 되고 있는데, 마법을 조금 더 능숙하게 사용할 수 있다면…….

"으~음, 오크를 거의 일격으로 쓰러뜨리는 나오의 마법은 굉장하지만 섬멸시키는 힘이 부족하거든. 두 발을 동시에, 같은 건 안 될까?"

"터무니없는 소리 말라고?! 이것도 고생해서 위력을 올린 건데?"

처음의 맥 빠지는 『파이어 애로』부터 오크의 머리를 날려버리게 될 때까지.

"하지만 말이지, 매직 백을 만들 때는 다른 마법을 세 개나 동시에 사용했잖아? 그걸 생각하면 같은 마법을 동시에 두 개 사용하는 정도는 간단하지 않아?"

"……그렇게 말하니까, 그런 것도 같네."

『파이어 애로』는 위력이나 속도를 설정해서 필요 마력을 소비, 표적을 향해 발사하는 마법.

위력과 속도가 같아도 된다면 그 부분에는 문제가 없겠지.

걸리는 것은 각각 다른 표적으로 날려서 명중시키는 부분인가?

나는 일어서서 10미터 정도 떨어진 곳에 2미터 정도 간격으로 표식을 두 개 찍었다.
“으으음……『파이어 애로』!”
동시 발동은 오케이, 명중은…… 미묘하게 빗나갔나!
“와와, 나오, 굉장해! 한 번에 성공하다니!”
“이야기하길 잘했네. 갑자기 성공할 줄은 몰랐다고?”
유키와 토야는 손뼉을 치며 솔직하게 칭찬해줬지만――.
“살짝 표식에서 빗나가버렸네요.”
“발동도 살짝 느렸고 위력도 낮지? 나오, 저 표식 한가운데에 하나만 날려봐.”
“그래. 『파이어 애로』.”
조금 전과 같은 이미지로 발동한 마법이 생각했던 위치에 그대로 박히고 구멍을 뚫었다.
하루카가 거기까지 가서 구멍을 확인, 좌우의 구멍과 비교해보고 고개를 가로저었다.
“위력은 7, 8할 정도? 약해진 건 확실해.”
“조금 더 위력을 올릴 수는 없어?”
“못 할 건 아니야. 하지만 시간이 걸려.”
마법의 속도, 위력, 발동까지의 시간. 이 세 가지는 등가교환이라서 위력을 높이면 발동까지의 시간이 길어지고, 발동까지의 시간을 길게 잡지 않는다면 속도가 떨어진다.
익숙해지면서 수준을 끌어올릴 수는 있지만 지금 내가 오크에게 사용하는『파이어 애로』는 3초 이내에 확실하게 발동 가능한 최대 위력을 베이스로 하는 것이었다.

"참고로 세 발은?"

"정말이지 토야, 터무니없는 소리를 하네. ……『파이어 애로』!"

일단은 시험해봤다. ——발동은 되었다. 하지만 조준이 상당히 빗나갔다.

처음에 찍은 두 표식과 뒤에 날린 중심의 구멍을 노렸지만 정확하게 맞은 것은 하나도 없었다. 가까운 것이 20센티미터 정도, 가장 먼 것은 50센티미터 정도나 떨어져 있었다.

"위력도 5할 정도? 적이 밀집한 상태, 아니면 견제 목적으로는 쓸 수 있을지도?"

다시 구멍을 확인한 하루카가 어깨를 으쓱이며 그렇게 말했다.

이래서는 전투 중에 사용하기에는 조금 위험하겠네.

차분하게 쓸 수 있는 상태에서 이렇다면, 조급한 상황에서는 잘못했다가 아군에게 맞을 위험성조차 있다.

"두 개, 확실하게 맞출 수 있도록 연습해볼까……."

쓸 수 있게 된다면 무척 유리해지겠지.

접근할 때까지 나 혼자서 네 마리를 처리할 수 있게 된다면 오크 열 마리 정도는 문제가 되지 않는다.

"나오의 마법은 제쳐놓고, 우리 모두 훈련은 필요해. 무기와 마법…… 마도서, 살까? 집 대금을 지불해도 그 정도 저축은 있으니까."

수중의 현금은 집 잔금을 지불할 수 있는 금화 600개까지는 아직 다다르지 않았지만 매직 백에 들어 있는 오크는 윤택했다. 수십만 레아를 사용하더라도 지불하기 어렵지는 않다.

"나도 무기를 사고 싶네. 이 철봉은 튼튼하지만 오크한테는 안 통하고, 내 외모랑 별로 안 맞잖아?"

"아니, 외모는 아무래도 상관없지 않나?"

게다가 유키 넌 제대로 오크의 공격을 받아냈고, 의외로 어울리는 것 같기도 하다고?

"아니아니, 내 외모라면 역시나 단검이라든지 도적 스타일이 맞는다고 생각하지 않아? 체구도 작고."

"부정하지는 않겠지만 스킬로 따지자면 나츠키겠지, 그 포지션은."

【자물쇠 따기】나 【함정 지식】을 가지고 있으니까.

"유키도 제대로 된 무기를 가지고 있지는 않으니까 사고 싶다면 그건 상관없지만. ……단검, 이라."

"어, 하루카는 반대?"

"반대라기 보단, 가르쳐줄 수 있는 사람이 없잖아? 스킬이 없는 상태에서 사용할 수 있게 될까?"

"그게 있었지!"

우리의 무기 스킬은 유키를 제외하고 레벨 2~4.

유키가 【봉술 Lv.1】을 간단히 취득할 수 있었던 것은 토야한테서 복사했기 때문.

단검을 사용한다면 제로베이스에서 시행착오를 하든지, 가르쳐줄 수 있는 사람을 찾든지 해야 한다.

"그래도 난 【봉술】을 익히는 건 의외로 간단했다고? 【검술】 스킬이랑 관계가 있을지도 모르겠지만 유키도 【검술】을 복사한 다음에 단검을 연습해보면 어때?"

"괜찮네. 【검술】 스킬이 있다면 다소나마 싸울 수 있을 테고. 가능하다면 단검 특유의 전투 방식같은 걸 누군가에게 배우는 게 좋겠지만."

"내가 볼 땐 단검을 고집할 필요는 없다고 생각하는데. 【근력증강】이 있잖아. 도끼나 배틀 해머, 철퇴 같은 것도 선택할 수 있지 않을까?"

"어—, 그건 귀엽지 않아!"

"……그런가?"

도끼나 해머가 귀엽다고 주장할 생각은 없지만, 그렇다고 해서 나이프가 귀여운가?

내 이미지로는 오히려 암살자같이 『어둠 속에서 푹싹』이라는 느낌인데.

"뭐, 유키가 하고 싶다니까 시켜보죠. 저, 조금이지만 단도술을 알고 있으니까 가르쳐줄 수 있을지도 모르고요."

나츠키는 다니던 나기나타 도장에서 호신술과 함께 가볍게 배운 적이 있다나.

대단한 건 못 한다고 했지만 전혀 인연이 없었던 우리가 보기에는 충분히 굉장하다.

"역시 나츠키, 다재다능하네."

"과찬이에요."

나츠키는 수줍게 귀여운 미소를 지었다.

"자, 그럼. 반성의 자리는 이 정도로 하고, 오늘은 이만 마을로 돌아갈까. ——아니면 지금부터 다시 한번, 싸우고 싶은 사람 있어?"

하루카의 물음에 전투광도 아닌 우리는 일제히 고개를 가로저었다.

"그럼 얼른 돌아가자! 지금부터라면 오늘의 메뉴 점심시간에 맞출 수 있을지도 모르니까!"

얼른 일어나서 가도로 향하는 유키를 따라서 우리도 일어섰다.

"아무리 그래도 지금 간다고 오늘의 메뉴가 남아 있을 것 같지는 않은데……."

"그래도 야영보다는 맛있는 걸 먹을 수 있으니까, 저는 기대된다고요?"

"나는 양이 많은 '졸음의 곰'이라도 괜찮은데 말이지~."

그런 식으로 오늘의 점심 메뉴를 생각하는 아이들 뒤를 천천히 걸어가던 나는, 문득 걸음을 멈추고 숲을 한 번 돌아봤다.

저 안쪽에는 이번보다 더 강한 오크 상위종이 있는 걸까?

오크에게조차 큰 부상을 당하는 지금의 내가 도전한다면 기다리는 것은 아마도, '죽음'.

그것을 가까이서 느낀 이번 일은, 어떤 의미로 좋은 경험이었을 테지.

"좀 더 단련해야겠어. ……하루카를 지키기 위해서라도."

그리고 걱정을 끼치지 않기 위해서도.

"나오? 왜 그래?"

"——아니, 아무것도 아니야."

의아한 듯 돌아보는 하루카에게 나는 고개를 가로저으며 대답하고, 그 결의를 가슴속에 감춘 채 달려갔다.

사이드 스토리 "나의 모험은 지금부터다!"

"훗. 이겼어……!"

갑자기 뭐냐고?

스킬 선택 말이야, 스킬 선택.

이 패턴에서 가장 중요한 것은 처음의 스킬 선택.

그것에 성공한다면 인생 장밋빛. 실패한다면 인생 잿빛.

그것이 이세계 전이의 왕도 패턴.

제대로 예습을 한 나는 당연히 전자.

갑자기 이상한 어린아이가 나타났을 때는 쫄았지만, 설마 내 인생에 이런 계기가 찾아올 줄이야!

그렇다고 여기서 『나 쩔어어어!』를 노리는 것은 초보.

적을 쓰러뜨리는 것이 강한 게 아니다.

진정한 강자는 남이 적을 쓰러뜨리게 만드는 것이다.

싸워서 강한 것보다도 싸울 필요가 없는 것이 최강.

그러니까 돈. 동서고금, 돈의 힘은 위대하거든.

그래서 그런 계열의 스킬을 찾았다.

【부자 (필요 포인트 5)】

이것을 찍으면 소지금이 다섯 배가 된다.

【큰 부자 (필요 포인트 10)】

이것을 찍으면 소지금이 스무 배가 된다.

푸풉—, 이런데도 【부자】를 찍는 사람이 있어?

어떻게 생각해도 【큰 부자】잖아. 한 글자 차이로 큰 차이.

물론 필요 포인트도 다르지만, 그 이상의 가치는 충분히 있다.

내가 어느 쪽을 찍었는지 굳이 말할 필요도 없겠지?

——그렇게 되어서 왔습니다, 이세계.

내려선 것은 어딘가 마을의 뒷골목.

아무한테도 붙지 않았으니까 근처에 아는 사람은 없겠지만 전혀 문제는 없다.

"훗훗훗. 스테이터스, 오픈!"

이름: 마사루

종족: 인간 (16세)

상태: 건강

스킬: 【마법 소질, 물 속성】 【건강】 【장수】

【젊은 외모】 【창술 Lv.2】 【완강 Lv.3】

【질병 내성】 【독 내성】 【물 마법 Lv.2】

이것이 나의, 심사숙고한 스테이터스.

건강 쪽의 스킬이 많은 건 당연하다.

부자다운 불건전한 생활(편견)을 했다가는 당연히 건강 문제가 신경 쓰일 테니까.

포인트로 건강을 살 수 있다면 찍어야겠지, 당연히.

돈은 있고………… 응? 어? 어라?

잠깐, 잠깐, 잠깐, 잠깐!

어라, 진짜로 잠깐만? 어? 내 【큰 부자】 스킬은?

없다고? 없어? 어떻게 된 거야?

자, 잘못 봤을까? 잘못 본 거지?

나는 일단 스테이터스 화면을 닫고 눈을 깜박깜박. 눈이 침침해지기에는 아직 이르다고?

제대로 눈을 마사지하고——.

"스테이——터스, 오————픈!!"

기합을 넣었다. 단단히 넣었다.

…………역시 변함없어!

버그? 버그인가요? 고객 문의, 어디?

사죄의 돌이라든지, 그런 거 줍니까……?

——신, 운영자는 없었다.

물구나무를 서도, 체조를 해도 표시는 바뀌지 않았다.

아니, 물구나무를 시작했을 즈음에 결국 냉정해졌고 머리도 살짝 돌아가기 시작했지만.

내가 찍은【큰 부자】스킬,『이것을 찍으면』이라고 적혀 있었는데 설마 **찍은 시점의 소지금**이 스무 배가 되는 건가. 그런 사실을 깨닫고 만 것이었다.

진짜로? 나, 이쪽의 돈 같은 건 안 가지고 있는데?

그런 생각을 하며 몸을 뒤졌더니 주머니 안에 단단한 물건이.

허겁지겁 꺼내봤더니 그것은 동전 스무 개였다.

"이거 아마도 금화, 겠지? 칙칙하지만."

그러니까 나 이외에는 금화 한 개 스타트인가?

무일푼 스타트가 아니었던 것은 불행 중 다행인가.

0는 몇 배를 해도 0. 그건 진짜로 장난이 아니라고.

"크, 포인트를 낭비했어!"

……아니, 잠깐만. 혹시 처음 소지금을 늘리는 방법도 있었나?

그런 스킬(?)에 더해서 다섯 배가 되는【부자】라든지, 그런 걸 잔뜩 고르면…… 시작 지점부터 막대한 자산을 가졌을 가능성도?

"내 선택 실수인가. ……다행인 건, 전투 계열 스킬도 찍은 거야."

돈을 가지고 있으면 습격을 당할 위험성도 높아진다. 호위를 고용하더라도 약간이나마『스스로 몸을 지킬 수 있도록』, 그렇게 보험으로 찍어둔 무기 스킬이 지금의 마지막 희망일지도 모르겠다.

"——뭐, 기다려. 아직 당황할 때가 아니야."

첫째 목표,『일하지 않고 놀면서 산다』는 실패했지만 내게는 아직 지식 치트가 있다.

이쪽도 제대로 예습을 했다. 정석인 오셀로와 마요네즈. 이걸로 돈을 번다.

결정했다면 서둘러야지!

지식 치트는 스타트 대시가 핵심. 같은 지식을 가진 녀석들이 서른 명 넘게 있는 것이다.

먼저 사용하지 않는다면 지식 따윈 아무런 가치도 없어진다.

나는 달렸다!

——그리고 쫓겨났다.

『갑자기 방문하신 분이 주인님을 만날 수는 없습니다.』

『오락 용품? 그런 걸 팔 수 있을 리가 없잖아.』

전자는 큰 가게. 후자는 작은 잡화점.

오델로 아이디어를 가져갔지만 그야말로 문전박대였다.

큭. 라이트노벨에서는 간단히 이야기에 응해줬는데! 선견지명도 없는 녀석들!

……하지만 냉정하게 생각해보면 납득이 갔다.

갑자기 찾아와서 『돈을 빌 수 있는 이야기가 있다』 같은 소리를 하는 녀석은 99.9퍼센트 사기꾼이다.

나머지 0.1퍼센트에 들어가는 것이 나였지만 그것을 간파할 수 있는 사람도 드물겠지.

적어도 시제품이라도 가져간다면 좋았을 테지만 그런 장인이랑 연줄 따윈 없고, 애당초 어설프게 시제품을 보여줬다가 간단히 표절당할 수도 있다.

오델로 따위는 보면 알 수 있을 만큼 단순하니까.
특허같이 적절한 게 존재할 리도 없잖아?

"——뭐, 기다려. 아직 당황할 때가 아니야…… 아마도."
놀이가 안 된다면 음식.
인간은 먹지 않고서는 살아갈 수 없다. 이거라면 팔리겠지.
"하지만 표절당하는 건 이쪽도 마찬가지니까……. 레시피를 파는 수밖에 없나?"
제대로 교섭한다면 매상에 따라서 지속적으로 보수를 받을 수 있을지도 모른다.
그다지 자신은 없지만…… 어떻게든 되겠지?
어쩐지 모르겠지만 마요네즈는 대인기였으니까. 라이트노벨에서는!
그러니까 괜찮아 보이는 식당을 몇 곳 돌아다녔지만…….
——제대로 이야기를 들어주지 않았다.
『너, 어디서 배운 요리사지? 안 배웠다고? 돌아가!』
『허어? 자기가 생각한 새로운 조미료? 요리사도 아닌 네가? 웃기지 마라!』
큭. 요리사가 아닌 사람이 요리 이야기를 해봐야 전혀 믿지를 않아!

"——뭐, 기다려. 아직 당황할 때가 아니야…… 틀림없이."
어쩔 수 없다. 사기 행위에는 그럴듯한 배경 스토리와 고도의 연기력이 필요.

특수사기도…… 이런, 사기가 아니었지. 거짓말이 아니니까.

나는 마을에서 정보 수집을 진행하고 그럴듯한 이야기를 창작, 요리사를 사칭해서 시험 삼아 만드는 과정까지 이른 것이었다!

――쫓겨났다.

아니, 잘 생각해봤더니 나, 마요네즈를 어떻게 만드는지 정확하게는 모른다.

달걀에 기름, 식초를 섞어서 그저 휘젓는다는 건 알았으니까 그렇게 이야기했지만, 아무리 휘저어도 끈기조차 생기지 않았고.

게다가 가열하지 않고 그대로 먹는다고 했더니 『이 자식, 웃기지 말라고! 달걀을 생으로 먹으면 탈이 나. 요리사라면 상식이잖아!』라면서 혼이 나고 말았다.

설마 『이세계에서는 그렇게 먹는다』 같은 소리를 할 수도 없어서 말을 머뭇거리자, 『위병한테 끌고 가는 건 봐주마. 다만 다른 가게에서 같은 짓을 한다면 어떻게 될지 알고 있겠지? 어엉?』 하고 단단히 못을 박혔다.

끝났다. 요리 계열 지식 치트, 종료 공지입니다.

게다가 실패 마요네즈의 재료비로 대은화 세 개를 징수당했고.

"――뭐, 기다려. 아직 당황할 때가…… 아니, 슬슬 당황하지 않으면 위험한가?"

해가 졌으니까 잡은 여관방.

그곳에서 줄어든 금화를 세고 나는 식은땀을 흘렸다.

생각했던 것 이상으로 지식 치트는 기초가 필요했다.
수상쩍게 불쑥 나타난 사람 따위, 지식이 있어도 활용할 무대가 없다.
그보다도 애당초 그 지식이 어중간하고!
"하지만 양대 지식 치트가 양쪽 모두 도움이 안 되다니!"
그 밖에는…… 수동식 펌프라든지?
하지만 이 여관의 우물, 어쩐지 평범하게 '물이 나오는 무언가'가 달려 있었다.
그건 마도구라는 녀석인가?
화장실도 수세식은 아니지만 그럴듯하게 신기한 물건이 있었고.
"잘 안 풀린다고! 나의 '불로소득으로 부자, 우하하하 계획'이!"
……뭐, 조금 인간쓰레기 같은 계획이라고는 생각했지만.
애당초 캐릭터를 만들 때에는 지식 치트로 어떻게 할 생각이 없었으니까 잘 풀리지 않는 것도 당연한가.
"어떤 의미로 왕도적인 모험가로 생활할 수밖에 없나. 설마 '모험'에 의지하게 될 줄이야……."
이것도 죄다 【큰 부자】에 속은 탓.
젠장, 역시 사신! 야비하다고!

"……사실은, 【큰 부자】는 수수하게 유효했어."
다음 날, 나는 포인트 낭비라고 생각했던 【큰 부자】에게 구원받았음을 실감했다.
모험가가 되려면 우선은 장비, 라면서 찾아간 무기점에서 알게 된 것은 상상 이상으로 무기와 방어구가 비싸다는 사실.

조금 제대로 된 장비를 갖추려고 한다면 금화 스무 개가 있어도 아슬아슬.

그보다도 모험가가 될 생각이라면 【큰 부자】는 필수 아닌가?

금화 한 개의 장비로 여행을 나선다니, 죽는다고!

그렇게 생각하면 10포인트도 낭비는 아니었다.

애당초 장비 이전에 금화 한 개로는 변변한 여관에 묵는 것조차 위태로웠는데.

일단 나도 지식 치트에 실패한 뒤로는 조금 절약을 하려고 싸구려 숙소를 찾기는 했다.

하지만 그곳에서 본 것은 여관방 하나에서 남자 두 사람이 **묘하게 친근한** 분위기로 나오는 광경.

어쩐지 체격이 좋은 형님들한테 미묘한 눈빛을 받는구나—, 싶었는데…….

당연히 그 자리에서 도망쳤다.

위험했다. 엄청 위험했다. 내 엉덩이가.

앞으로도 **많은 의미에서** 안전한 숙소에 묵기 위해서는 가능한 한 빨리 일을 시작해야 해!

"좋아, 가자고……."

마을사람한테 물어서 찾아온 모험가 길드 앞에서, 내 심장은 기대가 아니라 불안으로 빨리 뛰고 있었다.

이제까지 정석이었던 게 없다. 모험가 길드만 정석이라든지,

그럴 리는 없겠지?

엮인 모험가에게 맞섰다가 『누구냐, 저 굉장한 신인은?!』 같은 전개는 노 땡큐. 애당초 치트가 없으니까 불가능하고.

조용히 문을 열고 눈에 띄지 않도록 길드 안으로 들어갔다.

사람은…… 그럭저럭 있네. 다만 생각한 것보다 질 나쁜 사람은 없었다.

체격이 좋은 사람이 많은 것은 틀림없지만 보기에 『범죄자 일보 직전』 같은 케이스는 없다.

조금 더 말하자면 여성 모험가도 없다……고 생각한다.

여성인지 남성인지 판단하기가 미묘하게 어려운 사람은 있지만.

"……우선은 등록인가."

미소녀를 동료로 삼아서――라든지, 공허한 꿈이라고는 생각했지만 역시 현실은 이런 법이구나.

다만 유일한 구원은 카운터의 누님이 예쁘다는 건가.

당연히 나는 그 누님이 있는 곳을 선택했다.

"저기, 신규 등록을 하고 싶은데요……."

"예. 알겠습니다. 등록료는 대은화 세 개예요. ――예, 확실했어요. 그럼 여기에 기입해주세요. 문자는 쓸 수 있나요?"

"예, 괜찮아요."

등록료와 맞바꾸어 받은 등록 용지.

적는 것은…… 이름과 종족, 자기소개인가.

종족은 인간, 이름은…… 어떻게 할까. 야마이 마사루――스테이터스는 『마사루』로 되어 있었지?

그걸로 해도 되겠지만 다른 이름도 버리기 어렵다.

마루사? 아니아니, 세금 징수원이라도 올 것 같다.*

사루(원숭이)……는 아니지. 사이어…… 조금 강해 보이지만 그만두자.

사야나 마야는 여자 같고, 마사나 사이——사이로 하자. 조금 멋있으니까.

자기소개는 『물 마법과 창을 쓸 수 있다』겠네.

아무리 그래도 『독이나 질병에 강하다』라고 쓸 수는 없으니까.

"다 됐어요."

"예, 받았어요. ……사이 씨는 물 마법을 쓸 수 있군요. 평범한 모험가를 희망하시는 걸까요?"

"——? 예."

평범하지 않은 모험가가 있나?

그것이 조금 의아했지만 순순히 고개를 끄덕여뒀다.

"알겠어요. 마침 지금 베테랑 파티가 멤버를 모집하고 있는데, 어떠실까요? 혹시 괜찮다면 소개해드릴 텐데……."

"저기, 그건……?"

물어봤더니 물 마법사가 빠진 랭크 4 파티가 마침 멤버를 모집하고 있다나. 막 등록한 나는 『랭크 없음』. 그러니까 0.

1이나 2라면 모를까, 랭크 4까지 올라가려면 길드의 신용도 필요하다니까 경력으로는 나쁘지 않다고 한다.

*국세청 사찰부나 사찰관을 가리키는 통칭. 사(査)에 원을 쳐서 표기하는 것에서 유래되었다. 2003년의 드라마를 통해 유명해진 용어이다.

적어도 동료가 없는 신입 혼자서 모험가 일을 하는 것보다는 상당히 안전하고 안정적인 수입을 기대할 수 있는 모양이다.

혼자서 하는 것도 괜찮을까 생각했지만…… 베테랑한테 일을 배울 수 있다면 그게 현실적인가.

내 지식 따윈 라이트노벨에서 얻은 것뿐.

실제로 어제부터 이제까지도 직업이 없다는 걸 실감했지…….

지식 치트도 완전히 실패했으니까.

"알겠어요. 그럼 소개해주시겠어요?"

어쩌면 미소녀가 있는 파티에 들어갈 수 있을지도 모르니까!

케이트 씨라는 접수처 누님이 지정한 시간은 다음 날 이른 아침, 식사를 마쳤을 무렵이었다.

조금 여유를 가지고 길드로 가서 기다리던 나한테 케이트 씨가 안내한 것은 남자들 넷.

나이는 스무 살 전후, 다들 탄탄한 체격이고 살짝 마초. 아니, 한 사람은 마른 마초인가?

어쨌든 무난하게 강해 보였다. ——나와는 다르게.

미소녀는커녕 성별 여자도 없다.

——응, 알고 있었어. 현실은 이런 법이구나.

"여기는 '던전 시커즈' 여러분, 여기는 사이 씨에요. 그럼 뒷일은 여러분에게 부탁할게요."

그 말만 하고 떠나는 케이트 씨.

적어도 조금 더 소개 같은 게 있어도 되지 않을까?

그렇게 당황한 나를 제쳐두고 그들은 남자 냄새 물씬 풍기는 미소를 지으며 손을 내밀었다.
“내가 이 파티의 리더인 아도닉스. 여기 두 사람이 마르코스와 테자스, 거기 마른 녀석이 루카스다.”
“아, 예! 사이, 라고 합니다!”
황급히 나도 자기소개를 하고 네 사람 모두와 악수를 나누었다.
“으음…… 파티 멤버는 여러분뿐, 인가요?”
작은 기대를 담아서 물어봤지만 돌아온 대답은 무정했다.
“그래, 지금은 우리 넷이야. 하나가 빠졌으니까 소개를 부탁했는데…….”
“응? 설마 너, 여자 모험가랑 친해지고 싶다든지 그런 생각이라도 했나?”
“저기…… 예, 아주 살짝?”
솔직하게 대답해봤더니 넷 다 한숨을 내쉬었다.
“멍청이! 여자 모험가 같은 게 있을 리가 없잖아! ――아니, 없는 건 아니지만 친구라면 모를까 결혼하고 싶은 상대는…….”
“희소가치거든. 미인에다 마음씨 곱고 요리를 잘하는, 그런 여자는 모험가가 될 필요가 없지.”
“그렇겠죠―. 어렴풋이 생각은 했어요.”
안 된다는 전제로 물어봤을 뿐이니까.
어라? 어쩐지 눈에서 땀이 흐른다고?
“――저기, 물 마법사를 모집하는 거죠?”
“그래. 얼마 전에 빠진 게 물 마법사라서 말이야. 쓸 수 있겠지? 너.”

“예. 너무 고도의 마법을 기대하면 곤란하지만요…….”

내【물 마법】은 레벨 2. 공격력은 기대할 수 없지만 마실 물 확보나 비를 피하는 것은 가능.

굳이 따지자면 살짝 편리한 마법이란 느낌이었다.

“아니, 물을 만들 수 있는 것만으로도 충분히 고맙거든, 모험가의 입장에서는.”

“그렇지. 물은 무거우니까 말이야. 안전한 마실 물 확보도 어렵고.”

“원정 시에 가장 문제가 된다고. 물, 만들 수 있겠지?”

“그 정도라면 물론 가능해요. ――그런데 그 물 마법사가 어째서 빠졌는지, 물어봐도 괜찮을까요?”

의지가 되는 인도자의 존재는 고맙지만 블랙 기업, 아니지, 블랙 파티는 곤란하다.

어째서 마법사가 빠지게 되었는지, 그 이유는 무척 중요하다.

대답을 받을 수 없다면 참가하기는 어렵겠네, 하고 생각하는 동안에 그들은 서로 얼굴을 마주 보고 침통한 표정을 짓더니 애써 이야기를 꺼냈다.

“우리는 배신당했어…….”

“어, 어어, 대체 무슨 일이……?”

응? 어쩌면 끈적끈적하고 어두운 이야기?

쭈뼛쭈뼛 뒷이야기를 재촉하자 그들은 둑이 터진 것처럼 저마다 말을 쏟아냈다.

"그 녀석은, 그 녀석은 말이야…… 혼자 여자를 만들어서는 빠져나갔어!"

"던전을 공략할 수 있는 모험가가 되자고 함께 맹세한 우리를 배신하고!"

"게다가 귀여운 아내까지 사로잡다니! 용서 못 해!"

"마법을 좀 쓸 수 있다고 해서 우쭐대지 말라고!"

그들의 이야기를 종합하면, 『함께 던전에서 돈을 벌 수 있는 모험가가 되자』라고 맹세한 그들은 '던전 시커즈'라는 파티명으로 계속 함께 일했다고 한다.

견실하게, 성실하게 노력한 보람도 있어서 랭크도 오르고 던전에도 들어갈 수 있게 되기――파티명은 목표이고 던전 자체는 경험이 없다고――직전, 파티의 유일한 마법사이자 던전에서는 이래저래 도움이 되는 물 마법사가 『빠지겠다』라고 이야기를 꺼냈다나.

"그 녀석, 『아이가 생긴 이상, 위험한 일은 못 해』라면서 타협했다고!"

물 마법사는 얼음이라도 만들 수 있게 되면 생활이 곤란하지 않은 정도로는 벌 수 있다고 한다.

간단하게 말하면 속도위반 결혼. 꿈보다도 견실한 생활을 선택했다는 이야기다.

"하지만 루카스. 너한테 그 녀석같이 돈을 벌 수단이 있고 그런 여자가 있다면 어떻게 할래?"

"날 얕보지 마!! 웃기지 말라고!"

루카스 씨는 주먹으로 쾅, 테이블을 힘껏 때렸다.

"당장 빠지지! 애가 없더라도 마법으로 편하게 돈 벌면서 아내랑 러브러브 생활을 보낼 거야!"

배신은 어쨌냐고, 루카스 씨.

역시 그 말은 심하다고 생각했는지 아도닉스 씨가 찌릿 노려봤다.

"이 자식……. 우리의 첫 맹세, 잊은 건 아니겠지?!"

"당연하잖아! 던전을 공략해서 부자가 된다."

""""그리고, 귀여운 애랑 결혼한다!""""

……모험가의 힘겨운 현실을 봤다.

애당초 모험가가 되는 사람이라면 가업을 못 잇고 일자리를 못 얻은 인간.

희미한 가능성을 꿈꾸며 모험가가 되고, 그들 대부분이 도중에 꿈이 깨지며 허허벌판에 쓰러진다.

"모험가 따위를 하다 보면 결혼은 못 한다고. 그 기회를 놓친다니, 말도 안 돼!"

"당연하지. 언제 죽을지도 모르고 재산도 없어. 내가 여자라도 결혼하고 싶지는 않을 거야."

"최소한 죽더라도 아내와 아이가 살아갈 정도의 돈은 모아야지 프러포즈라도 할 수 있으니까. 마법사랑 다르게 나 같은 검사는, 어지간한 행운이 없다면 영주의 병사조차 못 되니까."

모험가를 은퇴하고 안정적인 일자리를 얻는 것은 무척 어려워서 대부분의 사람은 일용직 노동자 정도밖에 선택지가 없다나.

"그러면 같은 모험가랑 결혼하는 경우는……."

"없다고 그러지는 않겠지만…… 지극히 일부겠지."

"애당초 여자 모험가가 적기는 하지만……. 너, 우리랑 외모도 별로 차이가 없는 여자라도 가능한 타입이냐? 구멍만 있으면 그걸로 충분하다든지?"

"어, 아니, 그게…… 그냥 귀여운 사람이 좋은데요……."

미소녀가 사치라는 건 알았지만 적어도 평범하게 부드러운 느낌의 여자가 좋다.

너무 육중한 여성은 조금…….

"그렇지? 아니, 남의 취향에 이러쿵저러쿵할 생각은 없다고? 그런 든든한 여자가 좋다는 남자도 있으니까. 실제로 화사한 남자를 거느린 여자 모험가도 있고. 하지만 우리는 그렇지 않아! 우리가 모험가가 된 목적은!"

""""""귀여운 애랑 결혼한다!""""""

또다시 입을 모아서 외치는 파티 일행.

미묘하게 주위에서의 시선이…… 의외로 차갑지는 않은데? 고개를 끄덕이는 모험가도 있고.

사실 무척 일반적인 목표였던 걸까?

"그래서, 던전을 공략하면 그 꿈을 이룰 수 있는 건가요?"

"귀여운 아내 말이야? 그야 뭐. 어느 정도의 돈과 집이라도 가진다면, 미인은 아니더라도 어떻게든 되지. 성격이 삐뚤다든지 취향이 위험하다든지, 어지간한 결점이라도 없다면."

"농지나 가업이 있는 남자의 숫자는 한정되어 있으니까. 그런 녀석들 다음 정도로는 선택지에 들어갈 수 있어. 우리라도."

외모보다도 능력.

능력이라면 노력으로 어떻게든 되니까 아직 꿈 꿀 여지가 있다.

……장남과 그 밖의 기타. 태어난 시점에서 커다란 차이가 있다는 걸 생각하지 않는다면.

애당초 '집'이 없는 내게는 관계없는 이야기지만.

"뭐, 우리는 그걸 목표로 노력하고 있어."

"이것이 우리 파티의 이념이야. 어때, 찬동해주겠어?"

"물론이에요! 좋네요, 귀여운 아내!"

애당초 편하게 부자가 된다는 생각이 물렀던 것이다.

그리고 그들의 사고방식은 당초의 내 목표와도 합치했다.

역시 자기 힘으로 쟁취해야지!

"말 잘했어! 너는 오늘부터 우리 동료다!"

"아내를 얻을 때까지, 함께 노력하자!"

"반드시 성공하자고!"

"그리고 그 녀석 이상의 아내를 얻는 거야!"

"그래! 승리자가 되는 거야!"

의기투합한 우리는 그날 함께 밤을 새워 마시고, 그다음 날에는 '귀여운 아내'를 목표로 던전이 있는 마을을 향해 여행을 떠나게 되었다.

――나의 모험은 이렇게 시작된 것이다.

후기

항상 구입해주시고 응원해주셔서 감사합니다.

격조했습니다, 이츠키 미즈호입니다.

혹은 금방 또 뵙습니다.

어, 무슨 소린지 모르겠다고요?

사실은 후지미판타지아 문고에서 『초보 연금술사의 점포 경영』 1, 2권이 호평 발매중입니다.

아마도, 메이비, 그렇다면 좋겠는데? (이걸 적고 있는 시점에서는, 2권은 미 발매)

후미 씨의 귀여운 일러스트가 표지! 모쪼록 잘 부탁드립니다.

자, 노골적인 선전을 넣은 참에, 본문의 내용에 대해서도 조금 보충.

본문 안에서 '색의 삼원색'에 대해 나오가 『파란색, 빨간색, 노란색』이라고 발언했습니다만, 정확하게는 『시안, 마젠타, 옐로』의 삼색입니다. 일본어로 하면 『옅은 청록색, 밝은 적자색, 노란색』일까요.

그렇지만 평범한 대화에서 그런 상세한 이야기를 하는 것도 위화감이 있으니까 단순히 『파란색, 빨간색, 노란색』으로 했습니다. 조금 더 말하면 '빛의 삼원색'은 『빨간색, 녹색, 파란색』입니다.

이쪽은 단순히 RGB이니까 이해하기 쉽네요.

또 하나, 본문에 대해서 언급하자면 이번 사이드스토리에 나온 마사루, 사이 군 말입니다만 이쪽은 인터넷 연재에는 등장하지 않은 캐릭터입니다.

일단 캐릭터로서는 존재하고 초기의 행동도 설정해두었습니다만, 소설로서 적은 생각은 없었고 무—척 시간이 지날 때까지 등장 예정도 없었습니다.

이번에 쓸 수 있는 페이지를 받았으니 모처럼의 기회라고 생각해서 등장시켜봤습니다.

가볍게 실패하면서도 마음이 맞는 동료를 얻은 사이 군은, 앞으로 던전 도시로 가서 그들과 함께 레벨 업을 거듭할 예정입니다.

어떤 의미로 왕도입니다만 남자 냄새 나는, 꽃이 없는 파티니까 라이트노벨로서는 안 되겠네요.

여자가 다가오면 붕괴할 것 같은 이념의 파티고요. (웃음)

그리고 현재 레루시 씨의 멋진 만화판이 『소년 에이스 plus』에서 연재중입니다.

하루카가 무척 귀여우니까 이쪽도 잘 부탁드립니다.

마지막이 되었습니다만, 네코뵤 네코 씨, 유키와 나츠키의 옷 디자인이라든지, 폐를 끼치고 있습니다. 항상 멋진 일러스트를 그려주셔서 감사합니다.

그럼 또 다음 권에서 뵐 수 있기를 기도하며.

이츠키 미즈호

이세계 전이, 지뢰 포함. 3

2023년 6월 15일 1판 1쇄 발행

저 자 이츠키 미즈호
일러스트 네코뵤 네코
옮 긴 이 손종근
발 행 인 유재옥
본 부 장 조병권
담당편집자 박치우
편집 1팀 김준균 김혜연
편집 2팀 정영길 조찬희 박치우 정지원
편집 3팀 오준영 이해빈
편집 4팀 전태영 박소연
미 술 김보라 박민솔
라이츠담당 김정미 맹미영 이윤서
디 지 털 박상섭 김지연
발 행 처 ㈜소미미디어
등 록 제2015-000008호
주 소 서울시 마포구 토정로 222, 403호 (신수동, 한국출판콘텐츠센터)
판 매 ㈜소미미디어
제 작 처 코리아피앤피
영 업 박종욱
마 케 팅 한민지 최원석 박수진 최정연
물 류 허석용 백철기
전 화 (02)567-3388, Fax (02)322-7665

ISBN 979-11-384-7855-7 04830
ISBN 979-11-384-0314-6 (세트)